百卉园——汉语言文学专业学生原创作品选

耿宝强　主编

吉林大学出版社

·长春·

图书在版编目（CIP）数据

百卉园：汉语言文学专业学生原创作品选／耿宝强主编 . ——
长春：吉林大学出版社，2019.10
ISBN 978-7-5692-5810-3

Ⅰ.①百… Ⅱ.①耿… Ⅲ.①中国文学—当代文学—作品综合集
Ⅳ.① I217.1

中国版本图书馆 CIP 数据核字 (2019) 第 240344 号

书　　　名：百卉园——汉语言文学专业学生原创作品选

BAIHUI YUAN——HAN YUYAN WENXUE ZHUANYE
XUESHENG YUANCHUANG ZUOPIN XUAN

作　　　者：耿宝强　主编
策划编辑：朱　进
责任编辑：朱　进
责任校对：矫　正
装帧设计：美印图文
出版发行：吉林大学出版社
社　　　址：长春市人民大街 4059 号
邮政编码：130021
发行电话：0431-89580028/29/21
网　　　址：http://www.jlup.com.cn
电子邮箱：jdcbs@jlu.edu.cn
印　　　刷：三河市嵩川印刷有限公司
开　　　本：787mm×1092mm　　1/16
印　　　张：15
字　　　数：260 千字
版　　　次：2019 年 10 月第 1 版
印　　　次：2023 年 4 月第 3 次
书　　　号：ISBN 978-7-5692-5810-3
定　　　价：48.00 元

目 录

诗歌吐萃

散文葱茏

附录：学术论文

诗歌吐萃

告别旧时光

17 语教专 1　于冬芳

时光或深或浅地刻下印记

成为记忆中永恒留存的片段

旧时光浅吟低唱

倾诉着最初的梦想

书写着过往的意气风发

那时稚气未脱的脸庞

当初羽扇纶巾的气魄

以前谈笑风生的骄傲

曾经豪迈的青春誓言

磨灭在时光的隧道中

如今稚嫩成为风霜

如今天真成为沧桑

如今希望变成失望

如今期待成为幻想

空留一声叹息

走过的道路虽坎坷不平

梦想却在时光里慢慢长大

对过去来一场盛大的告别

插上理想的翅膀

飞向灿烂的远方

（本文初刊于《滨州学院报》，2018 年 3 月 16 日第 6 期报纸第 4 版）

追忆·流年

16 语教专 1　张娇娇

浮华散尽,一切都成为过往
回首往昔
那夜
星光闪闪
协同淡淡的月光
照亮狭小的宿舍
惆怅,迷惘……

光阴流转,时光积淀成永恒
回味昨天
那日
杨柳树下
稚嫩的脸庞
一番豪情壮语
唯美,和谐……

梦幻的春
热情的夏
爽朗的秋
宁静的冬
四季在流转
我们在成长
用火热的心迎接青春的洗礼
编织永恒的流年

（本文初刊于《中文社报》,2016 年 11 月 8 日）

无名香

15 中文本 2　陈　雪

稚黄的小花

像遗失的纽扣

绽放在路边

她在那里沉默，又在那里逍遥

无人问津却努力绽放

就像蜜蜂的歌，蝴蝶的舞

一个来自天国的梦想

凝成春天的希望

（本文获滨州学院品牌专业汉语言文学首届文学作品原创大赛三等奖）

不动声色

17 语教专 5　于啸寒

又是一日艳阳

又是一夜星光

走在路上

多少匆忙，多少念想

转眼间

换了妆容,变了模样

也曾收获过明朗

也曾品尝过忧伤

无论是过往还是明天

无论是自由还是死亡

我们一如既往

饮尽了沧桑

（本文刊发于《百草》第 55 期,2017 年 12 月 15 日）

五　月

15 中文本 2　王可欣

五月间的你

是一首江南小调

嗅着花草清香

婉婉轻徊

五月间的我

唱一首折杨柳歌

踏着迷离芳草

流连忘返

五月间的你

是一曲少年游

轻轻悄悄地来

郁郁葱葱地去

杨花落

马蹄疾

五月间的我

留恋你的清和隽雅

担心你的不告而别

归去后

再难寻

五月间的你

是一梦黄粱

醒来后

难觅佳音

五月间的我

泛舟春江

再盼君归

（本文初刊于《百草》第 52 期,2017 年 9 月 15 日）

散文葱茏

九天之梦，在承在行

16 历史本 1　王亚楠

"大风泱泱，大潮滂滂"，中国是一个有着五千年悠久历史的文明古国，自古至今，勤劳的中国人民用双手创造了无数的精神和物质财富。现今，航空航天事业虽然是新兴的科学事业，但中国人的航天梦与中华民族的历史一样久远。

岁月星辰，春秋交叠，时间跨越的是天文天象的观测和探索。从占卜、观星象，到《甘石星经》《周髀算经》等系统理论的成书，观测天象成为中国人的古老传统。在传说中的尧帝时期便设置了天文官，史书的《天文志》中对哈雷彗星、流星雨的记载堪称世界之最……天文的探索是古代先人对宇宙的初步探源。

中国历史上很多的文物和艺术作品，上面都是关于飞翔的图案。从敦煌壁画上飞天神女衣带翻飞的凌空之态，到《庄子》笔下鲲鹏展翅的飞跃之姿，再到原始时代的飞鸟岩画，古陶上的展翅，夏商周青铜器上的龙纹和凤纹，汉代画像砖上踏云飞升的异兽，魏晋壁画的飞仙……无不是弥漫在古代人民心中的"空中世界"。

回望历史，绵延不停的是飞行实物的发展。从有具体记载的墨子制鸢到明朝万户进行的固体火箭升空实验，中国人的飞天梦已经做了几千年。《山海经》中的奇肱飞车可以在空中行驶，垓下之战中风筝在军事战争中发挥了奇特作用，神火飞鸦、火龙出水等战争火器在飞行器燃料方面提供了先鉴。同时，人们在对空气动力的运用方面发明了帆、风车、孔明灯、走马灯，平衡技术的螺旋仪、平衡环、陀螺，方向控制技术的司南、罗盘，降落技术的降落伞等等，在航天探索诸方面的试验已相当精妙。

文明的演进，从来都是一个继往开来的过程。当孩童"忙趁东风放纸鸢"，当诗人"欲上青天揽明月"，当国家"扶摇直上九万里"，我国航天事业走过了雄关漫道,迎来崭新的前景,"探索浩瀚宇宙,发展航天事业,建设航天强国,是我们不懈追求的航天梦。"习近平总书记在首个"中国航天日"到来之际的讲话为新时期我国航天事业的发展指明了方向。

航天的"九天之梦"承载着厚重的历史和民族期盼前行,吾辈更当厚积薄发,为航天梦、强国梦砥砺奋进。

（本文初刊于《滨州学院报》,2018 年 5 月）

值得铭记的日子

16 历史本 1　张　斌

"嗡……"一声警报鸣起,打破了灯红酒绿的氤氲,惊醒了无数国人……9 月 18 日 10 点,直击心灵的警笛,犹如掷下的一颗颗"炮弹",把人的心绪炸得极乱。

86 年前的这一天,国土之上踏入了一群强盗,所到之处烧杀抢掠、民不聊生,好比一颗钢钉扎入了华夏大地。这一年国家殇痛,十四年抗战历程伊始,千万人的浴血奋战,枪林弹雨之下的坚守,才有了民族的喘息之际,多少次与敌人拼得弹尽粮绝,进而肉搏厮杀,只为保护中华民族之火。

对国人而言,9 月 18 日是个绝不能忘记的日子,事实上,还有许多值得铭记的日子。就在外患未除之际,国内政局动荡带来了红军两万五千里长征的心酸血泪。他们爬雪山、过草地、吃草皮、啃树根,脚穿草鞋,既要与恶劣的自然环境作斗争,又要与一路上围追堵截的敌人周旋、战斗,不知有多少革命志士永远留在了雪山、草地,"三军过后尽开颜"的喜悦背后是十万余人的队伍最终只剩万余人。攻破围追堵截比的是行军的毅力,四渡赤水比的是领导的智慧,铁索横渡比的是军人的胆气。终于,在 1936 年 10 月 22 日,红军长征胜利会师。如若要问支撑他们前赴后继的是什么？那就是信念,是民族气节。不得不说,10 月 22 日同样值得铭记。

历史的车轮滚滚向前,时间的积淀并不会将历史磨灭,只会散发浓厚的醇香。时间的积淀是一种回忆、一种精神,更是一种红色的传承。回望历史,再看今朝。大国强军,正气长存,军队是维护国家安全的重要基石。朱日和的草原沙场之上、天安门前的康庄大道之上,中国一次次向世界展示了雄威,同时也告诫我们要以史为鉴。否则,落后就会挨打。此刻,又一个重要的日子值得铭记,那就是 1927 年 8 月 1 日。那天凌晨,一声枪响划破了南昌城寂静的夜空,打响了武装反抗国民党反动派的第一枪。也是从那一天开始,我们创建了伟大的人民军队。

拿破仑曾说:"中国是一头沉睡的雄狮,一旦醒来,必将震惊整个世界。"如今,这头狮子已经苏醒,正如习总书记所说的,中国是一头和蔼可亲的狮子,我们铭记历史,是为了时刻敲响警钟,警示未来,让历史不再重演;是为了强大自身,维护国家和平,保护国家安全。

恰如今,东方的广阔黄土地上,一轮红日正在冉冉升起!

(本文初刊于《滨州学院报》,2017 年 9 月 22 日)

带着有香气的灵魂归去

17 语教专 4　陈婷婷

"世间好物不坚牢,彩云易散琉璃脆。"平凡的文字,在杨绛先生笔下,添了更多自然优雅的魔力,拼凑在一起,美得更加惊心动魄。那种美丽并不空洞,像是触之可及的冰肌玉骨,却让读者陷入了亲近与膜拜的矛盾。

文人宣泄痛苦,往往将其诉诸笔端,笔下万象便是现实的折射。鲁迅的针砭时弊,郁达夫的卑以自牧,余华的嬉笑怒骂……一个故事自成一方世界。再看杨绛先生,"故人笑比中庭树,一日秋风一日疏",文字美丽却不空洞,文品与人品之间大概是有必然联系的,字里行间都是看尽人世浮华的无波无澜。痛苦洗礼过后依然平和处之,平和地看淡得失、看淡荣辱……但心态的平和却难掩笔调的冷峻，虽无一字肝胆俱裂的怨怼，无一句阴郁深重的怨恨，但一个时代的荒谬与残酷就那么刺入了读者的内心，带着对两位老人的心疼，在先生架构的文学国度中踽踽独行，城外洒泪。

"锺书逃走了，我也想逃走，但是逃到哪里去呢？我压根儿不能逃，得留在人世间，打扫现场，尽我应尽的责任。"风霜过后，历经苦难的"我们仨"散了，只余先生一人在红尘的战场中摸爬滚打。"你放心，有我呐"，是先生对丈夫的承诺，她是"最才的女，最贤的妻"，但锺书先生走后，她也只是一个颤颤巍巍的老人。

《堂·吉诃德》是杨绛先生在"文革"中的译本，看其厚度与内容，其中艰辛大概可与季老的《罗摩衍那》相比。

每一位译者都是不"易"者，译者需要在尊重原著的基础上讲求通俗，在文化之间的差异中寻找平衡。先生在那样动荡的条件下赠予我们一部优秀译本，15世纪的骑士小说何其泛滥，但先生却给了它们详细的注释，甚至原作中每一处笔误都做了纠正，细细想来，这是多么巨大的工作量！

"天命不可违，亡者不可追"，行至人生边上，先生安静地走完了余下的路程……不论是碧桃花下，新月如钩的浪漫；还是静水流深，生生不息的深情，都随着先生的离开成了后人心头的朱砂痣，徒增向往……

（本文初刊于《中国大学生在线》，2018年3月12日）

后　来

17 语教专 2　任兰珍

时间过了很久，曾经那个"为爱痴狂"的刘若英慢慢成长，炽热的心也慢慢归于平静，默默地感受着嫁为人妇的幸福。我们总是在经历过很多后不经意间长大，而那些惊艳了时光、温暖了岁月的人们啊，都远隔山海漠不相关了。

　　1995 年，出生于台北的刘若英在《我的美丽与哀愁》中饰演柳玉梅并正式出道，同年凭借《少女小渔》荣获第 40 届亚太影展的最佳女主角，又发表专辑《少女小渔的美丽与哀愁》涉足音乐领域，主打歌《为爱痴狂》获得第 32 届台湾地区电影金马奖最佳电影歌曲奖。2000 年，以家庭伦理剧《人间四月天》打开在内地的知名度，凭借爱情剧《住在十字架里的母亲》获得台湾地区电视金钟奖最佳女主角，发行专辑《我等你》，其中歌曲《后来》成为她的代表作。2001 年，以爱情喜剧《粉红女郎》获得中国电视剧双十佳最佳女演员奖。

　　儿时记忆中关于刘若英朦朦胧胧的印象是《粉红女郎》里渴望爱情的"结婚狂"，也是轻轻唱着《后来》慢慢走进我们心里的"奶茶"。

　　荧屏上的刘若英，爱得辛苦、爱得果敢，生活中的她又何尝不是如此？大学毕业之后返回台北，正当犹豫将来出路为何之际，21 岁的她遇到了陈升，这是一场关于青涩稚嫩与沉稳成熟的碰撞。那时候的陈升才华横溢，不仅事业有成也是名声在外的制作人，跟李宗盛、罗大佑被誉为"三大滚石音乐教父"。他发现了她，栽培着她，细腻的情愫也在那时慢慢萌发，是敬佩亦是倾心。哪怕早已知道结果也接受了爱而不得，义无反顾地如飞蛾扑火。那么多年的默默付出，个中滋味只有她自己心里清楚，而多年之后留给我们的只有惊叹、惋惜和遗憾。对一个人心灰意冷的时候就像是鸡肋，食之无味，弃之可惜。不甘心不习惯的别扭被岁月抚平以后，剩下人走茶凉的感伤还是得自己慢慢消化。后来未来时，会期待、会不安、会憧憬，那么等到后来来时，希望能是你想象中的模样。

　　"奶茶"这个名字是陈升起的。他说："刘若英就像一杯奶茶！她虽然不算标准的美女，但就像杯温暖的奶茶，虽然没有红酒的高贵典雅，没有咖啡的精致摩登，却自有一种温润香浓的芬芳。"那么多年的指导提携默契配合，可是他只说她是爱徒，她也只能称他为恩师。

　　错的时间遇到对的人，结果大都是无疾而终。现在还依稀记得演唱会上她泪光晶莹的模样，微微颤抖的声音让人心疼。人们都有值得被小心翼翼收藏起来的故事，关于那些年的自己和青春。曾经的是是非非在刘若英结婚后渐渐淡去，百度百科的词条上关于她的情感经历只有丈夫钟小江。别人的故事我们不便于窥探，有些东西既然不愿意分享，那便好好珍藏。

　　刘若英在音乐领域功成名就后开始涉及影视方面，处女作《后来的我们》也在前段时间上映。北漂的林见清和周小晓是再普通不过的年轻人,他们的故事也没有惊天动地、轰轰烈烈,可就是这么平凡的故事偏偏有一份让人动容的情怀。电影的确不完美,情节也有些拼凑,能引起我们共鸣的是那些回不去的曾经和深感遗憾的错过。什么都没有发生,谁的错都不是错,却偏偏就是走不下去了。

"后来的我们什么都有了,却没有了我们。"不知是幸运还是不幸。时间太强大,它能够给我们充足的能力,让我们在别人的故事里流着自己的眼泪。这一路上我们都未停歇,不疾不徐地按着时间表向前,那些遇见的又错过了的人是我们的遗憾,于你于我,最大的遗憾便是你的遗憾与我有关。

你是我义无反顾撞过的南墙,也是黄粱一梦的空欢喜一场。

后来,我们终于在那些漫漫长夜和抑制不住的眼泪中明白,有些人很好,只是这些好再也不是给你的。等我们成熟到深谙世事,往事也都随风散去,那些曾经心心念念期盼过的后来啊,早已消失在人海了。

(本文初刊于《中文社报》,2018 年 6 月 1 日)

倾听资源的呐喊,保护家园的蔚蓝

17 语教 4　梁晓宇

远处山丘呈现朦朦胧胧的绿,近前人烟飘扬起起伏伏的暖。云翳将山河打散,朦胧着初春的嫩芽,映衬着夏季沁人心脾的莲花,阳光透过缝隙点亮了枯枝,映红了朱丹枫衣,隐隐飘着一种欲语还休的美。多彩的山水在白云下相互依偎,在蓝天下互相竞美,这番景色着实可谓"到处皆诗境,随时有物华"。这就是我们生活的家园。可是,也许我们总要经历些什么才会懂得珍惜。随着时间寸寸流逝,不知从何时起,这风光渐渐变了模样。斧入山林,污水成河,矿洞遍布。浓雾朦胧了天空,憔悴了青葱,狂风挟持着落叶肆意呼啸,空气里夹杂着草木萧疏的气息,这一切都使如画的美景步步走向衰败。我想,这是自然对我们的控告，这是资源愤怒的呐喊；我想，我们只有学会珍惜资源，学会保护国土，才能让我们的家园馨香如故。

曾经，这里是"红树青山日欲斜，长郊草色绿无涯"。我们千千万万的中华儿女在这片红花满树、草色青青的土地上成长，享受着大地的滋养。我们曾在这片土地上用汗水筑起万里长城，用智慧建成宏伟故宫，这片土地陪我们成长了千百年，见证了我们千百年的历史，它用最普通的躯体谱写着华夏的传奇。

然而，人们并不懂得珍惜，只一味地毁林开荒，围湖造田，滥垦滥伐，无节制地开采煤矿等等，这些行为都对土地造成了极大的伤害。由于水土流失，我国土壤流失超过 5000 万吨每年，从而使土地资源受到严重破坏。土地龟裂，树木枯萎，青山绿水变得面目全非，一片片葱郁的绿洲沦为了风沙呼啸的荒原。挖掘机轰鸣着将魔爪伸向土地，一根根冰冷的钢筋扎向地下，不合理地利用耕地、草地或林地来扩大城市面积，殊不知这是自掘坟墓。反之，如果充分利用城市旧城区的存量土地，提高城市土地利用集约度，避免盲目扩张，能够认识到土地资源的珍贵，学会珍惜，便是为人类创造未来。

秦牧在《土地》中说："土地就是生命，拥有土地就拥有一切。泥土朴实中孕育着伟大，伟大中诠释着平凡。"从古至今，无数的中国人民在这片土地上"足蒸暑土气，背灼炎天光""晨兴理荒秽，带月荷锄归"。它记载着古人的智慧，承载着人类的未来；它孕育了生命，滋养着万物；它给了我们最朴实的爱，最忠诚的守护。为了让大地更美，为了让祖国山河更秀丽，为了天更蓝草更香，更是为回报大地的孕育之恩，拿出我们的关心和爱，真诚地珍惜和保护我们的土地资源，才能造福未来。

另外，水亦是我们需要珍惜和节约的资源。古语云："水，万物之本源也。"水，也是一种普通的资源，但在维持地球上人类和其他生物生存的过程中，却又是弥足珍贵的。我们都知道"如果人类不从现在节约水源，保护环境，人类看到的最后一滴水将是自己的眼泪"。然而，物换星移，辗转轮回，世世代代的人们行色匆匆，又有几人真正关心这个问题？就如今社会而言，鳞次栉比的家家户户都有便利的水源可用，这本是一件幸福之事，而其中却暗藏危机。水龙头一开，生命之源便任意奔流，而主人早已去他处忙碌，将它抛在脑后，哗哗的水流便悄悄溜走了。家中存在水浪费现象，工厂的水资源浪费更为严重，很多工厂生产时水资源利用不当，利用不充分便将水排出，致使大量水资源浪费。不仅如此,污水入河,染了湖泊,水中生命死伤无数,连蜻蜓都惶恐地划过水面,难道这就是我们的追求?

试想,若一直这样下去,我们的家园是否还是绿水青山?设想,水资源已极度短缺,我们将会看见一滴硕大的眼泪滚落而下,坠地有声。泪珠的后面到处是裂开的土地,枯死的庄稼,隐隐传来大地因干渴垂危而发出的痛苦呻吟。水乃生命之源,我们不应被俗世浮华蒙了双眼,而应珍惜和保护好这份珍贵的资源,如此才能绿水长流,青山永驻。

当然,除了土地资源、水资源之外,我们也不能忽视矿产资源、森林资源、能源资源等自然资源的保护。我国虽自然资源种类多,数量丰富,有"地大物博"之称,但这份财富亟须我们珍惜和保护。只有保住绿水青山,才能拥有金山银山,今日之节约,便是明日之幸福。

俗世浮华,追名逐利,心动神疲,何必为了眼前小利毁掉未来?让我们携手擦去天空的灰尘,还给家园一片碧水蓝天,创造更美的祖国河山。

(本文初刊于第七届地科杯"珍惜资源,爱我国土"征文选登,2018 年 6 月)

有了你,生活便有了光

17 语教专 4 刘林青

最近很喜欢一句话:"不要害怕心有裂缝,那是阳光照进来的地方。"如果说现实是漆黑的夜,那么理想就是照进心灵的光;如果说理想是光芒万丈的太阳,我愿做那逐日的夸父。有了你,生活便有了光。

心若向阳,无谓悲伤。高考,中国最盛大的一场考试,它是人生的跳板,也是万丈的悬崖。曾经把高考作为多么坚定的理想,十二年寒窗苦读,在铃声响起、笔杆放下的那一刹宣告结束,曾为之奋斗的所有,一瞬间化为乌有。当高考成绩出来的那一刻,是一丝的轻松与无尽的悲伤。世界黑暗了,但太阳还是照旧升起;高考结束了,而理想要被重新定义。这不是悲伤的开始,而是崭新的结束。

微笑向暖，岁月无恙。三个月的假期倏然而逝，梦想中的大学如约而至。收拾好心情，整理好行装，踏上新征程。理想和现实总是有很大的差距，现在的生活充实而忙碌，却也总有不如意的地方，当失去所有的依靠，才发现有些事只能靠自己。站在新的起点，幸而理想还在，犹如一盏明灯，为孤寂的夜晚，带来光芒和温暖，指引前进的方向。

你似朝阳，如花般绽放，有了你，生活便有了光。

（本文初刊于《百草》，第55期）

古州隐老城

17语教专4　陈婷婷

青州，为历史上的古九州之一。据《尚书·禹贡》记载"海岱惟青州"，因地处海岱之间，位于中国东方，"东方属木，木色为青"，故名青州。这里是原始文明中东夷文化的发源地。

由于地处交通枢纽，所以在春秋时期，这里就已经有了和西域的通商往来，成了古代丝绸之路最早的发源地之一。《水浒传》中有"三山聚义打青州"的回目，宋代的青州，称为青州府，规模非如今的青州老城可比。

青州古城街道纵横交错，巷子深邃古朴，还有家家门前的清真标志，无不透露出浓浓的民族气息。

俯瞰十里长街，是星罗棋布的古建筑群，飞檐拱角，青砖黛瓦，一个偏僻的北方小城，若恰逢细雨连绵的天气，有一种恰到好处的温柔，如江南烟雨中的浪漫，也不缺打着油纸伞的丁香姑娘，嗒嗒的鞋底敲击着青石板路，清脆的声音在古街凝固的时光里穿行……让来来往往的游客"直把青州作杭州"。

每天清晨，最早醒来的是一家家店铺，还有走街串巷叫卖牛奶豆浆油条的三轮车,吱吱呀呀的开门声,骑着旧三轮车的老大爷微笑着取出老主顾早已预定好的早餐,并寒暄道"早啊""今天挺早的",客气却不疏离,没有浮华和喧闹的热切,只有柴米油盐酱醋茶的烟火市井之气。

在漫长的历史进程中,古城形成了别具一格的饮食文化,老街上一间间的店铺,藏着的都是舌尖上的古城味道,华源香油铺、福禄寿糕点、隆盛点心……透气的纸张包成四四方方的一提,顶面封上红纸,再用红色的绳子扎一个十字,包装简约古朴,对食品质量、口感的自信完全不需要哗众取宠的包装来使人注目。

每日午后,都会有三三两两穿着民族服饰的老人坐在真教寺的石阶上,手持一把蒲扇,慢慢摇着古城里的时光,享受小城的美好。偶尔会经过几个身穿靓丽服饰的年轻人,古老与现代的激荡,形成了一种穿越时空的魅力。

老人们都说,古街是有生命的。灰砖青瓦,飞檐翘角,经历了太多的风风雨雨,看惯了人世间的冷暖寒凉,因为悟透了生活的精髓,因此显得超然而达观。当历史的风云和岁月的辉煌终于远去,古街以最自然朴实的状态,融入了寻常百姓家的生活。

(本文初刊于《中国大学生在线》,2018 年 5 月)

世纪行舟灵魂泛香

17 语教专 4　陈婷婷

行者独步于遥远的旷野,素昧平生的未知,处处遭遇难题。只因为一个执着的信任,敢于把世界上任何一片土地都放在脚下,为后人蹚出一望无垠的疆土。

少时读余秋雨先生的《文化苦旅》,字之所至,痛之所及。那是任何一张精致泛香的蝴蝶页都冲不淡的对文明没落的伤痛,对文人厄运加身的共情。从古代文明发祥地之一的中华大地,到败落成恐怖的中东、中亚、南亚,再到古典而又现代的欧洲大陆。最后，终于北极。"千般荒凉，以此为梦；万里蹀躞，以此为归"，整整 15 年的探寻之旅，终于——走完了。

这场时间与空间都无比漫长堪称伟大的远行，竟是因一个僻远山区极俗极辣的傩戏而展开。文人离开书斋总是危险的，离得越远，危险越大。十年浩劫的动荡并未熄灭先生心中对文化的追求与向往，又或许正因为这对身心摧残极大的十年，才让他打破书斋内的自我囚禁，敢去面对路上的"盗贼拦路，树顶泼污，夜禽环视，枭鸣如歌"。

远行毕竟孤独，但一场关于文化的远行，除了孤独，甚至会给人带来泣血的悲痛。那些昙花一现的文明，照亮青史的人物，声斐内外的建筑，哪怕旧址"已成瓦砾，已沦匪巢"，即便故事令人震颤，也未曾缺漏一个！作为一个记录者，他只是固执地坚持，必将文明圣火传之后世。

在阳关的风沙中出现了一个微不足道的小人物，正是这个小人物让历史吐出了一声重重的叹息。那是一个让无数才华横溢的学者耗尽终生，趋之若鹜的洞穴。却毁于这个小人物在文化上的落差，这个落差几乎让敦煌莫高窟灰飞烟灭。

一个民族几千年来的文化结晶，猛然出现在这个民族几乎完全失去文化自信的时刻。等等，再等一等！可是——等什么？等藏经洞与甲骨文晚些被发现，等中华民族再无此内忧外患。但——这是何等的痴心妄想！一个王朝的倾颓，竟在中华大地上留下这般触目惊心的废墟……没了一代雄主，百年霸业的庇护，野蛮的力量肆意践踏，文化也跟着凋零，随之到来的是每一段历史时期都有迹可循的烽火狼烟，断臂残骸，国家不幸，文化不兴。

百年闭关自守的迟滞，让华夏在巨轮枪炮前输得惨烈。从中华文明到其他文明，审视下来，没有任何一个王朝覆灭得如此惊心动魄，这不是亡国，是亡天下！所幸，"遭受百年孤独的王朝，注定不会在大地上第二次出现了。"曾经罗马的伟大与希腊的辉煌，可与盛唐的繁盛共同载入史册。千百年后，东西方的较量却只剩野蛮的狞厉，这不得不说是文明的悲哀。

15 年后，当余秋雨先生站在北极圈内的冰雪荒原上，更多的应该是释然，每一种文明都有自己的归处。这场跨了 15 年光阴，几万公里的远行，让他走疯了，"一路伤痕斑斑而身心犹健"，"全然不知什么是恐惧"。那句"我走完了"，对看客，对自身，都是热泪盈眶的满足。远行的另一种孤独，是长天大地之下"朝闻道，夕死无人知"的凄苦，当真无愧"苦旅"二字！这般背景下的读者若再尖声厉气，唧唧哝哝，不啻为对作者的一种亵渎！

立于无昼的极北荒原上，大地在此结束，沧海由此开始……

（本文初刊于《百草》，2018 年 5 月）

闪耀青春

17 语教专 4　刘彩萍

相携的手忘不了青春的感动，因为我们是青春同路人。

——题记

每个人心中都有一颗最闪耀的星。一个人，一段情，一段时光……于我而言，青春正好芬芳。每个人都有一份青春的礼物，但对这份礼物的把握人各有异。正如人生的错错综综，杂杂乱乱，看似漫长却也短暂。在特定的时间，特定的地点，特定的人，在做脑海中安排了千万遍的事，一次一个步骤。人生难免精致，却也死板，没有永远的激情，也没有意料之外的惊喜，青春只是一个过程。

阑珊残点，灯火如豆，杨柳低垂。月下花影，与卿语；残阳退却，与卿老。花般岁月，流年似水，氤氲了青春，消退了思恋。青春炙热，灼灼如华；青春绚烂，光彩夺目。既然年轻的我们拥有青春的激情与活力，拥有年少的轻狂与不羁，拥有绚丽而美妙的梦想，那么我们就应该用激情耕耘青春，用青春编织梦想，用梦想指引前行。

谁的青春不奋斗，谁的青春不迷茫。闪亮青春需要奋斗，无悔青春需要闪光。无奈生无永恒，再多的美好也像流星一样稍纵即逝。留下的是记忆，思恋的是过往，无悔的是青春。鲁迅先生从小就认真学习。少年时，在江南水师学堂读书，第一学期成绩优异，学校奖给他一枚金质奖章。他立即拿到南京鼓楼街头卖掉，然后买了几本书，又买了一串红辣椒。每当晚上寒冷时，夜读难耐，他便摘下一个辣椒，放在嘴里嚼着，直辣得额头冒汗。他就用这种办法驱寒坚持读书。由于苦读书，后来终于成为我国著名的文学家。然而并不是每一个人都会取得成功成为大文豪，不是只有伟大才能成就辉煌，小事亦可，只需做到无悔。古有孙敬悬梁，苏秦刺股，李密牛角挂书，董仲舒三年不窥园，匡衡凿壁偷光……成大事者抓住了生命的点点滴滴，生命走过留下了痕迹。

席慕蓉有言："浮华一生，淡忘一季，空有回忆，打乱缠绵。笑容不见，落寞万千。弦，思华年，那些年华，恍然如梦，亦如，流水，一去不返，不泣离别，不诉终殇。"人生苦短，需要珍惜，因为懂得珍惜，才能拥有。因为懂得满足，才会快乐。这是我们对青春的唯一承诺，也是我们对人生的唯一承诺。当我们再次追忆似水流年的时候，会用微笑来面对我们曾经的缤纷四季，千万别让青春输给时间！

走过稚嫩纯真，尝过泪雨倾盆，看过落寞黄昏，再多再多只愿，青春无悔。采撷春天的花瓣，妆点冬天的严寒；积蓄夏日的烈阳，品味秋日的硕果。青春不是孤山一角，人生不是无声号角，无论是什么我们都要用自己的真心与努力成就青春的美好、人生的华章。

（本文初刊于《百草》，56 期）

书香人生

16 语教专 1　胡丽萍

暑期，闷热的天气夹杂着知了的叫声，让人烦躁不安，随手拿起书架上的书，一股清凉从心底蔓延开来，仿佛只有读书才可以心静如水。身体和心灵总要有一个在路上，而书香伴我的心灵一直走在路上，我与书的故事也一直在延续。

"以小儿之目观察万物，而以诗人之笔写之，故美妙自然，可称神品，真前无古人，后亦无来者也。"童年时光因为有了《安徒生童话》，所以格外精彩。在懵懂无知的年纪，是它让我学会善待他人、学会勇敢和乐观、学会坚强和拼搏，带我感受这个世界的温暖。读《卖火柴的小女孩》，我懂得了"赠人玫瑰，手有余香"；读《丑小鸭》，我懂得了"人生难得几回搏，此时不搏待何时"；读《打火匣》，我懂得了"勇气是一个人处于逆境中的光明"……慢慢地我长大了，变得对所有的一切不屑一顾，总是试图打破规则、张扬个性，对世界和生活无所畏惧。幸运的是，在这年少轻狂的年华里，我遇到了一位作者，读了两本书，充实了四季。冰心的《繁星》《春水》平复了我年少的冲动，让我的青春走得更稳更实。"青年人呵！为着后来的回忆，小心着意地描你现在的图画。"简单明了的字眼，包含了对青年人的忠告，也让我明白了青春不是用来浪费和虚度的。"墙角的花，你孤芳自赏时，天地便小了。"三言两语，抒写了对人生的思考，也让我懂得生命之花总是在谦逊的心境中绚烂开放，一旦陷入孤芳自赏之中，就会枯萎凋谢。

《穆斯林葬礼》中说："人生是一场梦吗？不，梦醒之后还可以忘却，人生可以忘却吗？人生是一部书吗？不，书成之后还可以删改，人生可以删改吗？人生从来没有蓝图，度过了人生，才完成了人生。"在高中那段辛苦的岁月中，是这本书给了我最大的勇气和安慰。真挚的情感、冷峻的文笔，一次次拨动我的心弦，奇谲诡变的宗教历史、三代人的命运沉浮，一次次震撼我的心灵。韩子奇既勇敢又懦弱的矛盾，让我明白人生要在一无所知中勇往直前，但是也要学会"退一步海阔天空"；梁君璧坚持旧社会的观念，让我明白人生就只有一次，要勇敢去打破旧的牢笼；韩新月的悲伤离去，让我明白哪怕生活中荆棘遍布，也要坚强地大步向前！到了风华正茂的大学阶段，又是书籍让我更加珍惜现在，意气风发。培根说："书籍是在时代的波涛中航行的思想之船，它小心翼翼地把珍贵的货物运送给一代又一代。"肯·福莱特用他的笔为我们生动地展示了波澜壮阔的20世纪，在那个充满屈辱与荣耀的年代，勇敢者们为心中的理想奋斗着，沃尔特为世界和平奋斗着，艾瑟尔和茉黛为女性权利奋斗着……"世界是属于勇敢者的，所以世界是属于我的。"肯·福莱特用这句话完美地概括了《巨人的陨落》。在第一次世界大战的硝烟中，每一个迈向死亡的生命都在热烈生长，我们生长在一个和平而又美妙的世界里，为何要畏葸不前呢？在本该拼搏的年纪里，就应该像那些勇敢者一样为心中的理想而奋斗，许多事情不是有了希望才去努力，而是因为有了努力才有了希望，趁着风华正茂，就该一起挥斥方遒！

大学生活才拉开序幕的一角，我与书的故事也还将继续。高尔基说过：

"每一本书都是一个用黑字印在白纸上的灵魂,只要我的眼睛、我的理智接触了它,它就会活起来了。"我愿让书香与人生相伴,使心灵多一分坦然,使人生多一分饱满。

(本文初刊于《滨州学院报》,2017 年 9 月 2 日)

小怪兽

17 法律专 1　曲雪源

其实蛮想为绘梨衣写点东西的,但一直在犹豫,不知道该如何下笔,好比剑客刺出最好的一剑都在电光石火的一刹那,剩下的不过是意兴阑珊,高处不胜寒罢了……王家卫在《东邪西毒》中说"念念不忘,必有回响"。既已执着于此,辗转千里,蓦然回首,灯火阑珊处遇见的亦是曾让你心心念念的……

每个女孩的生命里都应该有那么一段或长或短的"假期"陪着自己心爱的男孩浪迹天涯,完完全全地放松。在浩浩荡荡的唱经声中,夕阳铺满沙滩,赤红的阳光犹如海潮般涌来,两人相互凝望,轻轻拥抱,纵然明日天寒地冻,路遥马亡。

人生之事十之八九不如意,就如作者江南所言,东京之行是我给路明非他们放的一场大假,生活中不如意的事情有很多,何不忙里偷闲悄悄给自己放个假?《悠长假期》里面有句很有名的台词说:"人生不如意的时候,是上帝给的长假,这个时候应该好好享受假期。突然有一天假期结束,时来运转,人生才是真正开始了。"

绘梨衣就是他们在东京的假期,男孩们像三只蠢蠢欲动的狗熊觊觎树上美味的蜂蜜一样挤在狭小的窗户边上偷看着女孩曼妙的身姿,又像三个更年期的中年妇女喋喋不休地争论着是否应该将这只翘家成功的"小怪兽"给遣送回家。

　　本来危机四伏的东京在男孩们的争论中突然变得温柔起来,粉红色的樱花瓣随着浩荡的雨水在街道上浩荡奔流,鲜嫩的生鱼片,金黄色的天妇罗在食客们的指尖来回递送。初夏的东京仿佛一下子变得充满了活力。路明非挠挠头发说我还得去照顾小怪兽,凯撒无奈地用枪管捅捅楚子航的腰说那我和楚子航去给你挣生活费。楚子航一手拍掉枪管,冷冷地瞥了眼凯撒转身下楼。

　　我蛮喜欢看这种满屏的中二热血少年的故事情节,觉得江南是真心想给他们放个长假,好让路明非陪着呆萌的小怪兽好好享受一下短暂的清闲。

　　江南将整本书所有的甜蜜都留给了梅津寺町的夕阳,火烧云无边无际地涌来,路明非和绘梨衣深深地拥抱,金红色的阳光映在绘梨衣酒红色的瞳孔里,太阳将海面烧得通红,她的眼睛犹如星海般前所未有的明亮。轻声说,这个世界很温柔。

　　江南用尽全力去写,他把路明非写得很帅,努力地不恋也不后退,绘梨衣美得让人黯然神伤,即使他们两个接下来所面对的是冷酷的命运。

　　我想路明非在那一刻对小怪兽多少还是有些动心的,但他还是放任绘梨衣离去,最后在水井底抱着小怪兽的尸体怒吼,化身为龙,对着铅灰色的命运发出暴怒而疲惫的咆哮。

　　诚如夏达说的,错过,不是错了,是过了。其实生命就是这样,你错过了某个女孩的一瞬,可能擦肩而过的就是一生。

　　绘梨衣对路明非的感情早已在梅津寺町凝望中虽无一言却已百转千回,表达得淋漓尽致。路明非说到底对绘梨衣也只是喜欢而绝非是像对诺诺一样固执的爱。

　　结尾套用一下《定风波》中的词吧。

> 你陪了我多少,
> 穿林打叶,
> 过程轰轰烈烈。
> 花开花落,
> 一路上起起跌跌。
> 春夏秋冬泯和灭,
> 幕还未谢。
> 好不容易又一年。

是啊,你是小怪兽,可小怪兽也有小怪兽的好朋友,如果有正义的奥特曼来杀你,我们就一起把正义的奥特曼杀死!

(本文初刊于《百草》,2018 年 5 月 15 日)

彩绘待雪

17 语教专 4　陈婷婷

前几日打开朋友圈,发现被校园的雪景刷屏,大雪过后,雪花毫不吝啬地在人家的学校里纷纷扬扬,滨院人却只能盯着天气,望着盼着等着迟迟不来的雪花。

今天终于飘了两三朵,恍觉竟已深冬。北国的冬向来落寞萧条。但不经意间,在校园的角角落落里那几点斑斓,猝不及防地闯进了视线,那是艺术学院的彩绘,为井盖披上了靓丽的衣袍。这样极具创意的改变不禁让人为之一振,不经意间为萧索的冬季添上了一抹明媚的色彩,几点斑斓,几丝暖意。

《月令七十二候集解》说:"大雪,十一月节。大者,盛也。至此而雪盛矣。"虽然未见雪之盛景,但总算等来了初雪。漫天的纷纷扬扬,在地面积起了薄薄的一层,打湿了井盖,上面的颜色更显鲜艳了。它是灵感的执笔,是色彩的铺陈,白雪与彩绘相得益彰,为我们呈现了一幅丝毫不输银杏叶落之美的校园画卷。

"小雪封地,大雪封河"聚英湖早早地结了一层薄冰,一件棉衣已抵挡不住深冬的寒冷,但对初雪的热情让同学们对雪花浴有些迫不及待,伸出的接住雪花的手冻得通红,但依然舍不得错过今年的第一场雪。

飞花已入户,青竹未变琼枝,初雪来得让人讶异欢喜,去得猝不及防,只有地上的湿润告诉我们,它来过。

大雪三候,盛极而衰。像雪莱说的,冬来春近。初雪已降,春日不远!

(本文初刊于《百草》,2017 年 12 月 28 日)

新时代，再出发

17 语教专 4　徐梦真

　　阳春三月看两会，春回大地，全国两会已经启幕。全面贯彻党的十九大精神开局之年的历史性盛会，把党的目标熔铸于亿万人民的共同奋斗，向着民族复兴的光明未来阔步前行！回顾这五年，国内生产总值从 54 万亿元增加到 82.7 万亿元，城镇新增就业 6600 万人以上，贫困人口减少 680 多万……这些进步还不够振奋人心吗？3 月 5 日，同样是我们的"学雷锋日"，在新的时代奏章下，贯彻落实习近平新时代中国特色社会主义思想和党的十九大精神，需要我们弘扬雷锋精神。我国经济在蒸蒸日上的同时，更不能忘了要共同建造一个充满人情味的烟火人间。

　　前不久在"学雷锋日"那天，系院组织观看了《离开雷锋的日子》，通过这部影片，我第一次了解到了雷锋的死因，也在乔安山一系列事迹中对雷锋精神有了新的认识。乔安山扶过路受伤老人反被诬的事情让我不禁联想到现今社会的"彭宇案"，小学生扶老奶奶反被诬等等事件，这反映了社会价值观的沦丧，这样下去人与人之间的信任会日益下降，以后做好事的人岂不是越来越少！

　　社会经济发展得越来越快，人们也不断地在追赶着时代的步伐，"一切向钱看"似乎也成了一种潮流，但我们应该慢下来好好想一想，支撑这个社会最根本的是什么？当然不是钞票，而应该是道德素养。我认为，雷锋精神不应该只是雷锋这一个人的无私奉献的一生才传扬出的一种精神，而是中华传统美德的助人为乐精神的发扬与延续，同样，雷锋精神也不应该只成为一个简单的节日概念甚至人们饭后的谈资，它应该是深深根植在我们心中的一种帮助他人的欲望与想法。

　　看了《离开雷锋的日子》才知道它是借过去的时光写现时的事和问题。市场经济发展的当代，我们不否认经济发展带给我们的便捷，带给我们的享受,但我们也不能否认经济发展带来的人情冷漠化,这是客观事实,我们无法逃避。所以我们有两条路,要么任由公德走下坡路,要么携手共同发扬雷锋精神。我们需要大力发展经济来满足日益增长的物质需求,但我们更需要大力弘扬日渐缺乏的道德,精神和物质是同样重要的。纵观历史,没有哪一朝代哪一国强大到不需要弘扬道德,物质好控制,但人心不好猜测,道德只能由人们发自内心地去发展。

"你们的行动告诉我雷锋他没死,他还活着",乔安山说雷锋他没死,他还活着。对,雷锋还活着,他活在每个人的心中。

前些天热映的《芳华》,得到人们的一致好评,影片中最令人心疼和深省的莫过于刘峰,他是典型的"奉献型"人格,是好人。食堂吃饭时,专挑没人愿意吃的煮破的饺子;南方女战友不喜欢吃饺子,便给她煮挂面;战友长途跋涉脚上起水泡,主动为其挑破;战友让去北京顺带修个表,因为手表太贵没人愿意去修,他便自己钻研修好了;拱手相让来之不易的大学进修机会;为了给结婚的战友省钱,连夜为其打造了俩沙发……

这些给他换来了连年的"标兵",他被热情地称呼为"活雷锋"。然而这并没有给他带来很好的结局。鲁莽地表白、拥抱心仪姑娘林丁丁,被撞见后,战友的第一反应是"林丁丁,你竟敢腐蚀'活雷锋'!"

片中最令我难受的一幕是,刘峰被下放离开文工团那天,除了同样被大家孤立的何小萍,竟无一人送行。飘泼大雨中他渐渐远离,战友们的避之不及,似乎是对他平日善行的否定。原著作者严歌苓说:刘峰,就是过剩的善良。在社会道德风气日益下滑的今天,我们需要雷锋精神,但善良一旦泛滥,就会被当作懦弱。刘峰的"雷锋精神"值得我们学习,但任何的好都应该有度。我们既要弘扬雷锋精神,践行雷锋精神,也要做好自己,做新时代正确践行雷锋精神的新青年!

精神和物质同样重要,新时期我们更要弘扬雷锋精神,不能再让"扶不起"事件发生,不能让"学雷锋日"仅仅只是一个节日仪式。我们要做乔安山那样把雷锋精神渗入到生活的方方面面的人,也要避免成为刘峰那样过度善良的人。我们的社会应该是一个人民不愁吃穿、平安喜乐、互助和谐的美好社会。

从党的十九大到全国两会,凝聚着亿万人民的意志,在新的历史条件下,梦想与道路在又一个历史起点上交汇,让雷锋精神成为我们前进的精神力量,让我们在以习近平同志为核心的党中央坚强领导下,向着中华民族伟大的中国梦奋勇前进! 2018 新时代,我们一起,再出发!

（本文初刊于《中文社报》,2017 年 12 月 28 日）

行者无疆

15 中文本 1 孔润泽

旅行是一件会上瘾的事情,就像刷微博、朋友圈总会有新鲜的发现。然而旅行所描绘出的万紫千红的世界,永远比在几寸手机屏幕上刷新出来的内容立体、真实鲜活。

偶然实现了一场"说走就走的旅行",没想到从那以后旅行变得一发不可收拾。喜欢上了在满满的出行时间中找到属于自己的行车表,在无数家酒店宾馆农家乐中选落脚处细细做旅途攻略的感觉,可以卸掉平常日子里纷繁嘈杂的包袱,放下忙碌,静下心来悠然自得地感受"未知"的前路。在路上隐隐的兴奋伴随着对陌生世界的期待,仿佛在每一个地点等待自己的都是一场新的邂逅。拐进聚落的老屋中,听皱纹里都嵌着阳光的彝族老人感叹"生活好了喔,日子过得也美了";暮色四合,簇拥炉火,与热情好客的傣族姑娘们载歌载舞,人们面面相对笑得灿烂;天山的雪一路泄到山麓,清晨被邻家的女儿取来融化洁面;呼伦贝尔草原牧羊的家犬,对着辽远天边的一座蒙古包深情呼唤;摇着传经筒朝拜的人向着西方圣洁的布达拉宫虔诚地行礼,低合的眼睛中流露着坚定的虔诚。见所未见的风景和异域环境风情,与温暖好客的主人攀谈时心贴心的感受,旅行时与异地的朋友分享彼此的生活,又在彼此眼中读出闪闪发光的向往,一切都是那么新鲜刺激。想要去的地方仿佛是自己划定的疆域,疆域有多宽,心就有多大。大千世界需要用心去感受它,用脚步去征服它,而身在其中的自己同时亦被它的魅力所征服,不禁感叹造物的鬼斧神工与人情的百态多样。

电影《罗马假日》中有一句话"你可以选择旅行或阅读，但身体和灵魂，总要有一个在路上"，我深以为然。旅行，不只是步数的叠加与单纯的走马观花，更不是在不断地转换镜头与闪光灯后回味那胶片里的红蓝黄绿。旅行是不断探索发现的过程，这个过程向外延伸至自然社会，向内则是不断地与崭新的自己相遇，只需要一颗安静的心和不停的脚步，不停地遇见，不停地思考，不停地转变自己。赏奇景，懂得了自然的馈赠；与人处，感恩了人间的真情。淋过了未曾有准备的大雨，坚持了未曾喊疼的腿疾，才知道原来自己可以变得更好来般配这个美好的世界。不止如此，站在苍茫的云海中，躺在金灿的花田里，穿梭在皑皑的白雪上，才知道生活里不只是金钱琐事，人情繁复，将自己置身于琐碎无尽之中，久而久之也会变得斤斤计较，若将自己置身于灿灿花瓣之中，那仿佛自己也可以开出一朵花来。若将胸中的格局屹立于山顶，包揽苍苍天下，仿佛世界都属于自己，那还有什么烦恼呢！恍然竟有一种《赤壁赋》"耳得之为声，目遇之成色"的"物我无尽"的境界。如三毛而言："生命的过程，无论是阳春白雪，青菜豆腐，我得尝尝是什么滋味，才不枉来走这么一遭。"

羁旅风尘里虽有艰辛却也不乏温情浪漫，旅行给了我对生命酸甜苦辣的不同认识，不同的地方带来了各异的滋味，每一种新鲜的感触都装点着心灵世界。当真正走出紧锁的屋门时，才发现拥有着一个世界，这世界是一个可供探索一生的宝藏。我愿用心做一个流浪者的梦，勇敢地背上旅行的背包，去走、去闯、去看、去感受。不管是我属于这大千世界，还是这大千世界属于我，只知道纷繁世界，我认真走过。趁我们还年轻，去翻山越岭吧，心无限，天地宽，行者无疆！

（本文获滨州学院品牌专业汉语言文学首届文学作品原创大赛二等奖）

秋风萧瑟，却不悲凉

16 中文本 1　娄瑾瑾

秋风，秋雨，秋叶翻飞；凄清，微冷，却不再悲凉。提起秋天，不免让人想起瑟瑟秋风，自古伤秋也早已成为秋日的常态。然而，秋风萧瑟却可以不悲凉，秋叶飘飞亦是一种生命的重现。秋天，也是一个绚丽而缤纷的季节，它有着独特的典雅与韵味。

我喜欢秋，喜欢秋的雨。秋日的雨，没有夏雨那般豪放粗犷，它只是飘飘然地洒落，像针尖，像牛毛，像指尖轻轻地划过脸颊，只留下浅浅的痕。秋雨缠绵，像在诉说自己的故事，在你的耳边喃喃细语，或者，自己又跑去一边了罢。独自走在小巷里，撑，或不撑伞，就那么慢慢地走着，心情很是平静。这种细雨濛濛中的漫步，是秋日里美而妙的独特感受。

我喜欢秋，喜欢秋的凉。淡淡的凉意，使我们脱去了短的单薄衣衫。秋日里，喜欢那长长的袖子盖过半个手掌。那是一种从指尖传递而来的真实的温暖。没有酷暑，亦无严寒。只是，轻轻的微凉，在这个季节里，令人清醒同时也很明朗。喜欢这份清凉的感受，冰冰凉的温度，心情也好似清凉的小溪，潺潺流动，叮咚作响，清脆而悦耳，如落叶一般自由翻飞，寥落，展现一分孤傲的美丽。

我喜欢秋，喜欢秋日的阳。灿烂秋阳，温暖和煦。这时的阳光，没有刺眼的光芒，只是柔柔地抚摸着这片清凉的世界，撒上暖暖的金黄色。它透过树枝洒下斑驳的落影，稀稀疏疏，随风摇曳。抬头望去，不过也是一片的柔情似水，明亮而柔和。

我喜欢秋的干爽明朗，喜欢秋的和煦明亮，喜欢秋的清凉，喜欢秋的一切，因为，秋风萧瑟，却不悲凉。

（本文初刊于《百草》，2017 年 12 月 15 日第 55 期）

孤独的自由

17 语教专 5　于啸寒

"少年听雨歌楼上。红烛昏罗帐。壮年听雨客舟中。江阔云低、断雁叫西风。而今听雨僧庐下。鬓已星星也。悲欢离合总无情。一任阶前、点滴到天明。"蒋捷这首词能读出的不只是物是人非,更是那满目的孤独。

有人说,我夫妻和睦,儿孙绕膝,何来孤独?孤独是一种属性,一种与生俱来的属性。

仓央嘉措是孤独的,住在布达拉宫的他却依然想流浪在白雪皑皑的拉萨街头,这个世间最美的情郎,注定永远是孤独的。骑着白鹿踏歌行的也只会有他一人。

纳兰容若是孤独的,身为纳兰家族的公子,皇上面前的红人,他却只是想饮酒、赋诗、以文会友,想轻轻推动他发妻卢氏的秋千。这个多愁善感的才子注定永远是孤独的,吟出"情到多处情转薄,而今真个不多情"的也只会只有他一人。

太宰治是孤独的,负有盛名的作家,看透人生。心里想的只有死亡,他想得到别人的理解,他也想解脱,这个英年早逝的天才,注定永远是孤独的,写出《人间失格》的,也只有他一人。

他们是孤独的,我想,我也是孤独的,脸上戴着的厚重的面具,可以随时变幻,微笑、愤怒、苦恼、流泪。但面具遮盖不了的是孤独的内心。孤独是我的标签,也可能是每个人的标签。在漆黑如墨的夜里哭得像个孩子似的时候。孤独注定就已经伴随我一生了。

因为孤独,所以渴望自由。我想去喝最烈的酒,与有缘人结个小善缘;我想与友静听江上雨,共饮寒舟里;我想小舟从此逝,江海寄余生;我想人闲桂花落,夜静春山空;我想如梭罗找到属于自己的瓦尔登湖;我想随时归去,做个闲人,对一张琴,一壶酒,一溪云……

孤独并不是一个消极的词汇,它只是一种冷清的气质与微小的落寞。人们总是喜欢孤独的女子,张爱玲是,三毛亦是。她们都是孤独的,但孤独总是和美并存,有时也可以与欢乐比邻。

伴着孤独的你也会有似诗般的少年情怀,可以明朝散发弄扁舟,可以一蓑烟雨任平生,可以今朝有酒今朝醉,可以胸有浩然气、千里快哉风,可以豪饮生活中的美酒使自己的灵魂起舞,可以成为最美好的自己。

有人说:心无处安放,就生成了寂寞,也就会孤独。心灵找不到栖息的方向,到哪里都是流浪。

请给心灵找一个栖息的方向,将孤独放在那逐渐云淡风轻的天上。

（本文初刊于《百草》第 54 期,2017 年 11 月 18 日）

我的大学

17 语教专 2　孙蓉蓉

一个人追求的目标越高,他的才力就发展得越快,对社会就越有益。我确信这也是一个真理。

——高尔基

高尔基著有《我的大学》一书,高尔基的大学反映的是当时俄国知识分子的生活和反对沙皇统治的各种活动。他的大学讲的是这一时期俄国知识分子的思想追求。可是我的大学是不同于高尔基的大学的,因为我生活在和平的年代,我不需要打仗,也不需要挨饿,但我却需要那样的斗志、永不熄灭的斗志来对待我的生活。这倒是和高尔基一样。

大学啊,那是一个怎样的地方?如果你不曾经历过大学生活,那么别人口中的大学生活永远不是你曾想的那个样子的。能有一千个哈姆雷特,就能有一千个不同的大学生活。大学啊,没有像高中时那样烦琐的考试了,可是,你却不能轻易得知自己与别人的差距了,没有成绩就没有对比,没有对比就没有伤害。当期末考试结束以后，面对为数不多的成绩公布单，你才知道，原来别人看似没有努力学习，看似和自己一样，其实别人的努力都在背后，别人不曾停下学习的脚步，不学习的人好像只有自己。那个时候，你才会恍然大悟，拍着脑袋说自己害了自己。

大学是一个开放的地方，它全面地接纳你，不管你在哪一方面有特长都会有你的用武之地，但需要你自己去开发。但如果每天待在宿舍，那么，只能说，你不会拥有一个完整的大学生活。有时候，你可能会埋怨，为什么老师讲完课就走了，为什么不能再多讲一点呢。对啊，大学就是这样，老师不会再像高中那样督促你了，这个时候你才明白原来学习真的不是给老师学的。高中时候老师说的话，到了大学才知道悔悟，确实是晚了三秋。但是要知道，你不放弃的东西，它就不会放弃你。学习也是这样。

你是否带着家人的心愿？我不想问自己是否带着父母的心愿来到学校。因为我知道，我怕辜负。当入学的那一天，父母送我来，我知道他们期盼着什么，我全都知道。可是，我是否又在不知不觉中辜负了这份期盼，在手机上，在睡觉上，在……我知道，我不是个有很强意志力的孩子，但是，我一想到父母，我还是会思考，会克制自己，因为我不能辜负。很长一段时间里我都会想起一段话："孩子，我要求你读书用功，不是因为我要你跟别人比成绩，而是因为，我希望你将来会拥有选择的权利，选择有意义、有时间的工作，而不是被迫谋生。当你的工作在你心中有意义，你就有成就感。当你的工作给你时间，不剥夺你的生活，你就有尊严。成就感和尊严，给你快乐。"我的父母从来没有和我说过这样的话，或许他们也不知道甚至没听过这样的话，可是，我却知道，这就是他们所想要表达给我的，在那炽热的眼神中，在那一次次目送中，我能读懂父母心里的话。他们也曾用语言叮嘱过我："孩子，好好学习，不能像我们一样。"

当我真的身处大学以后，我才渐渐明白了一些道理。比如，为人处世的道理。大学里朋友多了，有好处也有坏处。朋友多了好办事，俗话也说："在家靠父母，出门靠朋友。"可是，朋友多了也是有坏处的，因为并不是所有的人都喜欢你。所以，有时候要学会伪装自己，保护自己，但这不意味着要去欺骗别人，而是希望有个双方都好的结局。有时候善意的伪装也是处理问题的方法，但是，不能去伤害别人，因为自己同样不希望别人伤害自己，别人也是这样想的。

来到大学生活就要离开家乡。总有一天你要离开家乡,去到一个陌生的城市,或是工作,或是学习,或是还有其他必须离开的原因。当你走的时候,或许你还没有发现,故乡,我有多么离不开你。人总是在困境中或是伤心的时候怀念,故乡便是游子的寄托,是游子心灵与肉体的港湾,在我心里有天涯海角的话,那一定是故乡。思念故乡,那是一种发自内心的迫切感,想念故乡的山、水,甚至是故乡的一草一木,想触摸故乡,想拥故乡入怀,但最终也只是在心里默念:愿故乡的天蓝蓝。故乡的天和大学的天一样,可是,故乡的生活却和大学的生活不一样,故乡用来温柔,大学用来奋斗。

不管曾经的生活多么辉煌,那也早就已经过去。不管以前的日子多么糟糕,未来的路还是要前行。你不可能停下脚步,我也不可能,因为你怕我超过你,我怕我追不上你。我们都有一个梦想或是遥不可期,或是指日可待,也许你只是说说,但我却是下定决心去完成。我背负着梦想看似有些落后,但最后梦想的翅膀会带我超越,我相信,我的大学就是我的炼狱,是我长出翅膀的地方。

我的大学注定不同于你的大学,每个人的大学又会是不同的模样。因为成就梦想的地方,你想它是什么样它就是什么样,这取决于你的理想,取决于你自己。愿我们的大学生活都过成我们想要的模样。

(本文初刊于《滨州学院报》第 3 期,2017 年 3 月 15 日)

小者未盛雪初现

17 语教专 4　陈婷婷

"十月中,雨下而为寒气所薄,故凝而为雪,小者未盛之辞。"故名,小雪。

还有一种解释,古籍《群芳谱》中:"小雪气寒而将雪矣,地寒未甚而雪未大也。"这就是说,到"小雪"节气由于天气寒冷,降水形式由雨变为雪,但此时由于"地寒未甚"故雪下得次数少,雪量还不大,所以称为小雪。

初冬的滨院,银杏泛黄,落叶纷纷,只有草地与冬青还坚守着最后一抹绿意。骤冷的气温让空气中流动的水汽凝成一层薄霜,虚虚地盖住了草尖的枯黄,并不断地侵袭着那丝绿意,侵蚀着最后一丝暖意,为天地铺上苍凉,这苍凉直逼心底,让人忍不住添了一件又一件棉衣。

俗话说,立冬,补嘴空。小雪向来有吃糍粑的习俗,"腌腊肉,等新年"的风俗也为各地传承。随着天气逐渐变冷,学校餐厅已新上了一份份应季的羊肉汤、大骨汤……一碗入腹,额上被辣出一层热汗,升腾的热气驱散了身体的寒意,这是独属于冬天的美味。

小雪时节的北方,已经进入封冻季节。"荷尽已无擎雨盖,菊残犹有傲霜枝",聚英湖中一片萧条,在一派朔风肃杀中,荷叶残败凋零,芦花被风吹散,蒲条东歪西倒,水鸟也已迁徙。曾经的"接天莲叶无穷碧",也只剩下了一柄柄光秃秃的长茎。

校园里曾经铺满银杏大道的一地金黄落叶,也被值周的同学拢成了几堆小山,枯黄的叶子打成了一个卷儿,上面结着薄霜。不远处的井盖儿被艺术学院的同学们绘上了斑斓的色彩,浓墨重彩,为这寒冷的节气添了几分明媚。

走过滨州学院的四季,小雪不期而遇,在这个季节又会有多少的甜蜜与苦涩啊?

（本文初刊于《百草》,2017 年 12 月 12 日）

孤独与梦想

17 语教专 4　刘林青

当你奔走于今天与明天之间，你是否忘记了昨天的美好；当你穿梭在灯光闪烁的十字路口，你是否也感到孤独与彷徨；当你在学习和生活之间来回游走，你是否还记得最初的梦想。

梦想是一个说出来就矫情的东西。年少时心里有个梦，梦想着未来的种种可能，而年长些却不敢再去想，现实让我们认清梦想这座山太高。梦想是那样近却又那样远，追梦的那段路程，我们失去了太多太多，笑容不再那样灿烂，泪水似乎来得更快，心猛然感到孤单。

越长大越孤单，越长大越不安，我们被时间推着往前走，学会了成长，懂得了离别。十三岁，一句再见之后，告别了相处六年的老友；十九岁，在亲人的牵挂中远离家乡，带着些许不舍，踏上了新的征程。走过一些路，也认识一些人，终于明白，总有一段路，要自己一个人走。有些事经历了才会懂得，有些人错过了才会珍惜，有些缘分只适合擦肩而过。觥筹交错之后，剩下的只有孤独。

一场青春，有些人走，有些人留，有些人默默守候，我们总说尘世复杂，可是放下，做真正的自己，又谈何容易。

我们都曾为心底那个梦想纯粹而坚定地努力过，

我们都曾守住孤独，

因为，成长这条路注定孤独……

（本文初刊于《百草》第 54 期，2017 年 11 月 18 日）

梅花总负深情

15中文本2　陈媛媛

我的心是深夜梦里的残月，我的情是青碧寒冷永不再流的湖水。

我经常伏案倾吐对你疯狂的思念。

高君宇，我一遍遍呼喊着、默念着，这是铭记于我心的名字。我记起在宣武门外的山西会馆里那个令人敬仰的热血青年，那慷慨激昂的言辞，曾带给我无穷的新生力量。陶然亭内温和的谦谦君子，曾在一瞬消散我的冷傲，让我痴情，为革命事业南北漂泊的真的猛士，是我一生最伟大而多情的英雄。

自你走后，我时常听见内心疯狂而纠缠的喃喃呓语：石评梅，你不应该拒绝视你为生命的英雄。

在你走后我度过了最痛苦的三年，我用纸笔抒写对你的思念，我在茫茫的无际黑暗里哭诉和呼喊：我愿意燃烧我的肉身化为灰烬；我愿放浪我的热情波涛汹涌；让我再见见你的英魂。

我痛恨命运对我的捉弄！

为什么偏偏先遇着石天放，这个假面温柔内里轻浮的男子，当我爱得深沉的时候，却发现不过是乱花渐欲迷人眼，我心如死灰。放弃相信爱情。以至于我假装看不见你含情脉脉的眼神，更狠心地拒绝你近乎楚楚可怜藏之卑微的爱意。孤傲和尊严时刻提醒着石天放对我的伤害，我甚至发下了"独身"的誓言，孤傲和尊严绝不容许我再对一个有妇之夫飞蛾扑火、相思入骨。

你为我摘下西山悬崖峭壁上那片最鲜艳的红叶，"满山秋色关不住，一片红叶寄相思"滚烫了我的情愫，我多么渴望给你令人欣喜的答案，然而留给你的只是一场空欢喜。

无数次翻看着你的信。你说，我的所愿，你赴汤蹈火以求之；我的不愿，你将赴汤蹈火以阻之。当时泪流满面却还是固执地写下了"只希望洁白的象牙戒指,象征我们的冰雪友情"。

那片红叶,那枚象牙戒指,都将成为灼烧我心尖的廖火。

我恨自己在你病重的时候才幡然醒悟,我终于想明白要抓住眼前唾手可得的幸福,当我看到那张空空的病床,我知道,我再也没有机会了,我的伟大而多情的英雄,已经魂归九天。

陶然荒丘,我孤坐于此,把所有的泪都流在坟头。

碧海青天无限路,更知何日重逢君。

(本文初刊于《百草》第 52 期,2017 年 9 月 15 日)

春日物语

17 语教专 1　于冬芳

"暖雨晴风初破冻,柳眼梅腮,已觉春心动。"告别了银装素裹的冬天,迎来了万物复苏的春天。春像是一个神秘的精灵,在不知不觉中,从远方赶来,跨越千山万水,遍洒人间春意。她身着云裳,点缀春花。她衣裙掠过的树梢长出嫩叶,她素手抚过的地方开满春花。她一挥袖便是绵绵细雨,润物无声,她一回眸便是一抹春光,鸟语花香。她所到之处,万物复苏,春风和煦。她流连之处,花开满园,沁人心脾。

春日不似夏日的热烈,不似秋日的静美,不似冬日的圣洁。她是那样淡然,美丽而不张扬,却最让人温暖。一年之计在于春。春意味着开始,意味着希望。同学们开始在春的日子里忙碌,虽然辛苦,却很充实。春天的滨院尤其美丽,同学们闲时会在校园里游玩,尽情享受春的美丽。"迟日江山丽,春风花草香。"黄灿灿的迎春花、粉嫩嫩的樱花、白茫茫的梨花、红艳艳的桃花竞相开放,小巧精致,花团锦簇。远远望去朦胧梦幻,身临其境宛如行走在花海,清甜淡雅的香气沁人心脾、唯美浪漫,让人醉心不已。漫步聚英湖畔,冰雪早已融化。蔚蓝的天空映衬得湖水更加的澄澈。柳枝长出新叶,嫩嫩的、绿绿的,如同一位婀娜的美人在湖边梳洗她的秀发。柳枝轻点水面,像拂在人的心中荡起朵朵涟漪。岸边的小草探出头来,鲜嫩可爱,充满生机活力。岸边赏景游玩的人很多,无不被这美丽的景象吸引,脸上洋溢着幸福的笑容。春天美丽却又短暂。如果不把握机会,及时行乐,便会错过一年中最美的景象。

"一弦叹,花期短,香销香残,叶间蝶翩跹,落红惜流年,芳华易逝尘世间。"今日灼灼其华盛开在枝头,转眼便随风飘落成氤氲暗香的花雨,风吹过洒落一地花瓣,抬头望去,漫天飞花。路过的人们此时会停住匆匆的步伐,抬起头注视着那绝美的画面。时间仿佛在这一刻静止,只有花瓣簌簌落下,空气中还残留着阵阵幽香。没有什么比落花更引人回忆,青涩的、甜蜜的、感伤的、惆怅的在此刻凝聚。再过几日,树枝上只有零星几朵花,若不是满地堆积的花瓣,人们似乎都要怀疑它们是不是从未来过,便是短短几日就辞去了芳华,让人不由叹惋,但它们确实来过,曾经开得那么热烈、那么张扬,像是在燃烧生命般地努力绽放,惊艳绝伦,它们可以不顾一切,一夜之间花开满园只为刹那芳华。它们用这种方式把自己最美的一面展示出来,那样蓬勃明净、那样轰轰烈烈。人们也许会叹息,可怜它们的花期太短。但它们用这样悲壮的方式证明它们曾来过这个世界,曾是这个春天最美的风景,这便足矣。落花走了,带着人们对它曾经的赞美,去往了它体现自己价值的某个地方。"落红不是无情物,化作春泥更护花。"透过艳丽的花朵,泥土间的点点碎红,正展示着它们的价值……

"七弦叹,韶华远,年华难返,经年路漫漫,匆匆岁月迁,流年似水看不见。"人生短暂,犹如白驹过隙。如果不珍惜时光,在最美的年华努力绽放,恐怕要追悔莫及。我们如果能像春花一般,在年轻的时候,努力拼搏、自强不息,活出自己的风采;在面临死亡时,能问心无愧、安详淡然;感恩社会,无私奉献。这样的一生可谓轰轰烈烈、荡气回肠。月不长圆花易落,花不看开人易老。趁年轻时潇洒走一回,及时把握青春年华,珍惜一生中最美好的时光,不要到年老时后悔不已,无所作为。我们要无愧于自己,无愧于他人。纵使年华老去,青春不再,也能无怨无悔。在春日中,我洗涤了心灵、陶冶了情操,我的心灵仿佛变得更加透彻和美好。

(本文初刊于《滨州学院报》,2018 年 4 月 13 日)

滨州印象

15 中文本 2　张思媛

"试问岭南应不好,却道,此心安处是吾乡。"夏天上映的电影《北京遇上西雅图之不二情书》中,奶奶从大洋彼岸回到汨罗江,将爷爷的骨灰沿江撒下,爷爷最后的心愿便是长眠于此生心安处。

高考的热浪一波接一波,然而我早已经站在这命归之所,看他们背井离乡,火车、汽车甚至高铁、飞机,走得愈发远了,记得那年我也抱着必然远去的想法。所以,滨州成了他们永远的家乡,更是我的心安处。即使有那些不确定的未来,谁也不会忘记脑海中的滨州印象。

黄河把它的雄壮豪放给了大西北,用温柔细腻,养育了这一片广袤的土地,黄河的水静静流淌在一片绿洲,水平如镜,青青河边草,漫漫离乡路,何处归途。偶尔会有戏水的野鸭打破这份宁静,原来这不是一幅画。这些只能在离乡远去的高速路上可以看到,而我生在城市里,也只能追忆着往昔的美景。很多人乘车喜欢倚窗,外面的空气即使呼吸不到,也能感觉到,别人说是丛生的杂草,在我眼里,它们是峥嵘的生命,是滨州的生命,不是荒芜而是顽强,滨州的广袤延展在它们的生命里。滨州有它的辽阔宁静,也有它的喧嚣繁华。但,那是一种不同的美了。

结庐在人境,而无车马喧。

问君何能尔,心远地自偏。

滨州就是一个世外桃源,即使这里繁华也不会染上城市的聒噪,滨州不是丽江自然恩赐的天然山水,也不是西藏雪山的神圣。滨州这座城市,一花一草、一路一园皆是人们的杰作,是我们对于自然的回礼,感谢这块丰盛的土地。在黄河渤海之滨,水与陆地最后的眷恋都在这里。早些时候慕名而去的世葡园,避开人群进入一片林中,或者沿着湖一直走,或者坐在垂柳扫过的长椅,和身边的朋友聊聊天。于是一路风景相送,前行并不寂寞。

滨州印象，广而不空，闹而不喧，美而不俗，静而不寂。这，就是我的滨州。

（本文初刊于《百草》，2017 年 10 月 14 日）

粽香情

17 语教专 1 　于冬芳

"芳，是不馋粽子呀！我给你包啦，让你妈给你邮寄了一些，剩下的给你冰起来，等你回家吃。你在那要好好学习，注意身体，吃饱饭……"听着电话里姥姥亲切而又熟悉的声音，我不由润湿了双眼。每逢佳节倍思亲，如今我孤身在外，看着空旷的校园，这种名为思乡的情绪萦绕在我心中。轻轻地剥开已经凉透的粽叶，一阵淡淡的清香弥漫，我的思绪飘到了从前。

在我心里除了春节之外，我最喜欢的节日便是端午节。因为在这天，有我最喜欢吃的粽子，还有我最喜爱的风俗。端午那天我通常在姥姥家度过，姥姥是个典型的农村妇女，质朴善良，勤劳能干，她虽然没有读过书，甚至也不认识多少字，但她却是最心灵手巧、最聪慧能干的。我童年无数美好的回忆都是她用那双灵巧的手创造的。小时候，端午的前一天晚上我会和妈妈到姥姥家门前去采新鲜的花瓣，用清冽的井水浸泡，放在院中盛接露水。第二天早上，用其洗脸，井水清凉又有淡淡花香，我甚是喜欢。这天姥姥会把她亲手做的小扫帚挂在我的衣服上，它是用五彩线制成的，用糨糊固定。小巧精致、活灵活现。我们那的风俗，端午节这天在身上佩戴彩线做成的小扫帚，寓意着扫除垃圾、扫除晦气，消灾除病、驱除灾魔，扫除一切不祥。我走在街上，遇到朋友，他们总是被我佩戴的小玩意儿吸引，纷纷询问我是在哪买的，这时我会自豪地说："这是我姥姥做的！"听到朋友们赞美的声音，我的心里也美滋滋的。端午那天更是少不了粽子，姥爷会在河里摘下新鲜的芦苇叶，用水烫过备用，清香扑鼻。提前泡好的糯米，晶莹透亮。经过姥姥的巧手，一个个小巧精致的粽子就包好了。我也喜欢露两手跟着包几个，可惜粽叶窄，手又拙，好好的粽子就漏了，好不容易包成一个，又大又丑、形状可疑，放在姥姥秀气可爱的粽子旁边简直辣眼睛。虽然大家都在调侃我包的丑，但姥姥还会夸奖我包得不错，继续努力。现在我包的虽不及姥姥，但也好看多了。蒸熟出锅，一揭盖子，粽香扑鼻，刺激着我的味蕾。剥开粽叶，里面是油亮亮的糯米，中间裹着一颗又大又红的蜜枣，红艳艳的甚是好看，把周围的糯米晕染成诱人的颜色。我蘸上甜丝丝的白糖轻咬一口，软糯香甜，满口清香，回味无穷。吃上一个甚是满足，也不顾被烫的生疼的手。一家人围在一起吃着粽子，聊聊家常，便是最幸福的事。

以前在家过端午节虽然很开心，但我似乎对这一切已经习以为常。我从来没有想过有一天会在这种阖家团圆的日子里一个人度过。此时才发现和家人在一起的时光原来那么短暂，对家人的那份思念原来那样深沉。如今不能回家，才发现家中的那些人、那些物对我而言是多么重要。小时候无忧无虑，贪婪地享受家人给我的关爱，特别是姥姥。在我的眼中姥姥是世界上最好的人，也是最厉害的人。她会给我做好吃的，会用路边的狗尾巴草编成小兔子给我玩，还会带我去抓蝴蝶、挖野菜。但是到了上小学的年纪，我便离开了姥姥随父母到城里上学，随着学业的增加，我与姥姥在一起的时间越来越少。可能是一直享受着姥姥的爱，潜意识里姥姥还是当年的模样，似乎从来没有变过。但是不知不觉中她真的老了，从打电话时就能感觉到她的声音低沉，不如当年洪亮；她的背开始佝偻，不如当年挺拔；她的步履开始蹒跚，不如当年矫健，甚至走路时间长脚就会疼得站不起来。她的头发早已花白，只是用厚重的染发剂染黑，像是当年的色彩。越想心里越是酸楚，像姥姥那样一个从早忙到晚、仿佛永远不知疲倦的人，却避免不了走向衰老。时光就是那样无情，从不给人喘息的机会，当你忽然发现，一切早已物是人非。吃着姥姥包的粽子，还是记忆里熟悉的味道，满满的幸福快乐，这种感情便是家人的爱，即使我一个人在外面，我也从来不觉得自己是一个人，我有爱我的家人。有了这份羁绊，我不再害怕孤独；有了这份关爱，我不再害怕困难。无论学习多苦多累，我都能忍受，我不想再让他们失望。虽然粽子是凉的，我的心里却是暖暖的，之前的空虚寂寞一扫而空，我又充满了干劲。这份真挚的感情我将深埋心底，作为我奋斗的力量。唯愿时光走得慢一点，让姥姥不要老得那么快，让我学成归来能够好好陪着她，让她不用再为家人的事操劳，让她享受天伦之乐。

好吃的不仅仅是粽子而是这份情，人与人之间的缘分就是这样奇妙，也是那样短暂。唯有小心呵护才能长久，无论我在何方，总有牵挂我的人；无论我遇到什么困难，总有鼓励我的人。我便是世界上最幸福的人。每个人都是这样，当幸福摆在你面前的时候你不懂得珍惜，失去了才追悔莫及。珍惜现在拥有的一切，为了爱你的人，也为了你爱的人。为了更好地守护他们而努力拼搏吧。

（本文初刊于《滨州学院报》，2018 年 6 月 29 日）

闲言碎语

17 中文本 2　娄岩芳

任时光奔流，太匆匆。

腊月寒风乍起，双十二如期又至。这应该是继双十一之后，另一个让心悸动的购物节。有些人看着林琅满目的商品摩拳擦掌、跃跃欲试；有些人只是默默思忖着"漫漫吃土路，何其漫长啊！"不免暗自感叹一番；更有一些人每天都过成了双十二，不惜一掷千金享一时之快；但有些人看着那些实惠的商品时，只是浅浅一笑，内心平淡如水。万花筒样的世界，形形色色，我们在里面穿梭，不问前路，不问归途。当我们肆意挥霍时，却忘了那商品并不是我们需要的；当我们贪一时享乐时，却忘了那快乐是用以后吃土的日子换来的；当我们挥金如土时，却忘了那钱是父母不辞辛苦换来的血汗钱。有时候我们花的不是钱，而是一种人生的态度。顾此失彼，竭泽而渔，岂不为人生的一大败笔？

量入为出，适度消费可以使我们的生活美好、雅致。因此，面对双十二的诱惑，我们要收住心、管住手，适当消费不浪费。悠悠岁月有着斑驳的痕迹，虽时过境迁，勤俭节约的美德却流传千古。愿今朝，勤俭节约这一美德能在我们的心里生根、发芽。此后,随着光阴的逝去,能够绽放出一朵素雅的花儿,潜移默化地影响我们。

（本文初刊于《中文社报》第 10 期，2017 年 12 月 10 日）

情感激荡

愿时光倒流，定当不负

16 语教专 3　宋　萍

您是我一生的回忆，是我一生的痛。

——题记

每个人心里都有一座城，自己不愿出来，他人进不去。

那是一个五一小假期，却再也没有了往日欢乐的氛围，沉压压的气氛让人喘不过气来。我从来没有想过，曾经我以为只会在书上发生的事情，会真真切切地发生在我的身上。自那天以后，我每天只看见父母匆忙的背影，父母把我和姐姐瞒得严严实实的。最开始，父亲只是被检查出肺炎，所以，我天真地认为：肺炎很好治啊，为什么父亲、母亲会每天这么忧愁呢？想来，当我告诉父母，不用担心肺炎，打几天针就好了时，父母内心是何滋味。后来，我才知道，肺炎不过是个引子，由它，引出了所有的一切。

其实，父亲早就想到自己的身体问题，注定不会有好的结果。我曾在他与工友们聊天时，听他说，他有一次曾在矿下突然站不稳昏倒过，可是，他没有声张，只是缓了一阵，起来继续工作。父亲从那时起，就知道自己的身体出现了大问题，但他不敢去检查，他怕他的直觉。我不知道，父亲是怎样一边压着心里的恐惧，一边还在工作，还要回家时装作若无其事。或许，这次肺炎，他知道瞒不了了。我甚至猜想，当时父亲心里也许在想：他的肺炎是大脑问题引起的吧。我就是这样一个粗枝大叶的人，所以才没有对父亲的低落情绪上心。

五一假期还没有过完，父母亲竟然就要离开回老家，他们只是告诉我回家里的市医院治疗，离家近，方便。我也接受了这样的一个理由。但他们这一走，就是三个月。我什么都不知道，没心没肺地在外地上学，却不知道，父母经受了多大的痛苦。我唯一了解的就是他们回来时，原本三个月前好好的父亲，却再也不能正常走路；原本有着浓密青丝秀发的母亲，竟然有了丝丝白发。当时的我上六年级。

父母回来后从不曾对我提起过他们在医院时的经历，也许，他们都不愿再提起，都不愿再回想那种痛苦。

所以，我想当然地认为，一切都过去了，只等着父亲身体慢慢恢复过来就好了。所以，我才会觉得，父亲还有大把的时间等着我长大。随着父亲的离开，原本那些模糊的记忆，却越来越清晰。我清楚地记得，当时上初一的我，每天放学回来，都会看见父亲在院子里，一步一步地学习着走路。我想，最令我们开心的是有一天下午，父亲突然蹲下去，又起来了。当时，我放学回来，母亲笑了出来，那是自从父亲被检查出身体问题后，头一次，母亲那么开心。母亲告诉我，父亲可以蹲下自己再起来了，而且，父亲还专门在门外等着我，亲自给我演示。当时年少不懂事的我，不明白为何这么一个简单的动作，也可以令他们如此激动。当天晚上，父亲母亲，与我和姐姐愉快地讨论，等父亲再恢复恢复，就去找个轻松的活，再过几年，慢慢就好了。是的，真的是一个简单的想法，我不知道，早在父亲出院时，甚至是住院时，医生就偷偷地劝过母亲，放弃治疗，让父亲安稳地度过剩下的日子。我们都认为，不论什么，只要努力，就会有希望，谁不曾渴望，在最痛苦的时候，会有那么一缕光芒。于是，父亲终是做了手术。

在父亲出院的一年后，也就是父亲身体出现好转的几个月后，离开了。

我呢，总是忽略着父亲，忽略着所有。我是他最爱的女儿，却没有尽到身为儿女该尽的义务。我总是说我要学习，没有时间去陪父亲，没有时间……我从没有想过，每天独自一人在家的父亲，会不会孤单。其实，每一个患病的人，都会害怕孤单，他们内心本身就是脆弱的。

您对我是那么疼爱，自我出生时，就一直呵护着我。从小，我就是您最大的骄傲，是您最疼爱的女儿。您每次都会带着我出去玩，有什么好的东西，您总是会留给我。我怎么可以忘记，当年一辆摩托车倒向我时，您想也不想，将我护在身下。年少的我，又怎会想到，一直被父亲忽视的与我同岁的姐姐。又怎会想到，您把所有的疼爱，都给了我。可是，我懂得太晚，以致再也没有了机会。您知道吗，直到现在，我都不敢去碰触所有关于您的记忆，我每次都会因为对您的愧疚，使我陷入懊悔、自责中，无法平复。每当这样时，母亲都会担心，所以，我就对自己说：既然放不下，那就把一切都收起来吧。

我多么希望时光可以倒流，回到这一切都没有发生的时候，让我去弥补所有的缺憾,我将不负您对我的所有疼爱。

（本文初刊于《百草》,2017 年 10 月）

老　黑

17 中文本 2　张　静

　　车子在坑坑洼洼的柏油小路上缓行,颠簸的车身将久居在我身上的瞌睡虫赶走。揉了揉发酸的脖子,耀眼的阳光透过车窗刺进眼睛,我微微眯起眼,看到了久违的故乡。

　　有些恍惚地下了车,因为晕车,胃里一阵翻江倒海,好难受。头顶的大太阳毫不吝啬地向大地传递着光与热,路上只有我和家人,田地里也没有忙碌的身影,只有隐匿在树叶间的知了还在乐此不疲地叫着。突然,身后的棉花地里传出窸窸窣窣的声音,看到晃动的枝丫,我被惊得连连后退,接着,冒出一个人,看着那陌生而又熟悉的脸庞,脑海中闪过一个名字——老黑,是他!

　　老黑已有七十多岁,浓密的大胡子遮住了他的半张脸,黝黑的皮肤和棉花枝的颜色差不多,怪不得我刚刚没有发现他。他在夏天从来不穿上衣,裤子也几乎没有换过,一米八几的身高,站在棉花丛中,显得突兀异常。他冲着我笑了笑,我也报以回应,然后尴尬地跑回车里。爸爸问我那人是不是老黑,我点点头,随后便听到了爸爸的叹息声,也是在那个时候,我才真真切切地了解了老黑。

　　老黑并不是他的名字,这一外号缘于他的肤色,比起非洲人也有过之而无不及,而他的真实姓名却鲜有人知,老黑这个名字也就这么叫了起来。他无父无母,无妻无子,打了一辈子的光棍,孤独至今,却依然活得逍遥自在,只是不知道,在一个个孤独又漫长的夜里,他是否会寂寞?

　　老黑很执着。老黑住在一间破旧不堪的小土屋里,房顶凹进去一块,随时都有倒塌的可能,院子里石头垒成的墙也仅剩下不到一半,不费吹灰之力就可以跨墙进去。然而老黑却不怕有小偷进来,因为无物可偷——没有一件家用电器,没有一件像样的家具。每天的菜是开水煮白菜,每日的饭是硬硬的馒头,屋里甚至连灯都没有,只有一根弯曲的蜡烛斜放在桌上,发出星点微光。还有一台不知在哪捡的破旧的收音机,没日没夜响个不停,其中还掺杂着杂音以及老黑含糊不清不成调子的歌声。那根本不像是一个家!有已经搬到城里的好心人把在乡下的房子让给他住,但他不肯,无论怎么劝让,他也不肯搬离那危险指数极高的小破房,人们都说他固执,嘲笑他傻,而他却只是摇摇头,然后用一种读不懂的,包含着坚定、无奈、悲伤、深情的眼神凝望着这所小院。

老黑很痴情。据说他并不是真正的光棍一个,他曾经有一个老婆,但她嫌老黑穷,结婚不到一年,就跟着别人跑了,并卷走了老黑为数不多的财产以及他的身份证。后来,有很多邻居上门说要再给他找一个,但他却一一拒绝了,他说要等她回来,他说她只是去城里找活干,不久就会带着很多钱回来。这一等,就是将近四十年,也许是终究耐不住寂寞,老黑主动说要续弦。有一天,一张陌生的面孔找到了他,说已为老黑找到了老伴,但是要拿钱,老黑二话不说,转身进屋拿出自己积攒了半生的一张张平整的钱给那人之后,这事再也没了下文,老黑再也没有说过要找老伴,可能,他再也不相信爱情了。

老黑很善良,我还依稀记得他一脸神秘地走到幼小的我面前,伸出他黢黑的手,变戏法似的拿出了一包糖,我那时并不怕他,飞快地把糖从他手中拿过来,拔腿就跑,一边跑还不忘一边礼貌地对他说谢谢,然后我就记得,他笑了,像一个得到满意礼物的孩子,是发自内心的快乐。

在我的再三央求下,爸爸妈妈终于答应带我去看看老黑的家,站在那破烂不堪的房子面前,我的心里无比沉重,想要进去看看,却只可惜,门太重,我推不动。

(本文初刊于《百草》54 期,2017 年 11 月 18 日)

父爱无涯

17 语教专 2　刘明慧

　　父爱似寒冬里的暖阳,给我温暖;父爱似暗夜里的明灯,给我光明;父爱似沙漠里的清泉,给我生活的希望。对我来说,父爱无言,父爱亦无涯。

　　开学那天,天上飘着雨丝,我坐在大巴车上,看着父亲一边微笑,一边向我摆手。熟悉的画面在我眼前翻动,我仿佛又回到了倾盆大雨的那天。那是高三最后一个假期的开始,天公不作美,吃了早饭就下起了大雨。我看着外面的滂沱大雨,不想让父亲去送我。可是父亲却二话不说,穿上他的旧雨衣,一把夺过我的行李,塞给我一把伞,就带着我出了门。雨越下越大,父亲不放心地对我说:"妮儿,你慢点走,别急! 安全第一!"密密麻麻的雨阻挡了我们的视线,再加上父亲的眼睛不好,看不清前面的路,但他却若无其事地为我遮风挡雨。我悄悄牵起父亲湿漉漉又布满老茧的手,不动声色地带着父亲淌过深深浅浅的水洼。因年岁过长而"漏洞百出"的雨衣,根本无法阻挡雨水的肆无忌惮,到了村口,父亲的脸上布满了雨水,就连衣服也有大半被浸湿了。我刚想让父亲先回家,却突然发现他使劲按着肚子。原来父亲怕耽误我坐车,一直忍着腹痛。我按下内心的酸楚,让他回家,不用陪我等车。父亲的离去、瓢泼的大雨还有迟迟未到的客车,让我感到分外孤单。就在此时,我看到远处一个黑乎乎的轮廓快速向我走来。虽然模糊但我十分确定那就是我的父亲。看着马路对面匆匆而来的父亲,我的眼泪不争气地流了下来。不想让父亲看出我的异样,便让他在路对面陪我等车。原本枯燥的等车因为有父亲的陪伴,我第一次觉得那么温馨。我好希望车可以慢一些来,让我仔细看看父亲,同时又希望车可以快一点来,这样父亲就可以早点回家。就在我的这种矛盾心理中,车开进了我们的视线。"好好吃饭,好好学习!"高中三年不变的嘱咐,是父亲不变的爱。隔着雨水流淌的玻璃,看见父亲微微佝偻的身影,我既伤心岁月的无情,又感动于父亲深深的爱。

"一语天然万古新,繁花落尽见真淳。"在这似水流年里,总有一种真情淳朴至极,不加任何装饰,却足以感动整个世界,那就是无言的父爱。如水一般,如风一般,不给我们任何压力,却让我们得到温暖,并学会感恩。

(本文刊发于《滨州学院报》总第 580 期第七期,2018 年 3 月 23 日)

你若安好,便是晴天

15 中文本 2　彭　倩

天阴沉沉、灰蒙蒙的,仿佛一块巨石压得人们喘不过气来,就在这样一个雨天,你毫无征兆地消失了,从此我讨厌上了雨天……

时间回到初一那年,那时的我才刚学会骑车不久,就不得不每周骑车去十几里远的镇上去上学。虽然刚上初中,但农村孩子早当家,早就应该学会骑车了,我因为学得晚,骑得不熟练,所以同村的孩子们大抵不愿和我一起走,我也因为害怕被他们嘲笑,拒绝和他们一起走。于是,每周上学、放学时,宽阔的柏油马路上便会出现一个小女孩哼着歌,陶醉在自己的世界中的画面。那时的我,大抵是有些孩子气的,我自己一个人走,也可以走得很开心啊!带着这种别扭、可笑的情绪我独自走了一个多月。

突然有一天,有人站在路边喊我名字,走近一看竟然是你,我亲爱的同桌。你问我怎么一个人,我开玩笑似的回答:"独孤求败啊!"你也玩笑似的回了一句:"是挺孤独的。"但我好像捕捉到了那一闪而过的认真。你说我们一起走吧,做个伴也好!于是,我们就一起走了。一路上我们说说笑笑,侃侃而谈,说的是什么已经不记得了,但是那和谐、温馨的氛围,现在想起来也觉得很暖心。马路上留下了我们的欢声笑语。从那以后,我们很默契地一起上学。每次经过那个路口,你总会在那等我,我从未说过,你从未提过,但仿佛就该如此!那些一起上学的场景是我为数不多的快乐之一。

再后来,由于一件小事,可能是我小心眼,太小气,总之,我们之间出现了矛盾。我了解你,一点也不吃亏的性子,我以为我对你而言是不同的,可你却说:"你不道歉还有理了,我知道,你不愿赔钱,可你总该说句对不起吧!"当我听完你的话后,我的心彻底凉了,这就是我曾经以为的最好的朋友,我怒火冲天,不再理你。

再见你已是初三了,那时我们早已分班,我们彼此一笑继而擦肩而过,没有太多话语。我们早已不像从前那般熟悉,从此变成点头之交的普通朋友。可我却从未中断与你的联系,我甚至在心中想,就这样吧,虽脑海中演练过无数次与你和解的场景,但我始终不敢去找你。

可苍天连默默关注你的机会都不给我,你活泼、阳光,有很多好朋友,而我内向、慢热,只拥有和你一起骑车的快乐回忆。你在一个雨天的下午,终于音信全无,后来才知道,为了给你创造更好的学习环境,你转学了。于是,一分遗憾始终留在我心底,该如何与你和解,我亲爱的同桌?

虽然时光已过去许久,但在内心深处,却总渴望与你的和解,你就是我冬日里最温暖的阳光,你的陪伴让我感受到了朋友间的关心,你的出现是我生命中最美的意外,虽与你失去联系,但我相信,有你的地方便是晴天,你是人间的四月天,给我带来希望与欢笑!

（本文刊发于《中文社报》第 4 期总第 59 期,2015 年 12 月 28 日）

我将相思赋予谁

17 中文本 2　韩玉莹

传说,中秋是因为后羿思念嫦娥而来的。那我在思念谁呢?为什么总觉的心里空落落的。

相思这个词一直是离我很遥远的,可是看着这一天天变圆的月亮,我在想我在思念谁呢?我以前遇见过的,我即将遇见的,还是我现在正在遇见的?

我沿着那条小时候走了无数遍的小胡同,一遍又一遍,从头走到尾,最后只得走回奶奶家。隔着大老远就听见一家人吵吵嚷嚷，透过隐隐约约的树影，我看见爸爸和叔叔推杯换盏，看见妈妈拉着婶婶的袖子笑得花枝招展，看见奶奶和爷爷笑起来满脸的皱纹，看见弟弟一脸的不情愿。泪毫无预兆地流了下来，我突然发现，这就是我一直一直思念着的，心中一直空缺着的原来不是某个人，不是某个地方，而是我的家。是奶奶拉着我的手问东问西，把月饼一股脑地全给我的关爱；是爷爷板起脸来问我作业做完没有时的严肃；是叔叔婶婶的叮咛；是爸爸妈妈没完没了的唠叨。是了，是了，这全是我的宝贝。

我擦干泪慢慢抬起头看着那圆圆的月亮，笑了。心想，要是我能时空穿越我真想告诉后羿，谢谢他，给了我这么好的月色，给了我这么好的中秋。

（本文初刊于《百草》第 1 期，2017 年 10 月 27 日）

目标铸就梦想

16 中文本 2 安 磊

成功学大师拿破仑·希尔曾说："设定明确的目标，是所有成就的出发点。"其实，从设定目标到实现目标，无非就是三步：思考、选择、行动。如果每天坚持完成一个小的目标，久而久之，大的目标还会远吗？

明确而坚定的目标是成功的基本前提，因为坚定目标的意义，不仅在于面对种种挫折与困难时能百折不挠、抓住成功的契机，更重要的还在于身处逆境能够产生巨大的激情和动力，使自己的潜能得到最大程度的发掘与释放。有人曾问美国前总统罗斯福："尊敬的总统，您能给那些渴求成功的年轻人一些建议吗？"总统谦虚地摇摇头，接着说了他年轻时的一件事：当时他很想在电讯业找一份工作，经父亲联系，约好去见当时的美国无线电公司董事长萨尔洛夫将军，见面时，将军直接问他想找什么样的工作？具体哪一个？他说："随便哪一个都喜欢。"只见将军非常严肃地说："年轻人，世界上没有任何一类工作叫随便！"没有目标、没有方向的人就像是一条在大海中漂泊的小船,任何方向的风都不会是它的顺向。因此,人生最重要的事,不是你现在站在何处,而是你今后要朝哪个方向走,只要方向对,找到路,就不怕路远。

大一的时候,看着周围的师兄师姐们都在为提升自我而努力;再看看自己,过得浑浑噩噩,总觉得自己不知道目标在哪里。蓦然回首时,突然发现在经历过近乎炼狱般的高三生活后,放松了对自己的要求,以致进入大学后开始肆无忌惮地挥霍时间和精力,迷失在自我满足中不能自拔。前些天,我去了一趟高中的母校拜访高三班主任。聊天中,他突然问我:"你们现在用的教材《现代汉语》是哪一版?""啊?好像……是白色的书皮。"我羞愧地摸了摸鼻子,我突然发现,自己已经"堕落"到连每日可以看见的课本都不了解的程度,已将自己的梦想和抱负都通通抛诸脑后了。

美国著名舞蹈家邓肯曾说:"有德行的人之所以有德行只不过是受到的诱惑不足而已。这不是因为他们生活单调刻板,而是因为他们一心一意奔向一个目标而无暇旁顾。"想明白后,我迅速改变了自己的状态,为了让自己清楚在课余时间可以做些什么,我制订了适合自己的时间表,确立了一个个清晰的小目标。每天,我要读几页书、做几道题、记住几个英语单词……虽然开始感觉制订目标和计划会有一些烦琐,可是随着一天天的执行,看着完成的一件件小事,倍感充实和满足。当我不再沉迷于手机,不再"隐匿"在宿舍,当我一点一滴去完成每一个小目标,哪怕只是翻过一页书、听过一堂课、做完一道题,自己也会距离梦想更进一步。亲身体会了这个过程的我才真正明白:实现梦想不仅要"肯做",还需要锲而不舍地"坚持做"。如今,趁着阳光正好,趁着青春不老,总该去做一些青春该做的事,比如为自己确定一个持之以恒的目标,去追求、去创造、去实现。只有在不断实现目标的过程中,我们才会活得更加充实,才会不断靠近憧憬的未来。

正如中国教育家吴玉章所说:"青年人首先要树雄心,立大志;其次要决心为国家、人民做一个有用的人才;为此就要选择一个奋斗的目标来努力学习和实践。"作为当代大学生,我们要明确自身求学生涯的最终目的何在,从而确立自己的人生目标,认清自身能力,发掘自身潜力,合理规划人生,努力实现个人价值,最终铸就为之奋斗的梦想。

（本文初刊于《滨州学院报》第 21 期,2017 年 6 月 30 日）

天道酬勤

16 中文本 2   安 磊

孔子曾说："天道酬勤,厚德载物。"历史在发展,社会在进步,时代在前进,今天我们有着更加优越的学习条件,不必再像前人那样"囊萤映雪""凿壁偷光",也不用再"蒲草为纸""画灰练字",但是这并不意味着勤学励志的优秀品德已经过时,可以随意丢弃。恰恰相反,我们更应该严格要求自己,防止精神懈怠。

任何成功都是勤奋的苦根上长出的甜果,没有人能随随便便成功。若想成功,就必须要经历风风雨雨,经历岁月的磨炼。古今中外,曾涌现出无数令人敬佩的有名人士,他们的成就让世人惊叹,但他们并非生下来就掌握着某种特殊的本领或拥有某种异于常人的能力,而是因为他们有一种难能可贵的精神——勤奋。纪昌"学射",是勤;王冕"挂角",是勤;李白"铁杵磨成针",也是勤。著名画家齐白石总结自己 80 年的艺术实践,临终时写了"精于勤"三个字,勉励后辈。高尔基是天才,可是他却说:"天才就是劳动。"人的天赋就像火花,它既可以熄灭,也可能燃烧起来,而使它成为熊熊烈火的方法只有一个,那就是劳动、再劳动。"嬉笑怒骂皆成文章"的鲁迅对于天才的认知是:"哪里有天才,我是把别人喝咖啡的工夫都用在工作上的。"鲁迅献身文学艺术事业 30 年,勤耕不辍。如写日记,从 1912 年起,无论生病、避难,还是与反动文人论战,甚至是直至逝世前的几个钟头,他都始终没有间断过。

古之圣人曾有"业精于勤而荒于嬉"的训言。正如土地虽然肥沃,不用力耕耘便不能得到丰收。耀眼的成就不会给予一个专门去寻求他的人,却往往会走向一个勤奋学习的人。曾国藩小时候天赋不高,一篇文章不知道重复多少遍才能背下来。据说,有一天他照常在书房背书,突然从房梁上跳下一个人,大怒道:"这种水平还读什么书,我都背下来了。"原来在他背文章时,来了一个贼，潜伏在他家的屋梁上，希望等他睡觉之后能够捞点好处，可是曾国藩却因为记不住而翻来覆去地读那篇文章，以至于小贼都忍受不了而呵斥他。然而，曾国藩并没有放弃，而是经过自己多年的努力，成为中国近代史上著名的政治家、战略家、理学家和文学家，其为人处世之道更是受到世人的竞相追捧。正如我国著名数学家华罗庚所说："勤能补拙是良训，一分辛苦一分收获。"可见，只有踏踏实实地下功夫，抛弃一切投机取巧的念头，埋头苦干一年、两年、五年、十年……勤奋不怠，才有可能取得更大的成绩。

德国革命家李卜克内西说得好："哪里有超乎常人的经历与工作能力，哪里就有天才。"如今，那种一劳永逸、一考定终身、一个文凭"吃"终身的时代已经一去不复返了，特别是随着科学技术发展的日新月异，国际竞争日趋激烈，知识"折旧"的速度不断加快，只有勤奋学习才不会被时代淘汰，才能立于不败之地。正所谓："一分耕耘，一分收获。"只要持之以恒，锲而不舍，不气馁，不放弃，怀揣着勤奋之心，成功便一定会大驾光临。

（本文初刊于《滨州学院报》第 3 期，2018 年 1 月 12 日）

自然＋文化＝人

15 中文本 2　张思媛

李白有言："清水出芙蓉，天然去雕饰。"在我看来，自然界为我们创造了太多美的感受：不管是"日照香炉生紫烟，遥看瀑布挂前川"的烟云缭绕之美，还是"飞流直下三千尺，疑是银河落九天"的飞湍壮阔之力，抑或"几处早莺争暖树，谁家新燕啄春泥"的愉悦，都可以带给我们一种自然的气息，让我们静下浮躁的心，去体会大自然的美好。

在我看来，人与自然关系是人类生存与发展的基础关系，之所以会有人类社会的存在，首先应是自然这个摇篮，为人类的出现提供了一切物质基础，是我们得以生存的温床；文化，则应该是促进人类思想解放的工具，可以说，文化启蒙了人，同时，人类又在实践的过程中不断推动文化的发展。因此，我们或许可以说，一部人类社会的发展史，也是人与自然的关系史。人与自然共处在地球生物圈之中，人类的繁衍与社会的发展离不开大自然，所以必须以大自然为依托，利用自然，改造自然，让大自然造福于人类，服务于人类。如同"上层建筑与经济基础""生产关系与生产力"一样，我们人类的发展也离不开文化的滋养。所以，继承和发展文化，也是我们自身的义务。

我还记得在我小的时候，天空是那么的蓝，河水是那么的清澈。每次遇到烦心事，我都会搬着一张小板凳，坐在屋檐前，抬头望着颗颗闪亮的小星星。在我的眼里，它们都是天使一般地存在着，没有忧愁，没有烦恼，看过后，觉得自己也是身心舒畅，烦恼也就消散了。可是，近几年，当我抬头望向天空时，能带给我快乐的小星星消失了。我不知道这是为什么，为什么人类的发展让我们的"纯净自然"衰微了呢？

如今，城市的夜晚灯红酒绿，可我却想追寻着庄子的"齐物"，去探寻我们儿时的自然。"天下熙熙，皆为利来；天下攘攘，皆为利往。"如今的世界在工业化的推动下越发展越快，可是，我们在收获金钱的同时，我们破坏的，却是我们的自然母亲。

其实，人与自然的关系是辩证统一的，人类只有与自然和谐发展，一方面人类从大自然中获取资源，同时大自然有能力恢复人类对大自然的破坏，只有这样才能互赢共利，共同发展。大自然对我们早已敲响了警钟，如果我们不积极采取一定的措施，那最后遭到惩罚的必然是我们。所以，我们要在科学发展观的指导下，转变传统的发展观，正确对待自然生态环境，实行绿色经济，提倡绿色消费，节约物质资源和推进公众的环境参与意识来达到人与自然的和谐发展。

我们可以试想一下，当我们重回"春来江水绿如蓝"的"江南岸"时，我们又是怀有哪种情愫呢？因此，我觉得我们就应该行动起来，维持自然母亲的持续发展，促进人类文化的进步，进而来塑造一个科学文明的人。也许你还在满不在意，可是自然的健康稳定，加上文化的纯洁明了，才能给予我们人类一个更好的明天。

（本文初刊于滨州市作家协会，2017 年 5 月）

"布衣"情结，"素心"情怀

15中文本2 陈 雪

  不知道从何时开始，喜欢上了简单、素雅的衣服，碎花的也好，白、蓝、灰纯色的也好，每每穿上都有一种清新的感觉，这种舒适的休闲感让我的内心平静了很多，仿佛时间都变得优雅起来，慢慢品味生活。在这个浮躁的社会，做一个布衣女子不易，但我还是希望世间能多一些这样的布衣女子，守住内心那份美好与纯真，温暖着、沉淀着日子里所有的悲喜。

  清淡素雅一直为中国文人学士所推崇，清代何绍基咏《素心兰》云："深心太素绝声闻，悔托灵根压众芳。万古贞风怀屈子，一江白月吊湘君。香愈澹处偏成蜜，色到真时欲化云。园榭秋光都占尽，故应冰雪有奇文。"这应是"素心如兰"的最高境界，并由此想到人生在世也应如此，岁月有时，荣辱有止，唯有高洁的精神情节才是永存的。

  布衣颜色单调，却始终坚持自己的底色，拥有最独特的气息。宋庆龄，一位集美貌与才华于一身的女子。每当出现在公众场合，特别是重大的外事活动场合，宋庆龄的举止和服饰总是无可挑剔。许多来访的外国友人，对宋庆龄雍容大方的风度、完美无瑕的形象赞不绝口。平常居家过日子，宋庆龄爱穿棉的衣服，认识她的人回忆说：每一个温暖的午后都能在阳台看见穿着"八卦衣"的首长。所谓的"八卦衣"是宋庆龄用碎布缝制的棉马甲。外人很难想象，从小家境富裕的宋庆龄竟会如此朴素，但就是这种朴素让她成为中国优雅女性的代表。在历史错综复杂的风云变幻中，她以自己的人格、气质征服了所有的人。

  一袭布衣，一颗素心，无浓郁的妆容，更没有多余的装点，做真正的自己。何为"素心"？南朝宋颜之曾说："弱不好弄，长实素心。"心地纯洁者才能成为素心之人。

  素心布衣是恬淡中的悠远，是偷得浮生半日闲的逍遥。素心是心灵的妆容，就如三毛那样的女人，一颗素心浸透在字里行间文字里的全部是自由的灵魂和率真的自我。在读三毛的书时，她曾提及最喜欢的一首《半半歌》，我当时迫不及待地插上耳机："看破浮生过半，半之受用无边……一半还之天地，让将一半人间。"为人处事一定要讲究适度，尤其在面对各种利益诱惑时，要适可而止。随着年龄的增长，面对的困惑和选择越来越多，无论现在怎样，不要忘记要做一个干干净净的追梦青年。每每我对现有的生活倦怠时，都会找一个没有人的地方，平复那颗浮躁的心。这正如法国浪漫主义大诗人雨果所说的那样："知道在适当的时候推上欲念的门闩的人，就是聪明人。"

素心的女子就像幽兰，在任何环境中，都不会掩盖它的灵性。这样的女子李敖在一篇文章里曾写过："如兰的女人她聪明，柔美，清秀，妩媚，有深度，善解人意，体贴自己心爱的人，她的可爱是毫不嚣张的，她像空谷幽兰，只是不容易被发现而已。"林徽因是一个灵动的女子，一袭布衣，一腔诗意，令无数才子倾倒，那种性情像一杯新沏的茶，淡淡的无味中有丝丝的苦涩，想要成为这样的女子，身处城市中心中仍然有诗和远方，用一种"布衣"的柔美来调剂古典与时尚。

老子说："出其致远，其知弥少。"在重奢华、讲实际的社会风气之下，人们都愈发人情世故，大学生的攀比心理也在增强，殊不知自己离天然越来越远，记得我们老师曾说过：凡是做大学问的人，都是潜心创作的人，就如莫言先生，即使身居高位，却时常回到故乡，静心写作，很少出席商业活动。布衣素心不仅仅是一种形象，更是一种人生态度，"香花无色，色花不香。"素雅乃人生常态。

灵魂在素雅的时光里游荡，这世界只要用纯真作底线，都会是美丽的。让我们用灵魂的颜色装点自己，用亲近自然的方式对待生活，用纯真的情感对待他人，在岁月雅致的人生中坐看云卷云舒。

（本文获滨州学院品牌专业汉语言文学首届文学作品原创大赛二等奖）

我们的清明

15中文本2 陈 雪

清明时节,细雨纷纷,枯叶深处,那沉睡了一冬的花草们已经扬着笑脸四下里张望,那嫩嫩的绿芽依稀可见,此时,此刻,此景,枯草疾驰换绿衣,声柔语细春歌急……又是一年万物醒……我们都知道,每年的四月五日是我国的传统节日——清明节,对于清明节,不同的人有不同的看法。有人认为清明节作为中国的传统节日,最不能错过的就是祭祀祖先,踏青扫墓。有人则淡化了传统节日的意识,把应有的习俗简化,甚至只是为了放假休息。面对这么多不同的看法,我们到底应该如何理解清明,又该怎样过好清明节呢?

情感的传承——清明

清明节是我国民间重要的传统节日,是最重要的八个节日之一。清明节的起源据传起于古代帝王将相"墓祭"之礼。后来民间亦争相效仿,于此日祭祀扫墓,沿袭而成为中华民族一种固定的风俗。而作为我国的传统节日,已有两千年的历史,其中包含祭扫、踏青、荡秋千,放风筝、蹴鞠、爬桥、插柳等传统习俗。所谓清明本意乃缅怀过去,祈福当下,展望未来,在与大自然的亲密接触和各种各样的传统习俗中,感悟传统文化和血浓于水的亲情。炎黄子孙一脉相承,生生不息。在越来越注重"洋节"的今天,传统节日在当代大学生的心中已经悄然发生变化,似乎节日的氛围越来越淡……

有人认为:"清明节最重要的意义就是中国的法定节假日,因为有假期可以回家去放纵自己,也可以约三五个好朋友出去快活,大不了还可以宅在宿舍看韩剧、美剧或者泡在网吧里通宵打游戏。"有人则认为:"在我们中国人的精神生活中,清明节发挥着其他节日难以取代的社会功能。"诚然,清明节小假期也令我们期待已久。可能有的同学因为各种原因无法回家。但是，把自己的时间全部献给游戏，窝在宿舍里面度过清明节是万万不可的。当下的清明节是外出踏青的好时节，若不趁着如此的好时光外出游玩一番，那又要后悔一年了！当下的我们总是沉迷于虚幻的网络，整日在线上聊天却不愿意一起外出游玩。好兄弟之间可以在游戏里一起拼杀，却不曾想趁着美好时光一起小聚培养感情。回家的同学趁着在家多陪陪父母，让父母感受到来自孩子的一份爱。让我们在合适的时间做正确的事，时代在改变，清明节的传统也在发生着变化，内容形式在创新，我们的清明无论是现代的、新颖的还是传统的、精华的，它在我们心中一直是情感的延续、文明的继承。

不可摒弃的传统 —— 祭祖

作为中国很重要的传统节日，祭祖的方式如今依然十分盛行，不得不说这是一种文化的传承，可是也存在一定的问题。来自农村的小李说："在我们家乡的很多地方，依然存在着烧纸钱、元宝，在坟墓周围挂白纸，把一些食物放在坟墓上，放鞭炮，并且由此引起了很多的问题。将水果、点心留在墓地，很容易发生腐烂、生虫等卫生问题。在墓地烧纸钱，由此引发火灾已经变成了很常见的问题，造成了重大的损失。"一到清明，街上成群结队的车都是回乡祭祖的，放假回家经常堵车。我觉得清明并没有在我们心中淡化，虽然我们也过"洋节"，但也不会忘本。作为中国千百年来一直沿袭的传统，清明对我们来说是根深蒂固的，但是我们在面对祭祀中存在的各种问题时，不得不学会反思，这样的不加质疑的传承真的没有错吗？

如今我们已步入 21 世纪，经济飞速发展，物质文明极大提高。最近网上十分流行"生命纪念馆"，人们只需要动动手指、点点鼠标就可以完成一次对祖先的祭拜。对于这种现象有人持赞成态度，有人则不太认同。其实，无论创新也好，传统也罢，最重要的是对中国传统节日的情感，对于其中的精华，我们应该继承且发扬，对待清明节祭祀这一传统我们理所应当重视它，了解它的历史和一路走来的历程，但对于庆祝清明节的一些方式，我们有必要做一些改变。我们本想在清明节祭拜祖先，悼念已逝的亲人，缅怀他们为我们带来的美好生活，但不恰当的方式却又增添了不必要的麻烦。所以啊，我们要提倡讲文明，树新风，文明祭奠，又要紧随时代步伐。许多大学生都主张文明过节："清明节我们依然要扫墓祭祀，但是烟花污染环境，鞭炮存在危险，水果和点心保质期都很短,鲜花不仅芬芳而且环保,带上一支白色庄重的百合花或者马蹄莲去祭祀先祖也是一种慰藉亡灵的很好的方式。"清明上坟少烧纸,栽花植树祭故人,这样留给故人的是鲜花的芬芳和烈日下的阴凉。让我们自觉摒弃祭扫陋习,倡导文明祭祀新风尚。

文华诗意的清明

春风送暖,花开满园,景色渐浓,虽无美酒醉人,怎奈美景惹人醉。三月份的尾巴,四月份的前奏,伴着清新的花香,清明节向我们款款走来。在这样一个春回大地的季节里,清明节已经不只是街角的纸灰飞扬。因为离家远清明节只能待在学校,出去走走,看一看那出了嫩芽的柳条,刚刚冒出头来的小草和那不知名的小白花,就像贺知章所题诗句"碧玉妆成一树高,万条垂下绿丝绦",滨院的柳树也是这般翠绿晶莹,下垂披拂的柳条犹如丝带万千条,尽显柳条的柔美。虽然滨院没有绚丽壮观的花海,没有娇妍硕大的花朵,但是如果你走到一朵小小的含苞待放的花蕾前,用力地嗅一嗅它的清香,它立刻就会缓解你在春天的不适与疲惫之感,舒缓你压抑、焦躁的情绪,所以古人才会选择在清明节时节出来踏青。四月清明,春回大地,自然界到处呈现出一派生机勃勃的景象,正是郊游的大好时光。

古往今来,很多文人墨客就以清明为题,留下无数诗句,诗意清明,诗累累,情切切,衣盈盈,无限情愫蕴含其中。众所周知的就有"清明时节雨纷纷,路上行人欲断魂""风雨梨花寒食过,几家坟上子孙来"等被人千古传颂的诗句,在清明节吟诗作对,是对文华传承的最好方式了。为把那些美好的诗意留在人们的心间,滨院才子也作起诗来,"湖水波光荡漾,青草冒头三两。树头花开惊艳,入耳书声琅琅。树上燕雀叫喳,滨院美景无暇。"真是将滨院的美景尽含其中。这么美好的画面,不亲自去领略,你能想象得出来吗?"有诗的清明"不仅让传统文化更厚重,而且使清明节更具韵味和深意。

草长莺飞,拂提杨柳,一片春色,无限风光,一首好诗,无限遐想。不要忘记传统节日承载着我们厚重的文化,过节过的并不是一种习俗,而是对传统文化的继承和发扬。在清明节,在这样的春光中,让我们心怀敬畏,敬畏诗人,教会我们领略春天姿态的方法;敬畏清明,它带给我们这样的机会,一边休闲放松,一边领略道德文化。要知道,我们需要的清明是有礼貌有节制、有传统有现代、有文化有道德、有美景有美德的清明。阳光正好,恰可启程。让我们趁着当下美好的时光,做最有价值的事情。光阴荏苒,韶华易逝,越是美好的时光越是短暂,让我们抓住当下,让这次的清明佳节成为美好的回忆!

（本文获滨州学院品牌专业汉语言文学首届文学作品原创大赛三等奖）

我的父亲

15 文秘专　王璐

院子中的凤仙花开了。

母亲说:"真不巧,就在你回来的前一天晚上花被突来的暴雨都打掉了。""昨天你父亲去地里的路上摔着胳膊了他不让我和你说,我这嘴巴也闲不住,你就当不知道。""前两天你父亲就开始算着你回来的日子了,估计这会儿是给你买你最爱吃的芹菜去了。"

母亲是个很能说的人,这点刚好和父亲互补,通常她说话的时候我就附和着答应,转头看见桌子上的玻璃瓶里摆着一枝被剪下来的凤仙花,静静地、无声息地抬着头,拼命地散发着它最后的一点儿香味。我很诧异,这可是父亲最珍爱的花啊,以前我闻一闻父亲都会念叨着让我小心一点,生怕我把一片花瓣碰掉。这时父亲刚好回来,走进屋里,手上提着两个大袋子,他轻轻地将袋子放在厨房门口,我一眼就能看出里面有我最爱吃的芹菜,父亲瞄了我一眼又瞄了一眼厨房里洗锅的妈妈,淡淡地说了句:"回来啦。"

九月的天很闷热,但时不时还会有一阵阵凉风,不知道是院子里剩下的那点花还是家里的这枝凤仙花,香味随着一阵凉风扑鼻而来,让人感到格外舒畅。这种花香,是我最喜欢的花香却也是我最害怕的花香。正是因为这花香我曾和父亲大吵了一架,他对我特别严厉,总是强硬地禁止我做一些事情,也因为他不准我接触他的花,我觉得父亲并不爱我,他爱的是他的花。但这次真的让我匪夷所思,父亲怎么就舍得把花给剪了?

记得那一年的暑假我刚回家，就看到院子里的凤仙花开得格外鲜艳，紫的、粉红的、火红的，一簇簇地争相开放。花的每个花瓣柔嫩娇弱，最外面都是白的，好像缠上的一条白丝带，一朵朵凤仙花三个一簇，五个一层，层层交错，好像是一群群身穿彩色裙子的小仙女在向我招手。我情不自禁地走了过去，花的香清清淡淡的，很是好闻。我用手擎着花，使劲地往鼻子前凑，恨不得把花摘下来送进鼻子里闻个够。"干什么呢！"一声呵斥，吓得我一抖，啪的一下把手里的花真的拽下来了。我顿时无措了，我知道这是父亲最爱惜的花之一啊。我惊慌地看向父亲，他怒目圆睁地盯着我，牙齿咬得紧绷，脖子甚至都红了。我突然觉得很委屈，也扯着嗓子喊："不就是一朵花嘛，对我这样吼。"父亲阴沉着脸不再说话，可是我却能感受到了他很生气，严重到可以说是愤怒了。

我在家里待了只有一周左右，临走的时候母亲不在家，父亲便打算送我，我直接拒绝了，我不想单独和他待在一起，总觉得不如和母亲在一起自在。他不太喜欢说话，而我又不想和他说话。我自己走还能欣赏一下田野的风景，再说上下几个坡路很快就到车站了。我在房间里收拾东西，父亲轻轻敲了两下门，像是怕吓到我似的，小心翼翼地问我："你吃鸡蛋吗？我给你煮几个。""我不吃。""拿个塑料袋装几个带着也可以"。"不用，我不拿！"我已经开始不耐烦了。我抬头看他，他抿了一下嘴唇欲言又止，轻轻地关上房门离开了。

收拾完东西也不见他再来找我，已经十一点了，我该走了，便去寻他。突然听到厨房传来勺子掉到地板上的声音，我急忙跑过去。只见父亲慢慢地弯下腰，左手缓缓地伸出去捡地上的漏勺，右胳膊无力地垂着，眉头皱着，让人看着都难受，我这才想起母亲说父亲摔到胳膊了。可能是听到我跑来的声音了，他抬起头尴尬地笑了笑。他还是给我煮了鸡蛋，拗不过他，我走的时候装在书包里几个鸡蛋。"我走了，真的不用送我了，我走着去车站。"他搓搓手，不说话。我背着书包往门外走，父亲转身回了屋里，我想他大概去拿钥匙了，父亲从来都是不轻易妥协的人。

果然从家里没走出多远，听到了身后的脚步声，沙沙的像秋雨打在树叶上的声音，钥匙串丁零丁零地响，我知道是父亲。"回去吧，我可以自己走。"我连头都没有回，父亲真是个奇怪的人，当初刚上初中都舍得让我一个人去学校，现在倒开始不放心了。过了许久，脚步声还是跟在身后，我停下脚步，父亲也跟着停下了。"你别送了，再跟着我走，我就开始跑步了。"父亲被我吓了一跳,抿了抿嘴唇,缓缓地、笨重地张开了嘴,"再走到这个坡顶,我就不送你了,现在地里没人,我怕……"父亲今天的话比往常的要多,我知道我劝不了他。我下意识地加快了脚步,父亲还是不远不近地跟在我身后。空中没有一片云,没有一点风,头顶上只有一轮烈日,树木都没精打采、懒洋洋地站在那里。到了坡顶,我转头看到他停了下来,汗顺着父亲脸上的皱纹流下,我突然心里一紧就继续加速往前走。每走一段距离我开始不自觉回头看父亲,他就站在坡顶目送我,我努力地大步向前,想脱离他的目光,想让他快点回去。再一次回头的时候却不见了父亲的身影,竟感到一阵落寞。突然我看到路边的土坡上站着一个身影,原来父亲跑到了路边的草丛高地,为了看我走得更远!我看不清他的表情,我也不敢想象,我不敢想象他对我担心的样子,也不敢想象他爱我的程度。那一刻,我竟然那么脆弱,眼泪不自觉地就流了下来。

"今天就做你们爱吃的芹菜馅包子吧!"母亲的一句话让我停止了回忆,把我拉回了现实。我看着桌子上的芹菜,这是我和父亲都喜欢的蔬菜。我注意到母亲转头看着桌子上的那一枝花若有所思,但并未言语。好像上了大学以来我就没有再和母亲一起做过包子了,"妈妈,我和你一起做吧。"今天的我突然特别勤快。我正搅拌着包子馅,母亲开口了:"你父亲昨天特意给你剪的花,他知道你喜欢。很多事情他都看在眼里,只是不知道怎么告诉你。"其实我一直都可以感受到父亲对我的爱意,我怎么会不知道呢,只要我回家,父亲一定会早早在车站等我;只要我说渴了,他就赶快放下手头的事情给我倒一杯水;只要我不开心了,他总会给我买我爱吃的零食……可有些时候我就是生父亲的气,尤其是他对花的态度与对我的态度之间形成了鲜明的对比,这让我心里极不舒服。我终于忍不住问:"那为什么爸爸那么维护他的花啊?"母亲手上的动作明显顿了一下,终于还是开了口:"你父亲爱惜这凤仙花是有原因的。你小时候特别大胆,墙上的壁虎都想要拿下来玩,也从来不怕青蛙和蛇这些动物。有一次你父亲带着你出去玩,一个不留神你就自己跑到了墙角里伸手揪出了一条蛇,还开心地擎着它朝你父亲咯咯地笑,你父亲还没来得及过去,你就被蛇咬了一口。"我紧张地、聚精会神地听妈妈讲我的故事"疼得你哇哇大哭,你父亲吓得手忙脚乱的,抱着你不知所措。还好旁边的一位老人带你们到他家用凤仙花泡的粮食酒给你治被蛇咬的伤,倒是很管用,还和你父亲说只要在家附近种上凤仙花,蛇就不会靠近。从此，你父亲对凤仙花格外重视。"我恍然大悟，原来父亲对我的爱都藏在花里，藏在默默的行动上了。

吃饭前，我第一次积极地跑出去喊父亲吃饭，他很惊讶，但我看得出来他的欣喜，嘴角不自觉地上扬成开心的弧度，嘴里重复着"马上来，马上来。"也许芹菜馅的包子特别的香，也许傍晚的灯光格外柔和，那天的氛围特别的融洽。父亲竟然喝起了酒，父亲是那种喝了酒话多的人，于是父亲就念叨起了我小时候的种种奇葩的事情。他说你小时候胆子很大，看到墙上的壁虎非让我给你拿下来玩，哈哈，不给你还不乐意；他说看到我抽烟你也要跟着抽一口，还差点急哭了呢，我就让你吸了一下，结果你就真的被呛哭了，哈哈，你妈为这还和我大吵了一架，我就戒烟了……父亲说了好多好多，像是让我一下子穿越到了小时候。回忆突然涌来的时候挡都挡不住，眼泪在我眼中转了几圈还是掉了下来。

父亲的爱突然清晰了起来，我看着父亲带着醉意的眼睛凹陷了很多，两鬓的白发也偷偷地冒出来了，黝黑的皮肤上的皱纹像被刀又刻深了。他还在说着、回忆着，我像刚懂事的小姑娘一般，瞬间觉得父亲原来那么高大，在他身边什么都不用担心，什么都不用害怕。

我仍然用崇拜的眼神看着他，像小时候一样。我隐约闻到了凤仙花的清香，香到了我的心里。

（本文获滨州学院品牌专业汉语言文学首届文学作品原创大赛一等奖）

追随理想

16 中文本 1　娄瑾瑾

理想，就是一盏灯，永不泯灭，狂热追求以致疯狂。

——题记

斯特里克兰先生在我的记忆里，刻骨铭心。

我不知道自己为什么要这样说，不过，的确，这是一本诠释了理想与现实、艺术与灵魂、友情与爱情的书。在书读过半，我曾一度疯狂地迷恋于斯特里克兰先生。用书中的一句话说："艺术最令人感兴趣的就是艺术家的个性，如果艺术家拥有独特的个性，哪怕他有一千个缺点，我也可以原谅。"不错，我便是疯狂地热爱他那股子倔强，那份追求和不顾一切的勇敢。

"所有机智的灵魂都不会循规蹈矩"，斯特里克兰先生便是最好的证明。就如同我们的生活，平凡且看似幸福，拥有妻子儿女，体面的工作，可以不为生计而烦恼。然而，就在这样的平静下，斯特里克兰先生毫无征兆地同妻子离婚，只有一个理由，"我要画画！"走得那么坚决，那么义无反顾。

现在的我们，满脑子还是执剑走天涯的幻想，我们处于完全自由的时间段里，在时间和空间里，我们任意徜徉，我们可以为了理想与梦想放手一搏，可是，最终的目的还是逃不过现实：结婚生子，事业稳定，能够不为生计奔波。然而，斯特里克兰先生说："我渴望改变，无论怎样的改变，只要不是这样按部就班地活着就行。"我从心底油然产生一种敬佩。

开始的我很是震惊，怎么会有这样一个老顽童，抛妻弃子，去追求那虚无缥缈的成功，也实在是令人难以置信。况且，他几乎没有做画家的任何天分。他的画在外人看来，是幼稚、庸俗、陈旧，但却是他的理想。

斯特里克兰先生一刻都没有放弃，他几乎接近于疯狂地去寻找内心的世外桃源。他渴望成功，渴望内心的呐喊。他已经身不由己，像被什么力量所控制，他利用这种力量去追寻自己的目标，明确、清晰。

只是，在这个时候，他光是活着，就已经竭尽全力了。

对于爱情，斯特里克兰先生看起来是如此冷漠，对他人，对自己，我们都认为他不会爱上别人。爱情会占据一个人的身心，让一个人脱离原本的生活轨道。他，为了画画，抛弃了家庭，来到一个狭小阴暗的小阁楼里完成他的梦想。他丢下了跟随他十七年的妻子和一个美满的家庭。冷酷而无情，走得那么坚决。怎么可能再次踏入爱情的漩涡？何况他自己也曾坦言：我不需要爱情，我没有时间。赤裸裸的坦诚，一旦欲念得到满足，他就投身于其他的事情。

当欲念降落，命运使他们鬼使神差地不期而遇。现实却总没有想象的那么动人，斯特里克兰先生的生活除了梦想，就是为了实现这个梦想去艰苦工作。后来，在完成绘画后，他又像当年那样，义无反顾、冷酷而无情地选择了离开。尽管布兰奇•施特勒夫苦苦哀求，最终丧命。

对于爱情，斯特里克兰过于伟大。同时他又过于渺小。

在这个疯狂的而不为人所理解的世界里，斯特里克兰先生唯一在一直坚持做的便是画画。

不错，再后来，斯特里克兰结婚了！

斯特里克兰先生结婚了，和艾塔，在大溪地。

唯一没变的是他依旧是没有停止绘画。

作品，最能泄露一个人的情感。

结局，也很平凡，他——斯特里克兰先生，终于，成功了！

每一幅画都价值连城，他，也在毕生热爱的事业里死去。

相对于一成不变的生活，一天天机械地重复，单调而贫乏，我更喜欢这份颠沛的流离所带来的乐趣。有些人出生在某个地方，可他并不属于那里。只是在后来的生活里，他被随随便便地抛弃在一个角落，或许，那就点燃了内心最柔软的地方，这里，才是故乡。于是，他就在那似曾相识的环境下，在那素未谋面的人群中找到了归宿。

做自己最想做的事，生活在自己喜欢的环境里，淡泊宁静，平凡安逸。每个人都有对生活的看法，这个选择与评判也就属于你自己。

满地的六便士，我却希望和斯特里克兰一样，抬头，看看月亮。

（本文获滨州学院品牌专业汉语言文学首届文学作品原创大赛二等奖）

当繁华落尽，您是我的唯一

16 中文本 1　李佳蓉

小时候您是英雄，尽管我调皮，经常欺负别人家的孩子。那时放学后，我常常被老师留在学校。我看着老师指着我，埋怨来接我回家的您不懂教育。可您总是能摆平我闯下的祸，回到家后也未曾骂我打我。我知道我就像小公主，你会容忍我的小脾气，依旧每天早上为我做早饭、扎辫子。

公主的日子过得并不长，很快，因您工作调动，我们一路南下，火车上的日子太过平淡。每当我躁动不安时，您总会拿出那支珍藏多年的口琴，为我吹奏一曲。车厢里因琴音而沸腾，一曲吹罢，大家请求您再吹一曲。您却始终按兵不动，直到我开口说，爸爸，您再吹一曲吧，琴音才在车厢飘荡。

也许是生活的不稳定，扰乱了原本平静的步调。我不再被允许像从前那般任性。当饭菜从炸鸡变成萝卜时，我承认我是崩溃的，不仅如此，您每天都出门，天黑才回来。我与母亲挤在一间小小的屋子里，没有玩具和巧克力，不知不觉中我养成了每当您外出回来便大哭一场的习惯。似乎是宫殿一刹那化成了废墟，生活的变动，使我渐渐感到没有了安全感。

生活渐渐稳定，我们住进了大房子，我也有了属于自己的小房间。看上去十分幸福的生活，却像是在灯火阑珊下，有片阴暗的影。您安排我就读在当地十分有名的学校，然而我并不快乐，也许就是从那时起，我与您开始渐渐疏离。

当我看着同龄的孩子在外嬉戏，他们有滑板、旱冰鞋、自行车，我却只能静静地望向窗外，偶尔与经过窗前的朋友打声招呼。我开始明白什么是羡慕，什么是孤独。那时朋友的家长也曾劝说过您，孩子就应出去玩，但您从来都不予理睬。您对我的期望十分高，我站在您的期望上，看着脚下美丽的风景，摇摇欲坠。我想我成了橱窗里的洋娃娃。

您有时会带我出去，要求我穿着校服。经常是去图书馆、博物馆，却从未进过游乐园。孩子都是爱玩的，渐渐地我开始不再出去，我想我也许是自闭。我攒着奖学金，从不管您和母亲要东西，我学会了自立，学会自己洗衣服，收拾东西，学会自己照顾自己。

我想您看到这样的女儿一定十分开心，却不知我的心早已降至冰点。我觉得也许我本不该是您的孩子，只是阴差阳错地走到了一起。

慢慢地我们都变了，我开始将自己锁在屋子里，您也觉察出了我的不对劲，几次尝试着带我出去，我却不再像从前那样渴望外出，我开始对所有的事物都失去了兴趣，除了课外书。您开始后悔，希望我可以像正常的孩子一样开怀大笑，而不是一脸平静，就如看遍世态炎凉一般。我们开始经常吵架，您经常性地勃然大怒，母亲的劝解，在我眼里就如电视中的偶像剧，烦琐而乏味。我们因成绩好坏出现了隔阂，生活失去了感情，只剩一副血缘的骨架支撑着我们的联系。

那时学习的动力便是考个好分数，上个离家远的大学，从此远走高飞，离开这个冰冷的家。我不知这样的生活还要继续多久，只觉得前途一片黑暗。

后来因户口问题，我回到家乡念书，与您相隔两地。我如飞出牢笼的鸟儿，尽情享受天空给予的自由。成绩一落千丈，我却满不在乎。您一开始十分焦虑，后来就像放弃我一般，不再干涉我的生活和学习。那时您都不愿多看我一眼，但每次母亲说我越来越开朗时，我看到您眼中的一丝光芒。好在我没有太过放肆，还是循规蹈矩地念完高中，考入大学，我选了一个离家乡、离您都很远的城市，我想我是彻底自由了。

上大学后，我很少与您联系，却能经常收到您发来的消息，虽然都是一些转发的新闻。是每当听见母亲说您想念我时，我冰冷的心，总会被触动一下。渐渐地，那层坚硬的冰化成了一滩水，流到骨髓里。

我因学生会工作的需要，需要一台电脑，我跟您商量，希望您能将那台旧电脑寄给我。收到电脑时，我发现那是一台崭新的电脑，酒红色的外壳十分显眼，那是我最爱的颜色。

我心中有种说不出来的感动，我以为我跟别人家的孩子不一样，我以为我在您心里除了成绩，剩下的都一文不值，却不曾料到您竟会如此细心，细心到知道我喜欢酒红色。

我想起念初中时，我可以自己回家，您却坚持每天都来接我。路上的车很多，您总是习惯性地横在马路中间，让我安全通过。那时天公不作美，两三天便下一场大雨。您将整把伞支在我头上，自己淋着雨。那时所有买给我吃的食物，您都会将配料表看了又看，挑了又挑，简直如同食品安全监察局。

我想起，曾在一本书中看到的一句话：他并不是不爱你，而是爱你的方式不一样。我顿时觉得自己恍然大悟一般，也许正是这样，您永远都是口中说着成绩，心里却想着我的冷暖。正因为爱，更在意我的未来。

我想当您看到我没有什么感兴趣的事物时，您的心情应该是沉重的，没有哪位做父母的不希望自己的孩子快乐。我想您应该也是一位感性的父亲。我想起每当我心情低落时，您总会编出一些故事逗我笑。那时的您是慈爱的，不会谈成绩。我也很惊讶，您这样严肃的一个人，竟会有如此温暖的一面。我在努力，我看到您也在为我们僵硬的关系而努力。

其实所有的孩子也希望自己的父母快乐，正因为希望您快乐，上了大学之后我按照您说的方式去参加辩论赛，征文比赛。我希望我能拿到一个好的成绩，希望您开心。

我看到未来不再是灰暗的，我们都在我青春的阴影中慢慢走出来。我感受到，我的宫殿在狂风暴雨中重新建起。也许不管家是什么样子，都是最温暖的。就像不论您对我的方式如何，您都是我最亲近的人。

我不知道以后的人生之路有多艰难，但我明白，当所有的繁华落尽，您是我的唯一。

（本文获滨州学院品牌专业汉语言文学首届文学作品原创大赛二等奖）

故乡——你的长夏永远不会凋谢

16 中文本 2　许亚男

我在不知道快乐二字怎么写的时候最快乐。

山脚下这个小村子里边，以前，住着我的祖父，现在埋着我的祖父。是的，我的童年时代，生平最快活的日子，就是在这山脚下，伴着他们——我的祖父祖母,一天一天过的,那时的我确实不知快乐二字怎样书写。

有段日子,我十分迷恋萧红的《呼兰河传》——"黄瓜愿意开一个黄花,就开一个黄花,愿意结一个黄瓜,就结一个黄瓜。蝴蝶随意地飞,一会从墙头上飞来一对黄蝴蝶,一会又从墙头上飞走了一个白蝴蝶。它们是从谁家来的,又飞到谁家去?太阳也不知道这个。只是天空蓝悠悠的,又高又远。"我于萧红所勾勒出的这似曾相识的美好画面里深深地沉醉着。日出而作,日落而息。我想这八个字便是对仅存于梦中的、静谧的、祥和的乡间生活最好的诠释。

春夏秋冬,一年四季循环往复。在这四季中,我最不能忘怀的便是故乡的长夏。

噢!是夏天了。蚊子,肥硕的蚊子。河边的老泉子迎来了汛期——汹涌、雪白、冰澈、清凉。嗡嗡,蚊子叮你一口,还要耀武扬威地在你周围觅食。拿在冰凉的溪水里浸够了的手,拍打,和着水拍打,并不管用。树荫很浓厚,把原本就饥肠辘辘的山间小道遮了个片甲不留。蝉在高处叶子底下藏着,拼命咆哮,吐槽天热。

这个村子是以多生的梨树而闻名的。春回大地,漫山的梨花总是吸引不少远客。祖父的梨园是村庄里最大的一个,梨园太大,是需要人看守的,除了树上挂着的未熟透的隐匿在肥绿的叶片后面的嫩绿果儿,最让我铭记的当属守林人的小屋了。这些简单的小屋全部用石块砌成,里面只有石床一张,布衾一袭,可这却是我的梦幻城堡。祖父就在这夏天里守着茁壮成长的梨子们,防贪吃的鸟儿,也防贪吃的人,但更强劲的敌人当然是我了——心气儿不对,找一棵低矮的梨树,爬上去,把它的果子摘个精光,不论生熟。

盛夏来临,梨子便可入筐了,祖母也开始忙碌起来,把房中的家伙什儿统统赶到墙角——宽敞留给刚下地的梨子——一颗一颗地蹲在房里。这时候村里竟比过年还热闹,远处的商客们循着梨香来了,一同来的还有不计其数、大大小小、高矮扁长的纸箱。街上喧闹着的是商人与农人之间,农人与梨子之间,梨子与商人之间的绵绵情丝。来来往往的人,来来往往的梨。

祖父的梨子是不会全卖光的,仔细存着可以吃到中秋以后。等农人们的梨子乘着箱子去到远方各个集市、各户人家,蝉就销声匿迹,老梨树只闷声长它的叶子,这有着梨子香味的夏天就该落幕了。

后来啊,我终是学会了快乐二字怎样写。

　　我会写的字越多,故乡于我就越来越陌生;我住的楼层越高,祖父祖母离我就越来越远。我终是被这城市冰冷的钢筋混凝土给框住了。多生梨树的村子成了永远回不去的故乡,看梨的祖父成了故人——与一棵棵老梨树深眠于那青山绿水中了。

　　再读萧红的《呼兰河传》,一种繁华落幕的凄凉从密密麻麻的文字中流淌出来。

　　（本文获滨州学院品牌专业汉语言文学首届文学作品原创大赛三等奖）

回忆·路

16 中文本 2　　赵翠先

　　走着想着,其实也根本不知道自己想的是什么,只是沉着头,默着声;想着走着,徘徊在这一条不知道多久没有走过的路上,任凭岁月侵袭,她仍是默默无闻地躺在那里,只有那深深浅浅的车痕记录下了时间的踪迹。愈发沁人心脾的泥土芳香,依然还是那样诱人,就像一大锅百草汤,飘出一阵阵童年的气息,连空气也变得活泛起来了,像一群久别的孩子,直往我的怀里撞,他们冲着,我的回忆也随之雀跃着。

　　这样一个动人的夜晚,思绪的大手打开了记忆的箱箧,一遍又一遍地搜索着光阴留下的证据,似乎觉得少了什么,总有一种说不出的失落。环顾四周,不见了儿时荡秋千的老树,它们在我童年画板上留下了醉人的色彩,写下了不同凡响的诗篇,至今还能嗅到童年时代的清新。眼前又浮现出那淘气的秋千,我们唱着歌儿,她带我们摇摆,摇摆个不停。

　　月亮还是当年的月亮,依然毫不吝啬地把银光密密地铺在大地上;路还是当年的路,丝毫没有对早已变了模样的我感到陌生,不信?你看那尘土,依旧在我脚下飞舞。可是当年的心境,早已不知道被遗忘到了哪个角落,只剩下淡淡的却又如此清晰的回忆,她随着步子,愈发浓郁起来了。点上一支蜡烛,照亮一缕思绪,我深怕这岁月太无情,要把我的回忆夺了去;我又怕自己会攥得太紧,这些回忆又要溜走。我只有一遍遍地在脑海里回想、缠绕,交织出一个光阴的四季。曾几何时,儿时一起玩耍的风儿来了,她不再为我追逐,反而更迫切地推着我向前走。

继续向前,那是一间破败得几乎连我都要认不出的老屋,门前伫立着儿时攀爬过的枣树,似乎也只有她见证了这老屋所经历的风和雨。屋顶终于熬不住岁月的撕扯,被她毫不留情地咬了去,已然面目全非。刚走到枣树的跟前,便见她伸出一只大手,捧了满满的枣儿,静静地立在那里,似乎要告慰如今脱掉稚嫩装束的久违的朋友。这些枣一定还是当年的甘甜,记得以前疯累了总得爬上她的肩膀,摘下几颗,送进嘴里,便也忘不了这个美丽的秋天!可我却已没有了当年的激情,不会再爬上她的躯干,淘气地把她摇醒。是我的个头长高了吧?还是她也被岁月压弯了腰?肯定的是,她的年轮还旋转着我儿时的天真烂漫。回忆在我脑海中愈演愈浓烈。几乎浓得要凝成水珠,喷薄而出,把我淹没。不知道此时应该是欣喜还是心酸,只是心里,洋溢着苦涩但又幸福的归属感。连风儿也变换了调子,与我灵魂的旋律融在了一起,我久久伫立。

告别老屋和枣树,我继续沿着记忆向前走。儿时的伙伴们也都各奔东西,唯独剩下那一棵合抱粗的古柳,茕茕独立,耷拉着脑袋,垂下一根根枝条。爷爷小时候,就拿它们做成哨子,吹出一个美丽的童年!多少年了,古柳一动不动地站在这里,守护着整个村子,经过孤独寂寞的洗礼,它的枝条显得更加繁密碧绿了。此处的月光掠起波澜,柳枝在她的银幕上写下——好久不见。这如同母亲般的温暖,终是每一个游子心灵流连的港湾!

从原路返回,同她们一一告别,只有这一条小路护送我回家,兴许是她们有太多不舍,不敢跟来,或许是怕抑制不住自己的情绪吧?回到自己的小屋,沏上一杯浓茶,就着回忆,俯首就是几个小时——从来没有这么认真地品味过茶香,也从来没有这么认真地搜索童年的时光。茶叶经过开水滚过才散发出清香,正如这记忆经过时间的洗涤,虽然早已分不清那时的是非曲直,但那些片段都变成了回味无穷的甜蜜。

没有人可以仅凭一笔便绘出这茶香,唯有细细品味;这个时候,不需要老酒,甚至不需要朋友,单是那挡不住的溜进屋子的月光,便也正如脑海里涌起而又泛滥的回忆了。我以为没有什么可以让人轻易感伤,时间做到了;

我以为没有什么可以让我轻易沉醉,回忆做到了。我打开窗子,再多看一眼,我要把她们都刻在血液里,不知道再见要经过多少个秋天,我更怕这涌起而又泛滥的回忆会被时光抹平。也许看倦了灯红酒绿的繁华,饮水思源,心灵深处还有这样一处胜境:破败的老屋,伫立的枣木,淡淡的月光,蜿蜒的小路,路上还有一棵妈妈般的古柳树。

每个人的一生都是一条路,我们乘着时间的列车,看着方兴未艾的世界,车窗外是数不清的惆怅或楚楚动人的美丽,而幸福是这趟列车的终点站——它也叫作回忆。

(本文获滨州学院品牌专业汉语言文学首届文学作品原创大赛三等奖)

孤 独

17中文本1 宗 俊

夜,是静的。

抬头望望"其远而无所至极邪"的夜空,一轮弯月冷冷清清地嵌在那儿,薄如纱的云儿飘来飘去,好似风一吹便会散去。

"但愿人长久,千里共婵娟。"而与我共守一片月的"老顽童"已经不在了,"老顽童"是我姥姥的母亲,纵使岁月在她脸上刻满了痕迹,可她依旧乐观,微笑面对生活,令我欢喜的是:她还有一颗不老的童心。"小儿不识月,呼作白玉盘",自我记事起,我问过她最多的问题便是:"喏,太姥姥,你看晚上天上挂的那个是什么呀?可以吃吗?""那个东西为什么形状会变?""那个上面有人吗?"……每至盛夏的夜晚,"老顽童"总会坐在藤椅上,歪着身子,仰望着天空,不知不觉中,月光化作一泓流水流入了她的眼眶,在月光的映衬下,显得分外闪亮,不懂事的我总会扯扯她的衣角,她蓦地一惊,回过神来,用她那"厚实"的手摸摸我的头,看着我,眼神如月光般温柔,"天上的那个叫作月亮呀,她还有好多好听的名字哩,婵娟,素娥……""傻孩子，那个东西当然不能吃。""她变来变去，不也像你一样吗？你有时候会不开心，有时会哭、会闹，她也是有心情的。""月亮上不仅有人，她上面还有一座美丽的广寒宫呐！"就这样，这些童年的答案以及"嫦娥奔月""玉兔捣药""吴刚砍树"等神话一直陪着我，陪我长大，陪我一路向前……

幼年的种子埋在心间，等待绽放！

"人有悲欢离合"，离开村子去镇上上学之后，去姥姥家的次数少了，每次到姥姥家已是黄昏，起初见"老顽童"一人独坐在窗前，眼睛牢牢地望着窗外，时光的流逝中，她的眼睛里似乎多了些什么，起初我没太在意。后来每次去姥姥家，都见她静静地坐在窗前，头倚着窗，任由落日的余晖挥洒向她的银发。她的眼睛紧盯着窗外，眼神有些扑朔迷离。懵懂的我走过去，喊喊她，她没看我，当我看到她的眼睛时，她好似在躲藏什么，在遮掩什么，在逃避什么……后来我从姥姥那里得知：我的太姥爷去世后，她便养成了一个习惯，每至黄昏她总会盯着窗口发呆，原来那样一个乐观的"老顽童"也会失落，也会一个人默默地承受伤和痛。"不思量，自难忘""无处话凄凉"之苦难于和人诉说，唯独自一人默默忍受。原来她是害怕孤独的，乐观其外，孤独其中。

再后来，我12岁时"老顽童"便离我而去了，她离开的那天，正好是盛夏的某天，那天晚上的月亮很大、很圆、很美，美得让人凄凉。我想她一定是带着对太姥爷的深深思念去了那"高处不胜寒"的月宫。

不知怎的，自"老顽童"走后，我也有了一种习惯，每当我一个人时，总会情不自禁地想起很多很多：开心的，快乐的，失望的，伤心的……后来，我上了高中、大学。我慢慢地了解到，原来我儿时太姥姥望月时，眼中的那是泪水；黄昏倚窗时，是太姥姥对太姥爷的深深思念，"是爱，是暖"，是二人矢志不渝的爱情。

夜深了，望着头顶上的一弯月，仿佛看到了您的慈爱的笑。

（本文获滨州学院品牌专业汉语言文学首届文学作品原创大赛二等奖）

善　悲

17 中文本 2　　任炫霏

世人总说，爱哭之人故作坚强。

相信你也遇见过不少爱哭之人，无论这人是你自己还是别人。

可我却遇见一个人，他从不说我爱哭，他说我：善悲。

我以前不知道，这对于我来说是多么好的一个词，就像我至此才明白他是多么好的一个人。在认识他之前，我从没见识过自己的另外一副模样，如此想来，在那特别的青春里那些特别的事其实都源于他。

我第一次见他的场景早已在记忆里模糊了，就如同千千万万人那样普通的相遇：一条长长的廊道，去往两个方向的人面对面笃定地向前走着，只是不知我们以为的向前不过是到达对方已然到过的地方罢了，而在这之中的我们一定遇见过彼此。不是小说情节也并非电影桥段，大抵那种命运般的安排是永远不会降临到我身上来的。所以当我记得他的时候，故事就这样开始了吧。

那是夏天，所以黄昏与夜总来得晚些。而夏天总让人高兴的是，再不用想着用什么理由来搪塞晚归。少年时代，"天黑前回家"总是大家最常听的话。可偏偏我不是，这么多人里冷静孤僻的我向来不喜热闹，放学后即刻回家好像就是一件浑然天成的事，没有理由。人人都说我怪，所以朋友也是寥寥。偶尔我会这样想，是不是冥冥之中早已有安排，于是有我这样的人，就有他那样的人。

暑气还未完全扬起的时候，我常把那算作是春的余韵，经历了中考的大家在熟悉了大半年的高中生活后尽情地在操场上挥洒汗水，我们自然地奔跑着，欢欣地跳着，发自内心地喜悦着，仿佛时光永不流逝。不过，在尽兴之余总会有一些小插曲：我不小心崴了脚，疼痛使我想哭，同学将我扶至一边的花坛旁让我静坐，叮嘱我不要四处走动。我回答一声好，竟是连谢谢都不好意思说。不过这独属于一个人的时刻，未免有些凄凉。清风吹拂着发丝搔在脸上微微发痒，不算浓烈的阳光照在身上暖洋洋的，说不出的舒适，这样的感受很难得，我想起一些往事有些想哭。蓦地，一阵有规律的嘈杂之声使我清醒。我四下看了看，才发觉这里是琴房附近，学校在中考时招收的音乐生大都在这里练习。迫于好奇心，我一瘸一拐地绕到琴房的小窗户那儿，悄悄地伸出脑袋，却看不清楚，可这一系列的动作却把我弄出了一身的汗。我脱下校服外套系在腰间，双手握住防盗窗上的栏杆，掂了掂没受伤的左脚，直往琴房里看。后来我知道那是叫吊镲的东西遮住了一个男生的脸，骨节分明的长指握住鼓棒，使之在指间不断跳转。身体随着鼓点节奏而律动，双手不断敲击。琴房中很闷热，男生校服 T 恤的领子汗涔涔的。可惜我左脚也支撑不住，双腿根本无力，索性就不再痴缠。可这一幕印在我脑海中挥之不去，爵士鼓发出的声音，不优雅不绵长，却总在我心里"余音绕梁"，使我热泪盈眶。我开始有些期待，下个星期的这个时候，是否依然可以听到这样的声音。

很快就到了放学的时间，一如往日我依旧自己独行。不过脚崴了后行动速度慢了些，黄昏时的风有些许微凉，第一次有种不愿意即刻回家的欲望。路上行人越来越少，而这种少不同于以往，不同于我急于回家时身旁的空旷。这是一种刻意的慢，刻意去观察我从不在意的身旁景物。晃悠着晃悠着，离车站越来越近，我看到两个模糊的身影，看起来应该是一男一女，我心中暗忖：没想到晚走还能看到这般风景。其实可能是我平日不在意，又或许完全没有对此事物的触感。竟觉得有一丝异样的感觉，真是奇怪。可我竟不愿离他们太近，只在旁边徘徊，又一边想怎么一辆公交车都不来。等得不耐烦时，四下瞟了一眼，却望见汗涔涔的领子，心下有些狐疑，又望了望他的手指，觉得有几分相似。也许只是相似，而那领子也有太多解释的可能，但我就觉得那就是他，一种莫名的笃定。

日子过得很快，高一时的学习任务并不紧张。那时学校里试验"学讲计划"的教学模式，我跟一个学习很好又很漂亮的女生分到了一组，她在年级里是很有"名气"的人，老师也都喜欢她，所以我心里怯怯的。怕，莫名的怕。"你好啊！"她微笑对我说，很温柔，可击中人心的那种。可我突然生出一种流泪的冲动，却也这么做了。现在想来她定是觉得不明所以，可她什么都没有问，握着我的手，无言。在以后的日子里，我感受到了来自朋友的温暖，而在这过程中我也熟悉了她的朋友。我变得开朗起来，她将我拉进她朋友的 QQ

群时我没有拒绝。群里的人不算很多，男女都有。但我跟他们在一起，感受到了朋友间的自在，我喜欢他们，即使他们与我是如此的不同。

于是那段时间的放学路上我总有人相伴，很多人一起四处逛荡，我却注意到有一个男生领子总是汗涔涔的，我认出他是车站里的那个人。而那个女生和我们一样不过是互相伴着回家。原来是我生出了误会，不禁想嗤笑自己。自此以后，我不再只是刚放学就想回家，我好像过上了以前那种我"嗤之以鼻"的生活，但却很开心。日子久了，我与群里的朋友都加为了好友，可除却在群里聊天，有个男生与我也常常私聊，谈天谈地很是自在随意。于是我就这么发现了他，有一天我看见他发布参加表演的动态才恍然大悟，他是那个在琴房里的男生，也是那个在车站等车的男生，他竟是这样一个闪闪发光的人。他好像和人相处很好，每条动态下都有将近 30 多条的评论，他也很受欢迎，在表演视频里有太多疯狂的迷妹。

在 2014 年，世界杯在备受期待中开始，我和他相约在各自家里定好闹钟半夜起来一起看世界杯。其实我根本看不懂足球，我只是爱跟他聊天，可能有时聊着聊着我们就转了话题，但还是很开心。

世界杯告一段落时，我们一群人相约一起去看电影。我不知为何触到了泪点，一个喜剧片的大团圆结局搞得我涕泗横流。

我记得他问我："你是不是常常流泪？"

"也许是吧，因为常哭总是挨了不少的骂。"我说。

他把眉毛一挑："喂，你有没有听过一个词叫善悲？"

我狐疑地瞧着他。

他微微一笑，低声说："你会不会喜欢我啊？"

我不明白，那时的我为何除了心脏的跳动没有一丝丝多余的触感。

可我却说："以后的事儿谁知道呢。"

现在我明白，那时的我害怕他独有的傲气以及我自身对于情感的无知。

他还是不愠，"希望你能一直快乐。"

我微怔，不太理解他的意思，幡然醒悟时人已去。

自那之后大抵无言。

我那时伤心，也不愿主动联络。

情绪累积了很长一段时间，我用删除好友的方式来表达情绪。

只不过没想到，文理分班后再无音讯。

也许,有些事情就是这样。

每个人之间的相遇不尽相同,所以这世上才有那么多别样的故事;每个故事里有那么多奇妙的缘分,所以这世上才有那么多的开始和结束;每个开始与结束间又总有千丝万缕的联系,所以这世上有种东西,叫作故去。

有一段时间,他在我心里好像很安静,像已死之人,了无声息。如今看来,也许是我不愿想起他。读胡兰成《我身在忘川》中有一句"我终将是要等着你的",那一瞬间我才了然,这个人和这些事是那么鲜活地存在于我的生命中。他带给我的远不止是陪伴,更是一种异样的力量,使我不再孤独且更加温柔地对待这个世界。

他是懂我的,所以希望我一直快乐。

如今,我想起善悲这个词,想起很多往事。

"喂,你有没有听过一个词叫善悲?……"

"所谓善悲者,不必实有可悲之事,心中只是怏悒不快。"

得幸于他,得幸于他们,莞尔之间,再无不快。

(本文获滨州学院品牌专业汉语言文学首届文学作品原创大赛一等奖)

素人学生

17 语教专 1   王刘云

今早,在去跑操的路上,看到了许多落叶零散地覆盖在水泥地上。叶片是黄色的,上面的纹路还很清晰,它们就这样安静地在清晨浅眠。抬眼一看,树上的叶子大多都还绿着。

这样的树,正处于换装之季,一半绿意盎然,一半黄花满地,不胜凄凉。那因新陈代谢而带走的些许生机,不就如我的父辈一样吗,生命体日益衰老,这是人生常态,是难以避免的。

我的大学生涯即将开始,一切新奇有趣、难以名状的事物迎面而来。不管生命对于宇宙,抑或是那久远漫长的历史来说是多么短暂与渺小,但我的人生才刚刚开始。

我的成长发育较晚,懂事也晚,对于一些事情感触不大,没有什么特别深的体会。在这朝气蓬勃的二十岁,有少年不知愁滋味的轻狂,我也就不必为赋新词强说愁了。虽然童年之于我,是段比较模糊的记忆,但我也愿意讲一讲发生在我生命中的故事。

小时候的我,属于比较疯的女孩子,在追鸡赶狗的日子里,母亲胆战心惊地呵护我的成长。

在小学三年级的美术课上,那天我带了火柴到学校,在教室里划着玩,我坐在自己的位置上,偷偷摸摸地低着头玩得不亦乐乎,真是不知道当时的自己哪来的那么大的胆子。上课铃响了,我把熄灭的火柴梗塞进书桌里。不知怎么就点燃了书桌的废纸,书桌里立马就冒了烟,火苗燃得很快。我那时已经蒙了,慌忙用美术课本用力扑打,特别害怕。

让我记忆犹新的是,老师批评的不是我纵火,而是我不该拿课本去灭火。当时的美术课本是上课前发下来,下课再收上去,循环利用。我不管那个老师是为了不损坏课本,还是为了节约资源,那么他最该关心的不应该是我的安全吗?后来,我跟着妈妈去找老师承认错误。我没有把我的不满和委屈告诉妈妈,只呆呆地听着妈妈被老师训斥。那时候老师大于天,在小孩子眼里,谁不怕老师啊,家长说过五六遍的话,老师说一遍就很管用。这件事留下的回忆最多的还是惊吓。

从这件事上就可以看出我的无知与幼稚了。我们没搬家之前,是住在学校操场后的大杂院里。我家大门紧挨着校长家的后窗户,我们之间只隔了一条胡同。我很调皮,家里一旦有用完的打针筒,我就收起来灌水玩。一次,我在门口玩射水时,看见门对面的纱窗就猛地一下扎了进去,装作我是医生,正在给病人打针治病。说来也巧,窗户后面正是校长的床,水全射到了校长床上了。结果可想而知,妈妈将我揍了一顿,拎着我去校长家道歉。

那时的我,不仅不懂事,还特别容易犯迷糊。小学有次上体育课,本来是下午四节的,但我上完第三节体育课就回家了。路上还悠闲地买了点吃的。到了家里妈妈一盘问,回来这么早不是逃课是什么,又是把我一顿打。我上了初中也闹过一次笑话,那天是周日,中午有点困,就去床上睡觉了,告诉妈妈吃饭别喊我,我不吃了。我醒来时,家里正吃着饭呢。我一看表,都七点多了，妈妈怎么没叫我起床呢？我顾不上吃早饭了，急忙往外走，边走边说："来不及吃饭了，我到学校门口买点吃吧，咦，要下雨啊？看这天乌黑乌黑的，我还是拿把伞吧。"妈妈很无语地说："你睡懵了吧？现在是晚上七点，不是早上。"我一脸茫然。

儿时，也有稍微懂事的时候，却表错了意。那天妈妈来接我放学，我看见小卖部就走不动道了，双手死死地拽着妈妈的大手撒泼。妈妈这个角色大概是世界上最容易心软的一种生物了，果不其然，她同意了。我一个箭步飞进小卖部，乐得找不着北了。那时的快乐是那么简单，一点儿小事就可以满足。很快我们就买完东西出来了，我把手中攥着的几块糖递给妈妈吃。她问："哪来的糖啊，刚才买糖了吗？"我回道："就刚刚里面拿的糖啊，给你吃吧。"我以为妈妈会很高兴地夸我，然而妈妈变了脸色，把我拽进去给人家道歉，说小孩子不懂事。

虽然妈妈文化程度不高，但是她很重视对我的教育。儿时的美好与快乐总是居多的，小孩子嘛，伤心难过也就那么一会儿，来得快去得也快。

童年的夜晚很安静，满天的星光洒在院子里，枣树的影子射在地上。偶尔传来几声狗吠，劳累了一天的人们进入了梦乡。我和太奶奶都在炕上睡，炕是烫人的，也是暖和的。虽然我是女娃，但到底是她的亲孙女，平时她是疼我的。冬天的夜晚格外寒冷，但烧了炕，睡在上面特别温暖。太奶奶和我躺在炕上，睡意袭来，忽然听到太奶奶大声喊我爷爷的名字，也就是她儿子。我问她："为啥喊我爷爷啊，他不是下午就出门了吗？"太奶奶在黑暗里，我看不清她，只静静地等她回答。她的声音仿佛从遥远的记忆深处传来："这样会觉得安心好多，不用担心有什么人摸进来了。"

太奶奶是个裹脚老太太，骨子里特别传统，比如重男轻女思想。她活着的时候，我们家是四代同堂，家庭成员只有太奶奶、爷爷、爸妈和我，人丁单薄。我从未见过太爷爷和奶奶两个人，太爷爷去世得早，在我出生前就走了。至于奶奶，连我爸爸都没见过她，更别提我了。

开始我是把太奶奶喊成奶奶的，以为她和爷爷是夫妻，后来上了小学才意识到他们是母子。太奶奶和母亲的矛盾，在母亲生下我之后到了白热化阶段，母亲要离婚。在我可以缓解她们俩之间矛盾时，我不懂事。当我有能力调和了，其中一个却不在了。

生命是个奇妙的旅程，我们最终都会从这个世界上离开，说不定哪一刻就停止了呼吸,谁都无法幸免。

姥姥在我眼里,是很强悍的存在。妈妈说,姥姥年轻的时候,去外地进货,批发药品。她是一个人去的,大字不识一个,就这样大胆地上路了,回来的时候学会了女厕所三个字。在那个年代,她把三个孩子拉扯大是非常不容易的。这个大字不识一个的地地道道的农村妇女,也遭受过她婆婆的歧视。姥姥就堵着一口气,不理会婆婆的冷言冷语,过自己的日子。谁也没想到,她那么倔强、不服输的人,会突然得病。姥姥的离世是那么突然。

记忆中,姥姥是那么苛刻,对我是那么严厉。小时候,一旦妈妈和太奶奶有矛盾了,她就把我送到姥姥家待几天。我记得那是一个下午,我和表姐在姥姥家门口玩,后来又去了河边玩。回来后姥姥把我骂了一顿,但她没骂表姐。我不禁想,我人生地不熟的,难道是我自己摸去河边的吗?为什么只说我?就因为我是外孙女,她是亲孙女吗?我在姥姥面前唯唯诺诺,不敢高声说话。表姐在姥姥面前如鱼得水,趾高气扬,一点都不怕她,经常和她顶撞。当然,人走如灯灭,这件令我耿耿于怀的事早已随着她的离开烟消云散了。但是,姥姥离世对母亲的打击很大,几年后才真正释怀。

那是10月1日的长假,母亲带我回老家掰玉米。我们娘俩坐在院子里,安静地扒玉米,没有人开口闲聊。我们家那条养了许久的老土狗也安静地趴在母亲脚下,在暖和的日光下舒坦地眯着眼睛。我们扒了一会儿,母亲突然对我说:"人啊,千万要学会珍惜。你姥姥在的时候,我想着还可以陪她很久呢,没能好好地孝顺她。现在她走了,想孝顺世界上都没她这个人了,人活一辈子,一定要好好珍惜缘分。你姥姥骂你,她说话的语气方式可能不对,但她是疼你的。她是妈妈的妈妈,我对你姥姥的感情,就像你对我的感情一样,都是母女之间的爱啊!"我听了妈妈的话,有种说不上来的酸楚感。我强忍住眼泪,盯着母亲腿边的老土狗看了一会儿,像是刚反应过来似的,连忙"嗯"了一声,用力点了点头。

母亲与子女的爱,大概是天生的。母亲是我人生中最重要的指路者和航海中明亮的灯塔!

外国人有素人画家,三毛是素人渔夫,而我愿意做一个素人学生,保有心灵上的一方净土,做自己想做的事情,方不辜负母亲对我的拳拳之爱!

(本文获滨州学院品牌专业汉语言文学首届文学作品原创大赛三等奖)

那人·那树·那茶香

17 语教专 1 杨晓萱

六月里的风吹过蔚蓝的天，穿过碧绿的树叶，拂过石井里波光粼粼的水，带着炙热的温度打在我脸上。知了声与叶子摩擦声交错响起，我坐着马扎，听着收音机，品着茉莉花茶，任太阳把斑驳的树影投在身上。我享受着他曾享受的事，做着他曾做过的事，我固执地认为，他并没有走远，他也不曾离开过我。

他是我的爷爷，那个喜欢喝花茶的爷爷，那个喜欢准点听收音机的爷爷，那个喜欢遛弯的爷爷。他是一个和蔼可亲的人，脾气却固执得可怕。我从小在爷爷身边长大，他给我定了许多条条框框的规则，比如饭后一小时内不准喝水，喝完茶要留下茶叶渣渣，要早睡早起，不许挑食，不准一个人外出……懵懵懂懂的我还会追在他屁股后面问"为什么呀"。他对着我一本正经地解释着，我歪着脑袋，啃着指甲也一本正经地听着。说到最后他笑着摸我的头说："你长大了就会明白，但是要遵守啊。"是啊，我从来都不曾忘记过，规规矩矩地遵守着。期待着有一天你还会继续摸着我的头，夸我一句"你真乖"。

我们村清晨的大路上，总会出现两个身影，一个蹦蹦跳跳走在前面，一个背着花书包慢悠悠地跟在后面。闻着清新的空气，中间还夹杂着丝丝花香，使生活在这清晨变得格外美好。我以为生活会就此定格，却忘记了时间的残忍。我越长越高，书包越来越重，爷爷的背也在悄悄地变弯，可是书包依旧背在爷爷的身上，有时我会不好意思，想要自己背，可爷爷说："学生就是好好学习的，杂七杂八的事交给爷爷做就行。"这一背就是五年。我的年级越来越高，学校也越来越远，爷爷的年纪不容许他继续跟着我的步伐向前走。他转而变成了拿着马扎坐在大树底下，翘首以待地等着他的孙女，想看一看我是否平安。爷爷看见我就说："放学回来啦，学习累不累啊？和同学发生矛盾了吗？今天去我家吃饭吧，我给你泡你最爱的茉莉花茶，给你炒你喜欢吃的肉，呵呵呵……"拒绝的话从来说不出口，而他高兴得像小孩子般，笑容灿烂。于是树与那个老人，成了一道风景。现在树还是那棵树，我还是那个我，马扎还在，茉莉依旧清香，只是我的爷爷不见了。

有一天我回到爷爷家，却发现树下没了那个熟悉的身影，急忙奔回家，却发现爷爷正坐在轮椅上冲我笑，我的泪夺眶而出，那个永远挺直腰杆的爷爷怎么会变成这样，我忽然意识到，爷爷真的老了。之后我不管学习有多累，只要有时间，我就去陪陪他，教他用手机，给他把收音机调好台，给他泡茉莉花茶，带他去逛街……我要把以前没有陪他的时间补回来，我想要好好爱他，我要考上好大学给他争光，我要找份好工作赚许多钱养他。我想了许多许多以后的事，却怎么都没有想到他会不会等我。高考前一个月的清晨，我还在学校，却接到了让我回家的消息，我以为他只是生病住院想我了。当我飞奔回家时，却发现了白色的绫在风中飞舞，五彩的花圈在太阳的照耀下发出刺眼的光，这里瞬间变得陌生，我跌跌撞撞地跑到楼上，只见他安静地躺在客厅的中央，身上盖着白色的被单，面目安详，仿佛睡着了。我终究还是不敢上前看他一眼，我呆呆地站在角落里，看着人来人往，有人似乎在我面前说了什么，我看着他一张一合的嘴，面目呆滞。时间到了，他也该走了，看到他被抬了下去，我忽然意识到我的爷爷再也没有了，泪水决堤。温暖的阳光普照大地，可我只感觉到了冰冷。

灵棚的正中央摆着他的黑白照，一如既往地冲着我面目慈祥地微笑。我已经两个星期没有见到他了，谁知道我再也见不到他了。我怨他为什么不肯坚持到我来，我恨恨地想，以后再也不理他了，可是，哪里来的以后。空荡荡的房间里，只剩下他的茶具和他形影不离的收音机，我打开收音机，听着里面传来说书的声音，号啕大哭起来。我还没有实现我的承诺，我还没有考上大学，我还没有赚钱给他买好吃的东西吃，他明明答应了我，为什么又走得这么绝情……

每每放学的时候，总会习惯性地抬头往大榕树下看，依稀能看到一个模糊的身影正冲我招手微笑。高考之后，我回到这里，坐着他的马扎，听着他的收音机，喝着他的茶，回忆着我们的过去，茉莉的清香萦绕在空气中，大树繁盛，收音机里传来的声音，是他最爱的"杨家将"。

（本文获滨州学院品牌专业汉语言文学首届文学作品原创大赛一等奖）

月夜归人

17 语教专 2　王苗苗

　　借月抒情似乎成了诗人的共识,每次抬头看到那或圆或缺的月亮都会感慨万分,浓浓的思乡情油然而生。记得上初中时每晚的月光都是很亮的,有一个人总会在明亮的月光下等我⋯⋯

　　我的妈妈,她个子矮矮的,身体瘦瘦的。从四年级开始,爸爸就一直在外地打工,回来的时候很少。每天都是妈妈一个人在家,初中我开始上晚自习,那之后晚上妈妈都是独自在家。

　　可是,她怕黑。

　　不知什么缘故,从小我的性格很孤僻,不爱和别人说话,也没有多少朋友。小的时候妈妈会每天接我回家,朋友少也没什么感觉。但上了初中之后晚上九点才放学,同学们都成群结伴地回家。但我往往最后一个出校门,自己在玉米地中的小路上骑车回家。

　　我怕苦怕累,但不怕黑。

　　初中开学之前,妈妈就认真地告诉我:"到了新学校多交朋友,晚上找个伴,别自己回来,路上不安全。"我敷衍地点了点头。放学的时候我一直等到班里的人走光,才推着自行车走出校门。路上边骑边想,如果妈妈问起,我该说和谁一起回家的呢?玉米地中的小土路坑坑洼洼,车子颠簸得厉害。晚上风很大,吹得玉米叶哗哗作响,和着月光下树叶摇摆的阴影。漆黑的夜里我只身一人,突然想到如果是妈妈自己骑车的话,会很害怕的。

　　大概半个小时,我在月光的陪伴下回到家。家里所有的灯都亮着,妈妈坐在沙发上一动不动。我知道她是不敢动,她从来没有晚上自己在家过。妈妈问我和谁一起回来的,我随口编了个名字,心虚得不敢看她的眼睛。我以为她会追问,可她只是叹了口气,让我把灯关掉再去睡觉。我总感觉那声叹息代表了什么。

第二天放学的时候，我还是自己在坑坑洼洼的路上骑着自行车。风依旧很大，月光很亮，却被玉米叶遮掉大半。就在我骑到一半的时候，看到路边停着一辆自行车，车子旁站着个矮矮的、瘦瘦的人。月光下那人的身子有些颤抖。我骑上前去叫了声"妈"，她看了我身后一眼，叹了叹气。我看着妈妈的眼睛，她的眼里还有一丝恐惧未散去。我是从来不带手电筒的，而妈妈带来的早就散尽了最后一丝光芒。四周虫鸣声声，皓月当空。玉米被风吹得左右摇摆，投在地上的影子也无声地张牙舞爪。我跟在妈妈身后，看着她强装镇静的背影，心头莫名的酸涩。那晚的夜似乎特别长，那夜的路似乎特别难走。

从那之后四年的夜晚，总有一个人在月光下等我。妈妈可能知道她没法强求我交朋友，但又担心我，只能每晚去学校接我回家。那四年间的每晚每夜，就这样被她等过来了。我一直无法想象，怕黑的她是如何独自走过那条漆黑漫长的夜路的。

我的心间似乎永远站着那个月光下等待的背影。

高中三年妈妈来看我的次数只有五次。高一军训放假的时候，我看到家里的电动车坏了。姑姑说，那是妈妈去看我的路上摔的。那天早上太阳还未升起，依旧是那条玉米地中的土路，那样哗哗作响的玉米。妈妈却在刚走出那片漆黑时，没能抵过恐惧掉进了河中。九月的河水早已变得冰冷。姑姑说，妈妈从河水里爬上来去马路上拦车，却没有人肯停下来。河堤很高，杂草很多，我不知道她身上有多少伤口，不知道她是怎么把笨重的电动车拖上来的，不知道她是怎么拖着坏掉的车子走回那条土路的。

那之后，我不肯再让她来看我，但她总是偷偷地来。

高中学校是寄宿制的，宿舍离教学楼不过五十米。我再也不用骑车走那条夜路了，但妈妈还是劝我找个朋友一起走。我不怕黑，但这次我没有敷衍，我同桌常常拽着我一起走。她曾经问我怎么敢自己走夜路，我没有回答她因为我不怕黑。大概是我心间有一片月光，那月光下一直等我的人给了我勇气。

现在我不再走那条坑坑洼洼的夜路，月光下不再有那个瘦瘦的、矮矮的身影。但我总能感觉到，有个人克服恐惧，在漆黑坎坷的人生路上陪伴着我。她的头顶是明亮的月光，她的目光是那么坚定。

（本文获滨州学院品牌专业汉语言文学首届文学作品原创大赛二等奖）

奇怪的她

17中文本1 刘 芸

我出生在2015年，今年三岁，创造我的人赋予了我一个名字——手机。我的主人是一个姑娘，对我宠得不行。我们几乎形影不离。

2015年，我一被创造出来，便在路上颠簸，好久好久。最终第一次感觉到有东西在撕扯我的保护膜，我才被启动苏醒。当时我的肚子里面放着研发者给的一些基本软件。刚激活的我，灵活自如地展现着自身的才华，秀出绝活，只听得她称赞："速度真快，我很喜欢！"我一度兴奋得不行。

自此，她一直不断地把"新朋友"装进我肚子里，使我的肚子渐渐地大了起来。不过我倒不怕它们的进入，它们所占的空间实在很小，想想我可是个拥有16 G容量的大肚腩，骄傲着呢。

她是个学生。刚开始就给我安排了很多学习方面的朋友，还有什么电子书一类的阅读器。她每天都会捧着我背单词、看书。自从我的出现，她几乎没有一天不理我，从上课到下课，从白天到黑夜，有时候甚至半夜了，她还在书桌旁拿着我，用本子记着些什么。是的，她应该是个很爱学习的人。

随着时间的累积，她对我越来越了解，我肚子里的朋友也是越来越多。她不光用我看书、学习，渐渐地也有了一些娱乐上的朋友，尤其喜欢跟别人在网上聊天和视频，好几次都累得我自动休眠。不过，虽然她没有以前那么爱学习，但在我的内存中，学习的空间还是占得大些。她玩归玩，学习也并没有落下，我也竭力地配合着她的所有要求。

2016年，她变了。从早晨到晚上疯狂地聊天，视频电话隔几分钟就可能会响一次。我烦得不行，但她好像很享受这样的改变，并且极力地维护着这种莫名的状态。

她已经好久都没有打开学习的软件了，有时我也会提示她，弹到桌面上一些消息，但是她看起来好像很烦我这个样子，不屑地删除我给她的提示。

但是一旦有聊天的消息,她便欣喜若狂地阅读着、回复着。好像在这个时候,她才是高兴的。

一个月,两个月,看着她整日除了上课,就是和我在宿舍里,跟网上的一个人聊着、说着。我心里其实难过极了,我肚子里有很多软件,但她好似看不到一般。学习的软件都提示更新升级好几次了,每次通知她,她都是不屑于看一眼,立刻删除。她这是怎么了,真奇怪!照这样下去,我觉得我的各个机能都得加倍消耗,我哪能经得起她这么折腾呢。有谁可以帮帮她,或是帮帮我。

2016年8月15日,我清楚地记得,她参加了专升本动员大会,她忘带纸笔了,就在我的备忘录里,记着台上讲的内容:专升本考试科目,考试时间,考试安排,考试……原来,她是想要准备一场看起来很重要的考试。到现在我都清晰地存档着她的这一条备忘录,而且我更震惊于她在所有内容都记录完以后,停了好长时间,又在末尾用其他颜色的字体,写了一句:"我会征服你的!本科,等我。"她虽然有这么大的口气,但想想她已经很久不学习了,还能考上吗?我有点不相信。

有意思的事情慢慢累积,形成了五彩缤纷的生活。她自从听完那场动员会,回到宿舍就跟变了一个人似的,在桌子上用笔写着什么,还画了一些框框,标注着日期,就像我肚子里的日历一样,不过她的比我的更为详细,还用好几种颜色的笔交替地写着、画着,我好久都没有见她学习的样子了,看着她如此用功,感觉好奇怪啊,但同时又感到开心。

自此,她便对我爱答不理了,偶尔碰碰我,也是为了看时间。我觉得我好想被忽视了,有时候会故意推出几条新闻引起她的注意,她也全然不理。好不容易把我捧起来,也是为了查单词或是打个简短的电话。后来我也就慢慢习惯了,习惯了她的早出晚归,习惯了她的爱答不理,习惯了她的读读背背。其实这种感觉挺好,我喜欢静静地陪着她努力,见证她成长。

2017年,她准备了几个月的考试来临了,在4月25日这天,她进入了一个查成绩的界面,我不知道她看到了什么,我只是搜出了一串成绩而已。她的眼泪便吧嗒吧嗒地掉了下来,但还一直笑着。好奇怪,我不明白她看到了什么,更不懂她为什么笑。不过我猜她是高兴得哭了,因为她立刻就给她爸爸打了个电话,激动得不行,还把我的屏幕都给哭湿了。

2017年9月,她进入了一个新的学校。我能感觉得到,她一开始对这里是紧张而又兴奋的，整天会拿着我来回摆弄。后来她渐渐地适应了新环境，就变得自如多了。我也没闲着，一直在给她存各种各样的文件或表格。这种生活，充实又有趣。

2018年，我渐渐地老了，做什么都慢了很多，有时候会感觉不到她在动我。即使这样，她也依旧像以前一样，和我形影不离。

（本文获滨州学院品牌专业汉语言文学首届文学作品原创大赛二等奖）

品味书香

《摆渡人》读后感

16 中文本 2　安　磊

　　单亲女孩迪伦，为摆脱自己一片狼藉的生活，只身去看望久未谋面的父亲。然而，突发的火车事故将她带入了一片荒原，陌生的男孩崔斯坦成为她唯一的伙伴。在经历莫名的怪物攻击后，迪伦意识到，男孩并不是偶然出现的路人。原来自己竟是火车事故中唯——一个没有逃出来的人，而崔斯坦是特意等候渡她灵魂的摆渡人。

　　一个灵魂和一个摆渡人在躲避魔鬼追踪中萌生了一种奇怪的渴望。在迪伦生命仅有的 15 年的时光中，从没有尝过爱情的味道。崔斯坦和那些"盲从跟风，不动脑子，有机会就喝得酩酊大醉"的男生是不同的，和他在一起，即使两个人不说话，也没有什么不自在，他们相互依偎已经心满意足。

　　这大概就是初恋的感觉，最单纯的爱情，是美好而羞涩的感情，不涉及一切。现实是很多爱人永远都过不去的坎，何况是初恋的少男少女。初恋是爱情里最珍贵的时光，在爱的茫茫路途上，我们每个人都缅怀着那份美好的初恋时光。

　　回味着那份纯纯的爱，深深的喜欢。或许命运在他们相遇的那一刻就悄悄发生了改变。爱的勇气让迪伦奋不顾身，她毅然逃回荒原，她明明知道，没有人保护必死无疑，却甘之如饴。"你还有信心吗？"他问，"我心里有希望，"她脸红着说，"还有爱。"小说的结尾写道：原来你在这里啊。那一刻一切困难、伤心和难过都是值得的。人生就是这么奇妙，辗转成缘。同样走过的时光，却可能留下不同的记忆。而只有初恋，不管是自己还是别人，不管是知道还是不知道，不管是死亡还是微笑，大抵都是美好的。

　　在离别面前，相爱的人都脆弱万分。在躲过了魔鬼的一次次追击后他们终于到达了荒原的边界，这也意味着两个人即将走向相反的方向，不再有任何交集。爱情是否能阻止？

（本文初刊于《中文社报》，2016 年 12 月 28 日）

只缘感君一回顾，令我思君朝与暮

——观《艺伎回忆录》有感

15 中文本 1　刘一萌

我们营造一个神秘的世界，一切美不胜收。我想，这是小千代对艺妓最初的认识。

从小渔村被卖到了花街，姐姐逃走，双亲病故，那时千代的人生，是无比灰暗的。在桥上暗自伤心时，她遇见了会长。初见时，小千代把红色果酱吐在勺子上，是为了染唇。是啊，唇红齿白，微笑模样，甚是难忘。对于这个被头牌艺妓初桃处处挤兑，被姆妈处罚当奴婢的小女孩，遇见了他，她才有了希望。是这个人，给了她人生的光。

她把会长给的钱全部拿去祈祷，祈祷自己能够成为真正的艺妓，祈祷能陪在他身边。"自从我第一次看到你，我所走的每一步，都是为了更靠近你。"后来，会长暗中找到了也是头牌的艺妓豆叶，才有了后面的故事。千代遇豆叶相助，她帮助千代出谋划策，当然，她也很幸运，一舞成名，初夜最高价拍卖，成为当时最红的艺伎。从那天起，小千代消失在雪白的面具和鲜红的嘴唇后面了，此时，她有了一个全新的名字——小百合。

"一个艺伎不能有欲望，一个艺伎不能有感情。艺伎是滚滚红尘中的过客，她在世人面前，唱歌跳舞，讨人欢心，付出一切。真正的自我却躲在阴影中，内心充满秘密。"

继承置屋，初桃离开，看起来小百合成功了。可没有风光多久，第二次世界大战便来了，会长将小百合转移至乡下劳作，小百合的生活发生了翻天覆地的变化——曾经的纸醉金迷，就近在眼前，可为何如今只有无尽的种田、洗衣；曾经十指不沾阳春水的手指，终也变得粗糙不堪；曾经风华绝代的艺伎们，在战争的面前，渺小如蝼蚁，所以只得委曲求全，苟且偷生，与众人无异。

她还能再遇见他吗？她自己也不确定。战争结束，为了事业东山再起，一展艺妓风采而促成合同，会长他们把小百合接回来了。美国人把她们当成妓女，会长对她彻底误会，她看清了人生，也罢，从此便心如止水。艺伎不是妓女，她们打造一个美轮美奂的神秘世界，每一个艺伎都是艺术家，艺伎本身就是一个活的艺术品。可是在飞速发展的时代，谁还会欣赏她们呢？有的可能只是利用吧。她不再满怀期待，只是在黑暗房间里，暗自垂泪。

最后小百合迈进茶屋的时候，风景和人，美不胜收。结局似完美，在结尾，会长找到小百合，他们受不了相思之苦，于是两人一诉衷肠。可是，我的心里很难过。艺妓不能是妻子，她们没有恋爱婚姻的权利，她们最幸运的是有个旦那，可以维持她们的生活。她们只能是伴侣。

还好，会长倾诉心声，真情告白；还好，人、情都在，一切不晚。可我们都知道，接近会长是千代从小到大的梦想，然而终于被表白后，厚重的精致妆容下，她的面部肌肉是纹丝不动的，只有秋眸中慢慢蓄满的泪水，转过身去，或许在他眼中又是一场惊艳。

千代通过她的努力，以最美的姿态，站在了她爱的人的身边。你爱的人也在爱着你。烟雨朦胧的双眼，清纯又忧伤，甚至剧中奇怪的英语，也有种怯生生的媚态，好一个精致。

你有喜欢的人吗？你可以为他慢慢变好、慢慢靠近他吗？你愿意为他付出一切吗？我知道你的答案是肯定的，因为我知道，你想要变成更好的自己，直到再一次遇见他。

从我遇见你的那天起，我所做的每一件事，都是为了靠近你。

（本文获滨州学院品牌专业汉语言文学首届文学作品原创大赛三等奖）

《假如给我三天光明》读后感

16 中文本 2　安　磊

"要是人把活着的每一天都当成生命的最后一天该有多好啊,那就更能显示出生命的价值,然而人利用时间和享受时间却是有限的。"海伦·凯勒在她刚出生在这个世界时,便被无情地赐予黑暗和无声,但她没有怨恨任何人,而是以一个独特生命个体的勇敢方式震撼了世界。

《假如给我三天光明》主要写了海伦·凯勒在成为失明聋哑人后对生活失去信心,情绪暴躁,思想消极,感觉生活没有了希望。直到后来遇到安妮·莎莉文老师,在老师的帮助关爱下,海伦·凯勒学会了阅读,感受到了身边无处不在的爱,以惊人的毅力、顽强的精神,克服常人无法想象的困难,完成了哈佛大学学业,还掌握了五种文字,把自己的一生献给了盲人福利和教育事业。有位哲学家曾经说过:"勇敢寓于灵魂之中,而不是一副强壮的躯体。"这正是对海伦·凯勒的真实写照。海伦·凯勒凭着一颗坚强的心,最终在逆境中崛起,虽然是一个弱女子,但她身残志坚,用自己的感恩之心,顽强的意志,书写了辉煌的人生,震撼了世界!

在《假如给我三天光明》一书中,她幻想假如给她三天光明,她会做什么,参观博物馆,看看自己的亲朋好友,甚至去看歌剧……她是用心来感受光明,用心享受生命,用心感受世界。她是那么的幸福、充实和快乐,因为她懂得珍惜,更是因为她有一颗感恩的心。她接受了生命的挑战,用爱心去拥抱世界,以惊人的毅力面对困境,终于在黑暗中找到了光明,最后又把慈爱的双手伸向世界,对这个无情的世界,她有的不是愤恨而是感恩。抱怨的话语,埋怨的眼神,愤恨的心情总是存在。但是海伦·凯勒却每天都在感恩:今天的阳光很温暖,我还有老师和朋友,又学到了好多知识,还可以触摸……其实只要我们愿意,每一天都可以是感恩节。生活赋予了我们太多,但我们却从未在意，总认为是理所当然。然而比起那些失去了光明、失去了亲人、失去了家的人，我们远比他们幸福……也只有学会感恩，常怀感恩之心，我们的生活才会更加幸福快乐。

（本文初刊于《中文社报》，2017 年 5 月 28 日）

《查令十字街84号》读后感

16 中文本 2　高志敏

　　《查令十字街 84 号》是一本被全球人深深钟爱的书，记录了纽约女作家海莲和一家伦敦旧书店的书商弗兰克之间的书缘、情缘。双方二十年间始终未曾谋面，相隔万里，深厚情意却能莫逆于心。无论是平淡生活中的讨书、买书、论书，还是书信中所承载的难以言明的情感，都给人以温暖和信任。

　　《查令十字街 84 号》以平淡舒缓的文笔承载了海莲对书的热爱，也反映了海莲对弗兰克的精神之爱。字里行间透露出的是海莲的执着、风趣、体贴和率真。在这里，我体会到海莲对弗兰克的爱恋、感激以及对他的崇拜。就像初恋的酸酸甜甜，这时的海莲感觉到的是甜蜜。这让我想到我们生活中初恋的男女们不也是这样的心情吗！从 1949 年至 1969 年长达二十年的流光里，海莲坚持着她的爱恋，默默地坚持着，从没有说过爱恋二字，她只是深深地埋藏在心底。

　　海莲·汉芙曾表示："我想，当爱情以另外一种方式展现铺陈时也并非被撕去，而是翻译成了一种更好的语言。上帝派来的那几个译者，名叫机缘，名叫责任，名叫蕴藉，名叫沉默，还有一个，名叫怀念。"事实上她也以她的方式来纪念着这位书友，这位未曾谋面的挚友。虽然从未谋面，但内心却早已彼此熟悉，成为最熟悉的陌生人；虽然从未谋面，但微妙的情意却满载于两者的书信中。顾时戈的《初恋》中曾说："我想这辈子我再也不能爱上别人了，不是她们不好，也不是你太好，只是因为我的心只认得你。"也许两个人彼此心意相通并不需要相见。

（本文初刊于《中文社报》，2016 年 12 月 28 日）

美好的礼物

17 语教专 4　邢令芝

你们都收到过礼物吗？亲人的礼物,朋友的礼物,恋人的礼物……礼物是光影掠过后的流年回忆,礼物是深深情感下的实物寄托,礼物更是人们手中的一种美好念想。礼物不分轻重贵贱,更看重的是心意,是双方之间的心领神会。下面的三本书籍都讲述了礼物的精神作用,都将礼物提升到更深的层次,给人以鼓舞。昨天已成为历史,明天遥不可知,而今天则是一个礼物。

《小王子》

小王子离开了他的花,他的花是一朵骄傲的花,也是一朵朝生暮死的花,那是一朵玫瑰。后来小王子在地球上见到了有五千株玫瑰的花园,他扑倒在地哭了起来,但他的那朵花因为他而独一无二。

我们需要了解,需要仪式,于是一旦分别在即,我们才会想到要哭。

插图上画着那样的景色：一条平而遥远的地平线,一条斜而起伏的沙漠,天上一颗孤独的星星,闪烁着寒冷的光。可是小王子,他曾经柔声许诺过那是他送给我的礼物,他答应过他会在上面笑的……你不守信吗？……作者说这是世上最美好又最为凄凉的景色,正是如此,小王子来到了地球上,随后又消失了。

我还是愿意相信小王子安慰我说他在星星上,像他说的那样"你会因为曾经认识我而感到高兴,你将永远是我的朋友。你会想和我一块儿笑的。

有时,你会为了散散心,就这样打开你的窗户……"

生活中最值得庆幸的莫过于结交一些益友,他们就是最好的礼物,他们如同一首首优美的诗歌一样动人。而生命是一支越燃越旺的蜡烛,是一份来自上帝的礼物,是一笔留给后代的遗产。所有发生在我们身上的事件都是一个经过仔细包装的礼物。只要我们愿意面对它,带着耐心和勇气一点一点地拆开包装的话,我们会惊喜地看到里面珍藏的礼物。

《简·爱》

爱本是个天赐的礼物,是生命对人类的馈赠。爱无关年龄,无关贫富,无关阶级,它是上天赐给每一个孤独灵魂的礼物。它让每一个饥渴的灵魂感受到这世界的美好,享受愉悦的生活,热爱鲜活与清澈的生命,让每一个形单影只的灵魂不再孤寂。

《简·爱》的问世曾经轰动了19世纪的文坛,它以一种不可抗拒的美感吸引了成千上万的读者,有一种抑制不住的冲动,驱使人拿起这本书,为之深深感动,心灵也为之震颤。

主人公简·爱身材瘦小,相貌平凡,无金钱、无地位,却有着不平凡的气质和非常丰富的情感世界。她在生活的磨炼中,抛弃了女性天生的懦弱与娇柔,逐渐养成了坚强独立的个性。

爱怎么能用相貌、金钱、地位来衡量呢?这多不公平,爱本是个天赐的礼物。

"你以为,就因为我穷、低微、不美,我就没有灵魂没有心吗?你想错了!我的灵魂跟你一样,我的心也跟你的完全一样!要是上帝赐予我一点美和一点财富,我也会让你难以离开我,就像我现在难以离开你一样!"

每次读《简·爱》的时候,都会被这段话所震撼。正如爱德华所说的:"简如一只发疯的鸟儿拼命撕掉自己的羽毛。"这是一种强烈的自我释放,一种悲与爱交织起来的"支配一切、战胜一切、压倒一切"的力量。她在用自己的语言和行动表明:自己有权平等地追求一份属于自己的爱情。

而在当今的现实世界里,人们似乎为了金钱和地位而淹没爱情。在穷与富之间选择富,在爱与不爱之间选择不爱。很少有人会像简这样为爱情、为个体的人格尊严抛弃所有,而且义无反顾。也许当人们穷得只剩下钱时,他们会去追求"真爱"。

从世俗的喧嚣浮华中脱离出来,静下心来细细地品读《简·爱》吧,去和简·爱的灵魂对话。简·爱就是一个童话,她让我们相信生活、相信爱,让我们用心去体会上天赐给我们的礼物和爱。

《傲慢与偏见》

一个玩具,一本书,一句话,一分关爱,一种经历……我们的人生因为各种各样的礼物而丰富多彩,因为各种各样的礼物而变得有情有义,每一种礼物背后都有一段故事,都隐藏着一种心情。

"礼物"有很多形式也有很多种风格,我们也常常用礼物来形容自己所喜欢的东西,除了生日、节日,也有突如其来或上天的恩赐。孩子是上天赐给父母的礼物,情侣之间互相把对方视为宝贝,这些人也都可以称为"礼物"。

刚开始读《傲慢与偏见》仅感觉文中两个主人公:傲慢单身青年达西与偏见二小姐伊丽莎白的相遇似乎是一段孽缘的开始,他们之间毫无默契可言,达西出身贵族,伊丽莎白出身中产阶级。思想独立,在一次家庭舞会上初次见面,彼此的印象不佳,而这种傲慢与偏见大多是因为社会地位的差异所造成的。在他们彼此眼里,甚至读者的眼里,达西与伊丽莎白之间就不可能有共同的思想,也不可能有理想的婚姻。而后来伊丽莎白亲眼观察了达西的为人处世和一系列的作为,消除了对达西的误会与偏见,缔结了美满的姻缘。书的结局是圆满的,达西对伊丽莎白的爱慕得到了伊丽莎白的认可,对伊丽莎白来说,达西对伊丽莎白数次的求婚,也是他给伊丽莎白的礼物,他们最终圆满的婚姻也是上天赐给他们彼此最好的礼物。

在这本书中,爱我,就是最好的礼物。

一件礼物一种情,每件礼物背后都饱含着对方深厚的情感,用最真诚的心挑选最美好的礼物送给最亲的人,丰富彼此的心灵回忆。时代高速运转,能留下的东西少之又少,都说光影流年,雁过留声,愿我们都能从那些精心挑选的礼物当中留存一些小美好,简单纯粹!

(本文初刊于《中文社报》,2017 年 12 月 28 日)

江南春已尽，招隐寺，诸事已歇

——读《春尽江南》有感

15 中文本 2　陈媛媛

这世上最迷人的，是故事；最骗人的，也是故事。

读完一个故事，就像是走进了一个世界，走完了一段人生，走到结束，满心都是留恋和不舍。最动人的，是一个故事从五彩斑斓到黯淡无光，让你为整个生命与世界的无奈与悲哀而唏嘘不已；抑或一个故事从一片素白到满目光彩，让你为生的希望与奋斗的信念而满心欢喜。

走进一个故事，待到故事结束，你觉得每个故事总是戛然而止的。它似乎不应该结束，永远活下去，像人的世界一样，那些隐藏在文字背后的始终猜不透想不通，在故事里站立得太久，书翻到最后的空白缄默无声地暗示你该离开。可是，哪那么容易抽身离开？

又是二十年前，故事的脉络总是喜欢掩藏在时间的缝隙和过程里。二十年前招隐寺的夜晚，颓墙、井台、睡莲，还有沉睡在被抛弃的少女身旁的诗行——祭台上的月亮。

那个夜晚，这个叫谭端午的诗人在她高烧时拿走她所有的钱匆匆离去，她失落地躺在池塘边，只有睡莲的叶与花相拥簇的声音伴于耳旁，在她忍着高烧的痛苦离开招隐寺在马路上跌跌撞撞的时候，年轻的心已经能够接受就这样走着走着倒在草丛里的结局。

命运自不会让她这样离去，一个男人抛弃了她，会有另一个男人及时拯救她。同样的夜晚，她的生命里闯进来另一个人——唐燕升，他开着黑色桑塔纳一路飞奔，送她进医院。他是一名警察，这样的身份听起来就比缥缈不定的诗人更有安全感。而李秀蓉也以"庞家玉"的名字与过去挥手告别，后来她与唐燕升准备结婚了，他们装修婚房的时候，家玉往往会在看书的时候在樟木屑和刨花的香气中睡去，她醒来，看着满街烟雨朦胧，青石板乱溅的水珠，恍然觉得"风摇水草，雨绿老苔"的日子不失乐趣，心中的这些愿念却在金店的一面镜子里瞬间破灭了，因为在镜子里她看见了那个诗人的影子，这个影子重重地跌进了她的心里，唤醒了长久隐伏在心里的渴望。

第二天，她留下只言片语，悄然离开。她拖着行李箱走在这个与唐燕升厮守的小巷，屡屡回顾，她希望唐燕升用强有力的胳膊挽留住她，将心中异动的渴望压下。可她知道不能，唐燕升凌晨被局里的电话叫去办案子了。这是不辞而别的最佳时机。

这样的选择旁人是不能理解的，也是读者不想看到的。唐燕升那样好，肯耐心带她去逛所有的金店挑选心仪的戒指，生病时开着警车一路风驰电掣地送她去医院，在她最孤独最无助的时候像一阵温柔而强大的风环绕着她。这样的爱情本该结出硕果。可人总是有追求的，家玉忘不掉在招隐寺不辞而别的诗人。追求有时候就是这样的残忍。家玉的举动与曾经端午的行径又有何异。这或许就是情爱之中无可更改的永存的悲哀。所有的人，都可以无偿地接受存在于自己的名义之下的所有馈赠与关爱，仅仅以爱的名义；所有的人，都可以看似不负责任地弃之而去，仅仅以不爱的名义。

小说中对唐燕升是如何伤心只字未提。这也切合他的心性，他早已明白这一切了吧，他明白那个杳然而去的背影是去追逐几年前杳然而去的爱情了。

人总是心心念念前方的追逐而忽视躲在背后的别人的守望。家玉忘不了那个含情脉脉的诗人，却又不甘心"牺牲"在情爱的祭台上，与端午结婚后，她很快在肉体上做出了背叛。

她是律师，整日接触的，是社会的阴暗层面，心难免阴暗。表面坚强干练，内心却纤细脆弱。她望子成龙，在生活中左右逢源各种周旋，唐宁湾房子的事情使她遇上了生命里的死神李春霞，她的敏感与脆弱被识破，李春霞阴冷的话就像是从地狱吹来的风，令人不寒而栗。直到最后在各方势力的帮助下终于在这个女人手里夺回房子，但是李春霞的一句"你一定会死在我手里"再次将她的心坠到地狱。

庞家玉和李秀蓉是泾渭分明的两个时代，一个时代未完全死去，一个时代恍恍惚惚进行，庞家玉的时代一直风风火火，她为一切而奋斗着。她拼命地想爬出李春霞的咒语坟墓，她风风火火勤勤恳恳，她与年轻的小梁暗通款曲,渴望在他这里偷得一点生气与活力。她的敏感害怕自己见不得人的一面被端午查出端倪。在参加完陈守仁葬礼回去的路上,端午说的那个躺在停尸房里的女性尸体跟她年龄差不多大的时候,她一下踩住刹车脸色惨白,一字一顿地问他:"你巴不得她就是我,对不对?"

陈守仁与她是同病相怜的,他的逝去让庞家玉内心惶惶。她被迫地接受了这样的领悟:人都会掉队,都会被社会抛弃,希望与奋斗遇见死亡的瞬间会变得毫无用武之地。

使得她在升级的家庭矛盾中,端午忍无可忍对她施暴的时候践踏了她作为人的尊严,家玉失魂落魄,丢了尊严,对她而言就像是丢了魂魄,因为至此她明白了自己的阴暗与放荡被端午看得一清二楚了。并且那个人对她表示了极致的厌恶,她的信仰与精神崩塌了,被逼迫着厌恶和批斗那个阴暗的自己,这是她所不能忍受的。

她在医院,李春霞看着她的诊断书仰天大笑:你这是中了大奖了呀。她的善良仍然对人的邪恶做出低估,她的脆弱仍然对恶人抱有最后一丝幻想。她跟着李春霞进了办公室,那也许是她做出的最错误的决定。李春霞说因果报应轮回不爽,说她自己的预言终将应验。她正囿于邪恶的预言与阴冷的暗示,囿于李春霞那张邪恶的脸,囿于世上一切的算计倾轧与背叛。

此时,命运巧合地向她伸出了死亡之手。

她害怕了。

她相信了。

她释然了。

她决定孤独地解决掉一切,安排好一切。并写好一封信,她向端午解释了一切。她站在浴缸边踮着脚,将轻若无物的丝巾系上铁管,端午匆忙赶往机场。

一切,已经都来不及了。他来不及到,她来不及等。

在端午收到的迟来的信里,信尾清秀地躺着寥寥数语:我爱你,一直。假如你还相信的话。

终了,江南春已尽,招隐寺的月亮,已经隐进乌云里。

(本文初刊于《百草》,2017 年 11 月 18 日)

《解忧杂货店》读后感

17 中文本 1　周佳玮

"站在人生的岔路口，人究竟应该怎样做？"

东野圭吾始终在思考这个问题。读完这本小说的我亦不禁如此思考。《解忧杂货店》有着日本文学独有的细腻与温暖，如冬日的阳光洒在心田，留下一室温柔的光辉。

幽静的小路旁，有一个名为"浪矢杂货店"的店铺，店门口有个邮件投递口，只要将心中的烦恼写成信丢进信箱里，隔天就可在店后方的牛奶箱里得到店主的回信。这本来是年长的店主一时兴起的想法，起初被小孩子开了许多玩笑，比如"怎么才能答满分的考试卷"这类的问题，可谁知后来成为烦恼的人寻求答案的地方。由于店主病故，这间店就不营业了，但"浪矢杂货店"在 30 年间依然存在，还拥有了穿越时空横跨 30 年的魔力。30 年前的人投了信，30 年后有人可以在这杂货店中回信。被帮助的这些人都是站在人生的岔路口，无助地面对即将或正在经历的人生重要选择。东野圭吾生动地刻画了这些 30 年前后的时代变迁，一个决定，一个事故，一首歌，环环相扣，悄悄地改写了一个人的人生，悄悄地改变了世界。有时伤害，有时互助，人们总是在不经意的时候与他人的人生紧密相连。

每个看似孤立的故事和人生，都因为不同的人生遭遇而交织在一起。故事开始于三个做了很多小偷小窃的青年人，因为偷来的车坏了而暂时躲在杂货店里，却无缘无故收到别人的求解信，原本自认为没有资格帮别人解忧，但是内心又不安不顾他人的忧虑，于是认真地思考如何解决他人人生的问题。接下来发生一系列事情，他们发现甚至可以和过去的人们通信。这些来信者都面对着人生路上重大的抉择，希望能从回信中得到心理上的辅导。女运动员是该投入奥运集训，还是应该放弃梦想，陪病入膏肓的男友走完最后一程？孤立无援的未婚妈妈是该把孩子生下来，还是绝情地打掉？少年应该与负债累累的父母一起潜逃,还是自己勇敢地去闯天下?长子是要继承父亲的鱼店,还是追求自己的音乐梦?三位年轻人依据过去三十年来发生的时局,一一回复了信件,并让它们回到过去的时空。故事的精彩之处并不在于写信人能神奇地收到这些未来的预言,而是他们在做出艰难选择时的态度和考量,以及对信念的坚持。人生中万千的因缘聚合,形成了我们不同的际遇。在生命重要岔路做出选择,最后结果如何,是谁都无法事先知悉的。

《解忧杂货店》看似由几个独立的故事组成,但是在作者缜密布局之下,巧妙地将主要人物联系在一起,因果循环,人物最终的遭遇一个个揭晓,连那三名小偷的境遇也与过去的写信人有密切关系。作者在故事的结尾处还特意构思了一个人生哲学情境,借此鼓励身陷迷途的人们去找寻生命的方向。浪矢爷爷最后收到的是小偷误置入时空转换空间的一张白纸。他认为这张白纸是最难的一道问题,毕竟这是一封无字天书,但他还是认真地做了回复。信中这么写到:"正因为是白纸,所以可以画任何地图,一切都掌握在你自己手上。你很自由,充满了无限可能。"在最后的信中,浪矢雄治这样写道,这是解忧杂货店最后的回答,也是作者对于我们的回答。又或许这本书就是东野圭吾给我们的一封回信,温柔地告诉我们人生的滋味。

（本文获滨州学院品牌专业汉语言文学首届文学作品原创大赛三等奖）

读《红高粱家族》有感

17中文本一 李 衫

今年寒假又重温了一遍莫言先生的《红高粱家族》。这本小说是从张艺谋导演的电影中知道的,电影里一眼望不到边的高粱地,整部电影里弥漫着的血一般的红色……都给我留下了深刻的印象。

当我看完原著后,我才明白,这书中的世界,甚是广大。书中对很多场景的描写很有特点，虽然有很多暴力、杀戮、血腥的场景，但恰恰在那红高粱和黑土地里衬托出了原始的野性。对于书中抗日的描写，打破了那种高高在上的英雄形象，将所有的人物都还原为普通人。余占鳌是英雄吗？并不是，他为了自己的欲望去杀人掠货，去当土匪，甚至在国仇家恨面前也不是那么坚定。冷麻子他没抗日吗？虽然一开始的他同日本人做着勾当，但他确实也和日本鬼子进行了许多战斗……书里所有的人物都是那么鲜明立体，有真实感。除此之外，书中的诸多人物并非是死板苍白的，他们谁都会犯错误，也会做出出格的事情，所有的人物都有着自己的故事。有反抗侵略者的悲壮史诗，也有五彩斑斓的人物传奇，还有那充满野性和力量的中国人热血，所有的这些都静静地流淌在这长满高粱地的高密东北乡，深埋在那片深厚的土地上。

这篇小说中，红是对高密东北乡的热爱；红是被人血浸泡的黑土；红是湿漉漉带血的婴儿；红是九儿的嫁衣、诱人的双脚；红是余占鳌碎裂的伤口、失神的双眼；红是罗汉大哥肢解尸体上干涸的残血；红是花轿，是尸体的腐烂；红是革命，是不屈的灵魂；红是莫言先生在读者心上染上的赤诚，红是一股莫名的力量！

那时候，天地混沌，景物影影绰绰，几百万发子弹的射击，衣衫褴褛的人们，横七竖八地倒在高粱地里。天是银灰色的，月是残缺的，但那残缺部分浅浅的轮廓依旧清晰可见，就像那些依旧清晰可见的生命，躺在这片高粱地上，用依旧温热的鲜血滋润着这片黑土地，到底是有多少鲜血，连阳光都被染成了红色，染红了半边天。

在这部伟大的作品中，无疑，女人是伟大的。

九儿，她十六岁出嫁，憧憬能倒在一个强壮男人的怀抱里，殊不知贪财的父亲把她嫁给了一个麻风病人，绝望使她不顾一切，顺从自然地接受了余占鳌。毋庸置疑，她这一生，是爱他的，为他生子，为他癫狂。毋庸置疑，她这一生，是传奇的，她是一个有着女性身躯，洋溢着风流性情，以义气为热血的形象。当她面朝蓝天微笑而逝的时候，她还不忘记对天理的种种发问与骄傲的自我伸张。这样的女子，撕破了多少张被传统束缚的网，在世间匆匆行走，来回慌乱，跌跌撞撞地就这样突兀地闯进了你的心房。莫言将一个女子写得如此鲜活，如此难忘。

高粱酒的浓烈、人性的疯狂，在莫言笔下，这是香气馥郁、甘饴回味的高粱酒的故事，热烈的爱情故事。初见，她是新娘，他是轿夫，她迷人的小脚引起了他内心深处的怜悯与同情，他宽厚的肩膀让她的芳心感受到了温暖与温存。

这些高密东北乡里的人，在高粱酒的浸泡下生活的人，有时候真实得不像人，而是一群没有进化完全的半人半兽的存在。火红的公鸡站在生满酸枣棵子的土墙上，迎着绚烂的朝霞引吭高歌，这一群群的人，在高粱地里抗战、死去、埋葬。

确实就像莫言先生书中所说，最英雄好汉的人，他能在战场上英勇杀敌，就能在战场下啖人肉。生命的主题，喷涌不尽的勃勃生机，在《红高粱家族》中，也全都幻化在一个个鲜活的影子上，照射出富有传奇色彩的时代缩影。人创造的，又被人毁灭，在废墟上建立起来的喜忧参半的游乐园。这是一群土匪、流浪汉、轿夫、残疾人之流拼凑起来的乌合之众。他们行为放荡、无所顾忌，是未被文明所驯化的野蛮族群。然而正是在这些粗鲁、愚顽的乡下人身上，莫言发现了强大的生命力，在发光、发亮。

也许在莫言的心里，在那片满是红高粱的黑土地上生活的人们心里，高密东北乡永远是地球上最美丽、最丑陋、最超脱、最世俗、最圣洁、最龌龊、最能喝酒、最能爱的地方。

"八月深秋，无边无际的高粱红成汪洋的血海，高粱高密辉煌，高粱凄婉可人，高粱爱情激荡。"八月，余占鳌带着一队暗红色的人在高粱棵子里穿梭拉网。八月，九儿雪白的胸脯在高粱地里开了花，容貌像鲜花一样美丽，墓穴里光彩夺目，异香扑鼻。八月，暗红色的高粱头颅在浑浊的黄水里，顽强地向苍天呼吁，如果太阳出来，天地间便充斥着异常丰富、异常壮丽的色彩。

我猜，八月里，那一大片高粱，定然又红得辉煌！

（本文获滨州学院品牌专业汉语言文学首届文学作品原创大赛一等奖）

《边城》读后感

17 中文本 1 姜欣瑜

"凡事都有偶然的凑巧，结果却犹如宿命的必然。"在第二次读完这本书后，我才读懂了这句话。

这宿命是最单纯也是最复杂的东西，翠翠的人生宿命无疑是一出旧时代的悲剧，而沈从文笔下的边城，又是怎样一番令人纯粹的地方？在那个单纯干净的环境中，成就了翠翠的凄美，也成就了《边城》。

故事以湘西作背景，发生在民国初年，在那个淳朴的小山城中，有一个老船夫和他的孙女，帮助来往的人渡河是他们简单的工作，而他们也以简单、淳朴的方式生活。直到天保和傩送在故事里的出现，打破了小山城的平静，也打破了翠翠生活原有的平和，两个人同时爱上了翠翠，但又相继死去和离开，让人唏嘘，也为翠翠的悲剧难过。在那小小的边城，却又激荡着、牵引着无数读者的心。

《边城》描写了一幅淳朴风格的画卷，而边城里的人民也是人性中美的代表，但是，这种美并不是完全而单调的，它将野蛮和美好杂糅在一起，在原始状态下展现人性，展现边城中的"优美、健康、自然，而又不悖乎人性的生活方式"。所以《边城》中所展现出来的人性自然不会是一维的，而是多角度、多方面的单纯又野蛮的人性特点，它不会是完全理想化的状态，里面有猜疑、误会、隔阂，傩送的迷信，翠翠的善良，爷爷的淳朴，构成了边城中的原始状态，在原始状态下，给读者更好地展现了边城中所想表现的"人性"。

这本书无疑是有力量、有精神、有美好的，每次阅读都能直击心灵，沈从文笔下那个偏远的小城是湘西乡村中人、精、情浓缩后的呈现，这也是沈从文令人敬佩之处，他深谙人民处于原始环境中的无知和迷信的缺陷，用故事的形式，将人性撕碎了摆在读者的面前，又以原始自然作为大背景，展现残酷，又好像在展现美好。

沈从文明白乡村悲剧的原因,其不过是始于人性深处的落后和无知,用深潜于民族心灵的枷锁,推动故事的起伏和发展。但他又没有单一地彰显这种愚昧,而是用翠翠的善良,用她孤零零地守在渡口等不知归期的心上人的归来来表现,展现人性中的善良美和自由追求爱情的现实主义情怀。

那句"凡事都有偶然的凑巧,结果却又如宿命的必然",这就是对于小山城中那对爷孙俩,天保和傩送的故事的最好的总结。宿命的必然,像是一种无奈,令人唏嘘,但是真的有宿命吗?其实每个人都是自己宿命的书写者,宿命好与坏就在于自己的心灵,但是环境又是潜移默化下的推动者,在落后封闭的大环境下,正是"成就"悲剧的根源。而沈从文更是认识到了这一点,他挖掘了底层人民中的善良、勤劳、勇敢、正直,却又在字里行间勾勒出原始环境下劳动人民的无知、愚昧,而这种无知愚昧的缺陷有着将所有用美好构成的大厦摧毁的作用,它的破坏性是巨大的,是令人生畏的,这也是落后人民的症结所在。沈从文将美好和残酷,都撕碎了展现在读者眼前,让人去理解翠翠、理解天保和傩送。故事也就不仅会留下凄凉,而是读者们的沉思,以及努力发挥个人的力量,去改变无知,改变愚昧。

在安静、淳朴的背景下,更能让读者明白善良的意义,明白无知的可怕之处,沈从文用一支笔,勾画出了那个美丽而残酷的边城,人性的复杂是推动故事发展的暗流,细腻的情感,处处彰显了主人公的单纯和善良,但是令人唏嘘的结局,又是一次直击人们心灵的拷问:愚昧的力量究竟有多大?很大很大,大到击垮善良本该拥有的结局。落后无知是悲剧的根源,这是现实,也是残酷。宿命究竟是什么?它是偶然还是必然,就看你是智慧还是愚昧了。

(本文获滨州学院品牌专业汉语言文学首届文学作品原创大赛三等奖)

读《穆斯林的葬礼》有感

17 中文本 1　刘文璨

　　《穆斯林的葬礼》让我进入了一个新奇的世界。在这里我见证了一个玉器世家的兴衰,几代人的爱恨痴怨。全书以月为一线,讲述以新月为主的新生一代人的故事;以玉为一线,讲述以韩子奇为主的老一辈的故事。在后面又将两线合二为一。

　　要从我最感兴趣的角色说起,从一出场这一形象就如同其名——新月,清新脱俗,不谙世事,柔弱却又固执地追逐梦想,最终如愿考入北大西语系。她就像一块没有瑕疵的美玉,但却又惨遭厄运破碎于病痛之中。也许新月的生命看起来是坎坷不平的,但我还是觉得她很幸运。新月有一个把她当成掌上明珠的父亲,有爱她的哥哥和嫂子;在她忍受病痛的折磨时,楚雁潮给她带来了爱情,这种爱的力量给了她活下去的希望与动力;即使新月一直被隐瞒身世,但当她发现自己的亲生母亲是这样爱自己,而绝非现实中的“韩太太”一样的冷漠时,她激动地流下热泪……

　　新月的哥哥天星,是一个稍显软弱又不善言辞的人。他总是将自己的痛苦压抑于内心而不肯与人倾诉,这也变相地造成了他爱情被扼杀的悲剧。这样一个人却是懂得妹妹苦楚的知音,将柔情化作春风、变成细雨呵护着妹妹新月。在新月的成长历程中,必不可少的自然是老师这一形象,在大学时的年轻班主任——楚雁潮更是本书的重要角色。他不仅是新月学习生活中鼓励与帮助的来源,更是新月最脆弱之时依赖与信任的恋人。他用自己深沉的爱将新月包裹起来,使新月在短暂的青春里感受到了人间爱情的甜蜜与美好。

　　作为父亲的韩子奇,本是一名虔诚朝拜穆斯林的信徒,却被玉魔怔了心魄,从而留在“奇珍斋”引发了一系列故事。他一生坎坷,命途多舛,视玉为生命,更是爱女心切。可是他的一生却因为曾经犯下的不可饶恕的过错而忏悔终身。韩太太是让我印象最深刻的人物之一，她对丈夫的刁钻刻薄以及对女儿新月的淡漠无视令我感到厌恶至极。她是如此的无情，不仅妄图阻碍女儿的求学之路，更是对丈夫的无奈冷眼旁观并加以言语攻击。这样一个毒辣夫人的形象使我内心阴郁且不解，甚至对其行为咬牙切齿。直到后文对新月的身份之谜加以揭晓，我才终于豁然开朗，理解了韩太太的一切行为并感到同情与怜悯。是了，在面对丈夫与自己亲妹妹在外逃亡时所生下的孩子时，试问谁能平心静气以待之？于是乎，她内心所存的痛、苦、恨、怨相互交织，她气恨，却不得不加以隐瞒。这样的压抑与积攒使得她最终变成了尖酸刻薄的妇人。

我随着书中的人物哭泣、欢笑，透过字字句句仿佛看到了一个个丰满的人物。

当我看到结尾时，心中却没有涌流般的感慨，反而感到一丝平静和释然……

后来我醒来，睁开双眼想到的第一件事不是早餐该吃什么，而是在眼前浮现出结尾所描绘的那个画面：一个中年男子站在墓地，拉着如泣如诉的梁祝，一位老年妇女从他身旁经过，寻找着自己的女儿，他们的心里想着的是同一个女孩。

此时任何语言都显得多余，只有悠扬的琴声轻轻回荡………

有人批判这本书是言情小说，稍带了些穆斯林的神秘感。或许我无法评断优劣，但《穆斯林的葬礼》让我从书中收获了些许人间温情。凡事有利必有弊，书本也不例外，或许越有争议才越有价值吧！

（本文获滨州学院品牌专业汉语言文学首届文学作品原创大赛三等奖）

《小姨多鹤》读后感

17 中文本 1　苏展逸

　　说起《小姨多鹤》，我印象最深的是 2009 年由孙俪和闫学晶主演的同名电视剧。2009 年，我还在上小学。当时，我对整部电视剧并没有太多看法，因为那时候我只是把电视当成娱乐工具，未曾想它还有更深层的意义。

　　在《小姨多鹤》这整部电视剧中，多鹤为了报答张俭一家的恩情，代替小环去搬煤。她每天要走很多路，要爬过高坡，只为送一小车煤，每一次都累得气喘吁吁的，她的坚强执着深深地触动着我。

　　那个时候，我不明白多鹤为什么可以那样坚强，也不知道为什么她能够走到最后。现在，在看了《小姨多鹤》这本书之后，我似乎明白了，是顽强的意志和强大的信念一直支撑着她。这世间，还有什么比直面生死更能磨炼人的意志、坚定人的信念呢？

　　多鹤，她在花样的年纪经历了那样血腥的事情，无疑是不幸的；她能够在残酷的现实中存活下来，又无疑是幸运的。她从小到大经历的那一桩桩、一件件，无一不在印证着这个日本女孩内心的强大。

　　一开始，小小的多鹤无意中听到村长的阴谋——要村里的，所有日本人，不管是呱呱坠地的幼儿还是耄耋之年的老妇，或是正值花样年华的青少年，都要离开这个世界，因为村长不允许村里的任何一个人被中国人抓到。

　　后来，多鹤在外婆的帮助下逃了出去。在得知母亲还活着的消息之后，多鹤准备逃往大连坐车回到日本。只是天有不测风云，多鹤在途中遇到了土匪抢劫，而那些年轻的日本女子被装在麻袋里被带到了安平镇。

　　张石匠夫妻二人赶驴车去集市，看见好多人都围在一起要买媳妇，就去凑了个热闹。哪里知道其中一个女孩死了，土匪强行把她抬上张石匠夫妇的驴车，让张石匠把她给拉去埋了。两口子不敢不从，把麻袋拉到冰冻的沟里，谁知麻袋竟然有了一丝动静。

　　张俭和媳妇朱小环正在家里做饭，张石匠夫妇推开门就抬进来了一个麻袋。打开一看，是昏迷的多鹤。张大婶打算救活她，然后让她和张俭孕育一个孩子。朱小环听到张大婶的计划很生气，打闹着回了娘家。

　　朱小环是被日本人逼下了悬崖，此后就无法怀孕了。她恨日本人，扬言与多鹤不共戴天。张俭听了小环父亲的点子，将多鹤带到了河边，准备在河面上凿开一个窟窿将多鹤推下去。后来赶到的张大婶将多鹤救下，带了回去。张大婶对多鹤照顾得无微不至，在给多鹤梳头时，不禁让多鹤想起了自己的母亲，一时间泪如雨下。

　　小环自己跑了回去，张石匠为张俭写信的事把他骂了好一顿。小环躲在门外，推门而入。小环对多鹤很敌视，多鹤很怕她。张石匠要给张俭说个二房，张俭把媒婆赶出门，张石匠提着木棍满院子打张俭，小环冲出来拦着，多鹤被吓得在屋里躲着。隔天，多鹤留下张大婶给的衣服和一张字条，就这样离开了张家。朱小环担心多鹤走了之后，张俭就可以名正言顺地纳妾，又立刻追了出去。

　　张俭和小环没有找到多鹤，饭桌上被张石匠数落了一顿。这时候小六子跑了进来，说多鹤在铁铺的炉边晕倒了。张俭赶紧去把她背了回来。多鹤不明白中国人为什么要救一个日本人。媒婆带人来应帖子，张俭和张石匠与他们打起来，媒婆把张大婶推倒在地，多鹤见状疯一样扑向媒婆。张大婶和小环觉得多鹤是一个有情有义的女孩，与她的关系又近了一步。

　　多鹤知道了小环不能生育的原因之后很愧疚。小环让多鹤帮个忙，多鹤听后沉默了许久。多鹤跪在二老面前，表示为报答救命之恩愿为张家生孩子。夜里出了事，多鹤带着全家躲到了山里，后来张家又赶回了安平镇。

　　家里还是老样子。东北联军分出了六名战士到张家住。情急之下小环让多鹤装成哑巴，扮成张俭的媳妇，而小环装作是张家的闺女，借以隐瞒多鹤日本人的身份。但是多鹤礼数繁多，经常露出马脚。几个月后，小环塞着枕头到大街上招摇，而家中多鹤的肚子也愈发大了起来。小环因为觉得家里偏向多鹤就和张俭闹了起来，最后在饭桌上大打出手，多鹤上去劝架却被张俭推到柜子边上，动了胎气。张大婶接产的时候发现是难产，多鹤说要保孩子，最后多鹤生了个女儿。多鹤知道张家想要儿子，张石匠的态度让她以为张家讨厌女儿。多鹤偷偷背起孩子离开了张家，又被张大婶追了回来。政府想要将张俭培养成他们需要的人，为张家收留日本女人一事找他谈话，张俭谎称多鹤早就离开了。三天后,张俭带着小环、多鹤和孩子搬到县里张大婶弟弟家躲躲。

张俭到舅舅的作坊干活,小环和多鹤扮成姐妹在家照顾孩子。邻居金大姐送来摇床,多鹤虽然装哑但终究是日本人,她的举止与中国女人大相径庭,金大婶对多鹤起了疑心。

后来多鹤被张俭扔到山里,被误当成男人,带到矿上挖矿。包工头发现多鹤是女儿身之后就起了歹意,多鹤自己逃了出来,在冰天雪地中冻僵在河边。张大婶和表弟终于找到了多鹤,张大婶在临终时嘱咐张俭和小环要好好待多鹤。多鹤觉得张大婶的去世是她造成的,她抛却自尊,跪求张俭与她生个儿子。

十个月后,多鹤生了一对双胞胎男孩,张俭带全家去祭拜张大婶,回来的时候遇见邻居金大姐,小环不小心说漏了嘴。金大姐无意间发现多鹤竟然能说话。张俭决定去千钢工作,成为新中国的第一代炼钢工人。小环告诉多鹤,以后张俭是她姐夫,孩子叫她小姨,只有这样多鹤才能继续留下来。

多鹤替小环当临时工去矿山采矿,趁休息的时间跑回家给孩子喂奶,路上遇到坏人尾随,矿山上的监管员小石和小彭救下多鹤,把她送回家。原来他们与张俭是老乡,张俭留他们吃饭答谢,两人对多鹤都产生了好感。张俭和老乡们一起吃饭,小彭让多鹤喝白酒,小石替多鹤挡了三杯,多鹤对他心生好感。后来,小石指导多鹤砸石矿时,多鹤走神砸了自己的手,在医务室没等包扎完,就跑回家给孩子喂奶。小石和小彭怀疑起来。

多鹤一早四点就去山上砸矿石,有个工友诬陷她偷石子,小石替多鹤澄清事实并开除闹事的工友。多鹤在休息的时候又跑回家,小石和小彭跟在后面,多鹤早有察觉,回家装着喝中药,这才瞒过了两人。

几年后,多鹤的三个孩子长大了,小彭引诱多鹤的大儿子写大字报来揭发多鹤的身份。再之后,张俭操作天车失误,将小石砸死。这时候,多鹤已经答应嫁给小石。在这些变故之后,多鹤上吊自杀被小环救下,多鹤的女儿春美受了刺激,精神失常。多鹤的小儿子也离开家自己去闯荡。小环突然中风,左半身没了知觉。

小环最终被老中医治好,她们又将刺激春美的场景再现,春美精神恢复正常。在中日关系正常化之后,日本政府找到多鹤,多鹤的母亲并没有死,她双目失明,身患绝症。她将多鹤带回日本,而多鹤的三个孩子也知道了他们的小姨多鹤才是他们的母亲。

多鹤的故事很感人。可是我不明白,张家只是把她当成生育工具,她依旧对张家心怀感恩默默付出,是她太善良了还是什么? 不过,好人终究是有好报的,多鹤凭借自己真诚、善良等品质和她真挚的人性赢得了张家每一个人的关爱和信任。

(本文获滨州学院品牌专业汉语言文学首届文学作品原创大赛三等奖)

《围城》随笔

17中文本一 许 鑫

"围在城里的人想逃出来,城外的人想冲进去。对婚姻也罢,职业也罢,人生的愿望大都如此。"这是钱老先生在《围城》里最经典的一句话。每每想到方鸿渐,都不免哀其不幸、怒其不争。但是否有人想过,现下的社会又何尝不是一座城,我们是否也是现实中的方鸿渐,从一座城到另一座城。

在这个竞争激烈的时代里,来自各个方面的压力,都将人们置身在一堵又高又无边际的围城里,对名利的追逐,对金钱的渴望,将人们压得透不过气来,作为大学生的我们,过着被为外人羡慕为象牙塔般的生活,但是很多大学生也被关进这座无形的围城里面,人与人之间的交往不再单纯,人际交往变得复杂,学会了钩心斗角,步入社会,无论是商场还是官场,比之更甚。

好像是一道无解的数学题,我的成长,就是这样从一座城里挣扎着出来,然后就又一头栽进另一座城,如此循环往复的吗? 在我看完这本书后,这个问题就一直困扰着我,不敢向别人倾诉,怕别人笑我太多愁善感。我一遍遍对自己发问,像是钻了牛角尖。一遍一遍地发问使我自己更加烦躁,我决定放下这件事。直到今天,当我提笔写下这篇随笔时,我忽然领悟,只要遵从自己的本心,过自己想要的生活,围城又如何。从我们出生起就建造了形形色色不可逾越的诸多围城。我们只有在其中不断拼杀,用一颗真诚的心去创造这座围城里的异彩,让围城中的生活变得丰富。我们不会也不可能逾越这座城墙,因为只要我们有生活,那我们就永远处于一座围城之中。

除此之外,关于方鸿渐的爱情也让人记忆犹新。从鲍小姐到苏小姐,再从唐小姐到孙小姐。整本书中,除了他对唐小姐的追求显出他试图征服命运的思想外,其余的只是方鸿渐徒劳的思想斗争和软弱的行为罢了。所以也就有了如此悲凉的结局。

即使最终方鸿渐与孙柔嘉结婚。但是他并没有经过深思熟虑,双方都没有完全了解对方,也许是为了流言蜚语,也许只是一时冲动。然而,有一点是很清楚的,在没有牢固感情的前提下谈婚论嫁,而且还没有征得双方父母的同意,如此草率而成的婚姻,导致的后果是他们的家庭矛盾重重。方鸿渐为了妻子,不惜与家人疏远,而妻子却不能体谅他的难处。两人整天都在猜忌、烦闷中艰难度日,双方心里都有自己的秘密,不能坦诚相对。这样的家庭,没有半点欢乐,没有半点温馨可言,有的只是吵架声、痛哭声。

这不禁让我想到现实社会对于婚姻的不尊重,现如今离婚率高居不下,有的甚至结婚才一两个月便离婚,完全不把婚姻当一回事。当然这和谈恋爱时的基础是有很大关系的。有些人在和一个女孩谈恋爱的时候也在和另一个女孩交往,当家里开始催结婚时,随便找个女孩结了。真正一起生活之后才发现当初交往时并没有用心交流,生活中摩擦连连,到最后只能以离婚收场。这不得不说是一个可怕的现象。而作为公众人物的明星们,更是每天都在上演各种各样离婚的戏码。在此期间,各种"离婚门""出轨门"层出不穷。而因此成为受害人的是当事人的孩子、父母。由此可见,人们对婚姻的态度越来越不认真。

或许现在的我还不够成熟,没有接受生活的洗礼,因此,没有资格对婚姻和爱情评头论足,但在我看来至少爱情和婚姻是高尚的、神圣的,需要经过深思熟虑的,因为人起码要对自己的人生负责,而不是把爱情与婚姻当儿戏。

记得有一次听当代文学专业的老师谈《围城》,那时的我还没有读完《围城》。那位老师说读的时候要放开自己的思维,还提到了自己的读后感。其中老师说的关于民族劣根性的问题让我记忆犹新。因此,在阅读《围城》时这是我关注的重点。

在我读完后总是感觉心中有种莫名的压抑和悲凉,总是有种难受的感觉,上一次有这种透不过气的感觉还是读完《活着》之后。一方面是有太多的人生活在那种虚伪、软弱、优柔寡断的气氛之下,有太多的人都像围城中的方鸿渐一样,终日无所事事,却也忙忙碌碌,但又碌碌无为。说来也是讽刺,偏偏这些人却活得毫不知情、恬不知耻。太多的人活在自己的小日子里,躲在一边不问世事,他们只知道为了自己的饭碗而努力,而对处于水深火热中的广大人民却无动于衷。作为当时中国思想最为开放、接受最先进的理论学习的一部分人,他们都尚且如此,那其他思想还处于封建中的普通百姓更是如此。那些躲在那坚固围城下的一群麻木的人,他们都是那个社会中悲哀的人,一群被困在思想之城的人。

这或许就是所谓的民族劣根性吧,麻木而又冷漠。这种民族劣根性是生长在国民骨子里的,从古至今,仍然残存着。无论是鲁迅先生提到的国民看到同胞被杀时的鼓掌叫好,还是如今人们对于车祸、老人摔倒此类事件的避之不及。我们骨子里的冷漠近乎冷血。我甚至不知道该如何用文字去表达,也不知道该如何去评判。但无论如何我还是一直相信好人多,也一直相信随着时代的发展,这种麻木和冷漠不会一直存在。

我虽然读了《围城》,有了一些感悟和体会,但这并不是全部。或许因为有些东西只有随着年龄的增长和阅历的增加才能逐渐有所体会。我想,那我只有在生活的洗礼中慢慢领悟。

(本文获滨州学院品牌专业汉语言文学首届文学作品原创大赛二等奖)

小说绝伦

美人如花

15中文本2 孟飞宇

四月的苏杭,阳光温柔,梨花已然开了满山。

举目望去,漫山的白花在微寒的春风中摇曳,不免让人生出怜爱之感。凝神细看,更见梨树下立着一位素衣女子,淡然笑着,仿佛是掌管梨花的仙子,与这遍山梨花融成了一幅雅致的画卷。清风拂过,花瓣从枝头蹁跹而落,女子伸手去接,回忆也随着花瓣下落的速度翻涌起来,直到定格在那一天。

若有笑颜,必会绽放在这漫天的灿烂之中,这是他当年讲的。彼时正值青春年少,携手并肩,红尘策马,多么快活。如今回首,只恍然如梦矣。

也是这样的春日,阳光正好,风也正好,一辆玲珑别致的油壁车压过古镇积着厚青苔的石板路,发出吱吱呀呀的声音。听到这样的声音,镇上的人便明白,是苏小姐去游览西湖风光了。

苏小姐是当地著名的才女。她虽因父母双亡被迫流落风尘,但自小酷爱诗文,不曾从师受学,却秀口吐莲,知书达理。西湖的山水给了她区别于大家闺秀的风韵。她爱西湖,爱西湖的静,也爱西湖的自由。所以她宁以歌伎操琴过活,也不愿嫁与豪门在他人屋檐下了却残生。

油壁车驶到断桥弯角处,迎面却遇一位公子策马而来。那青骢马受了惊,直到把背上的公子颠到车前才停下来。苏小姐吃了一惊,正欲下车赔礼,公子已然起身施礼,开口道:"冲撞了姑娘,小生失礼了。"苏小姐愣了片刻,亦歉然报以一笑。油壁车继续向前行驶,却带走了什么,又留下了什么。

这公子即是阮郁,乃当朝丞相之子,年少有为,奉命视察江东,却不想偶遇佳人。阮公子回到驿站后,那女子的笑靥却依旧浮现在他眼前,挥之不去,寝食难安。向人打听,方知苏小姐是秦淮歌伎,才名远扬。"能在乱世之中偏安一隅,想来也必是同我这般",阮公子喃喃自语"此生得之而举案齐眉,虽死无憾。"

翌日,阮公子以赔礼谢罪为由登门拜访苏小姐,二人一见如故,相见恨晚。油壁车,青骢马,不期而遇,一见倾心。自此,两人开始了闲静的生活,每日泛舟于湖上,弹琴鼓瑟,吟诗作对,两情缱绻,仿若世上只余他二人一般。

只是好景不长,阮丞相在京师听闻自己的儿子在外与一风尘女子厮混,整日游山玩水,不思进取,当即勃然大怒,急召阮公子回京,将他锁入书斋,不久便帮他娶了位贤良淑德的大家闺秀为妻。阮公子起初尚有反叛之心,然而日子一天天过去,南京纸醉金迷的景象使他迷失,且春闱将近,全家族的脸面与希望也落在他的身上,夜以继日的苦学渐渐耗光了他的精力,这段感情也随之逐渐地被遗忘了。

在西湖畔凭栏独倚的苏小姐却不知故人心已变,仍以为自己日思夜想的公子会再次回到自己的小屋,与她谈古论今,吟诗作画。阮郁走后,她茶饭不思,夜不能寐,夜夜长留明月照,朝朝消瘦白云磨,每日只与孤灯为伴,殷殷期盼郎君早归。

人在梦中是混沌不清的,尚有一线希望,可阮郁高中并成为乘龙快婿的消息却打破了苏小姐所有的幻想和自欺。他不会再回来了。病来如山倒,击垮的不仅是苏小姐的身体,更是苏小姐的心。

但,苏小姐不是平常的儿女,而是生于西湖、长于西湖的仙女。西湖对她说你值得自由,她便明白这情障也是樊笼,若执于一念,只是自苦罢了。况且富贵贫贱皆系于命,若命中真有安逸之福,也不会落入烟花之地。今日欢,明日歇,无非露水;此时有,霎时无,原是红尘。以她之才,一笔一墨,定当开楚馆之玉堂;以她之貌,一颦一笑,势必享秦楼之翘楚。

忘情弃旧,心无挂碍,方能远离苦厄,活得潇洒自在。自此苏小姐纵情山水,广交名士,救助落第举子,作诗作画,一切都是随性而为。闲时,她仍爱坐在西湖边悠然赏景,任从湖上刮过的风从她身边吹过,带走她旧时的伤痛。渐渐地,苏小姐没了遗憾,没了恨,也没了爱。

"咳"猛然咯出的一口鲜血打断了女子的回忆,鲜红染在纯白的手帕上,染在纯白的梨花上,恰似她张扬的一生。苏小姐笑了,笑得很缓慢,却很温柔。"失者片时,得者千古,何憾之有?生于西泠,死于西泠,埋骨于西泠,方不负我一生山水之癖!"言罢,含笑而逝。

阳光如此温暖,风吹过,梨花簌簌而落,花瓣落了满地,是叹息,是不忍,是对她这一生纯白洁净的见证。只是，西湖边上再没了那辆小巧的油壁车，更没了那一抹坚毅的身影。

苏小小，先天不足，心气不定，温寒侵体，染咯血病，不治身亡，年仅十九。

（本文获滨州学院品牌专业汉语言文学首届文学作品原创大赛三等奖）

忍　冬

15 中文本 2　王可欣

今年的冬天格外冷。

大年初一，王小义带着妻子女儿到二叔家去拜年。敲门前虽然早有料想二婶病情严重，年前住了几回院，每况愈下，但进门后的情景还是惊了一下。家里弥漫着一股既夹杂着药味又有消毒水味等混合的味道，桌子上零零散散地摆满了各种药盒，门口还堆着几箱没有拆封的成人纸尿裤。王小义有些恍惚，头顶上方华丽的水晶吊灯蒙上一层灰尘，折射出昏暗的光，他抬头看了看，好像瞥见水晶灯里有只灰蛾子，扑棱棱地乱飞，直到飞至生命的尽头，一瞬间，一股充满寒意的电流蜇了他一下，他像只受惊的鸟一样抖了抖身子，恢复了正常。

二叔身子有些佝偻，灰白的头发贴在头皮上，鞋拖拖拉拉地挂在脚上，手里拿着刚给二婶换洗的尿布，还没来得及晾。见小义一家来，寒暄了几句，就聊起了二婶的情况。二婶情况不好，病得厉害，先前还能坐在轮椅上，现在只能卧病在床，也只有在傍晚清醒一会儿。二叔领着小义一家来到卧室门口，这间卧室完全是病房，床是为了便于喂饭买的医院的折叠床，一侧是挂点滴的支架和轮椅。小义的两个女儿在门口看了她们二奶奶一眼，便不敢靠近，她们的二奶奶不再是去年那个拉着她们的手，笑眯眯地问她们学习累不累的那个人了，眼前的二奶奶有些可怕，仰躺在床上，头发快掉没了，眼睛只能在眼眶里轻轻转动,间或一轮,眼神浑浊,像蒙上了白布一般,收敛了生的气息,眼眶发黑,头直挺挺的,疼痛的折磨让她看起来有些奇怪诡异。小义的妻子俯下身子,问:"婶子,你还能认出我来吗?"二婶迷糊了一会儿,定了定眼睛,吐出了一声"小义"。

大家走出那间屋子,小义的脸色凝重,他的妻子眼眶发红。二叔最后走出来,驼着背,一副要哭不哭的悲戚表情。他坐在椅子上,摆弄了几下桌子上的药,说:"这些药不便宜啊,是小飞从上海给寄过来的进口药,每天都要喝这么几种,唉,伺候你二婶不容易,每次喂这么一小包药就得半个钟头,更别提喂点饭了,还不能急,得慢慢喂,要不就呛着吐了。"二叔苦着脸,边说着边用手扶了扶头,用手掌捋了下光秃额头后的几缕头发,叹了口气。小义听了心里也是酸酸涩涩的不舒服,目光向茶几上一扫,一个敞开着的厚厚的笔记本牵动了他的注意力,上面写着各种各样的药方以及利弊,字迹很认真,仿佛这真的有用,二叔像一个虔诚的教徒一样苦苦祈祷,一边绝望,一边可怜地期望,希望可以抓住一线生机。小义顿了顿,问二叔:"二婶病得这么重了,小波和小飞回来照顾过吗?"二叔悠悠地叹了口气:"能怎么办呢,小飞在上海,年前已经请了好几个星期的假,总不能一直这样啊。小波刚生了孩子不久,这半年在婆家也不好过,都指望不上啊。你二婶算幸福的,至少生病的这八年有我照顾她,以后我要瘫在床上,哪有人这样照顾我啊!"小义看着昏黄灯光下的这个老人,真的是老了,即使坐在椅子上腰还是蜷曲着伸展不开,衣缝间露出半截膏药,然而他还要没日没夜地照顾着一个将死之人,即使儿女双全又怎能安享晚年呀。小义一家起身离开,走出门口时,望着二叔说:"婶子已经这样了,你也要照顾好自己啊。"二叔有些哽咽,摆摆手说:"走吧,我一会儿还得给她打针,医生不敢来家打针,我学了学,最近能自己给她打针了。"小义走出去,回头望了一下二叔,裹紧了衣服,心想:这个冬天冷得要命。

然而就在几天后,小义接到了电话:"小义,你二婶没了,快过来吧。"小义听到这个消息,内心咯噔一下。此后的两天,整个大家庭的人都沉浸在哀痛中准备着丧事。第三天举行葬礼,小义看到二叔的小孙女从上海过来了,小外孙也来了。小孩子没有死的概念,大人哭时,往往跟着大人一起哭,但只要眼泪一干就会到一旁玩耍。小义这时脑海中突然想到了华兹华斯的一首小诗:"一个单纯的孩子,过他快活的时光,兴冲冲的,活泼泼的,何尝识别生存与死亡？"相比较孩子，大人则都一脸肃穆悲痛，顾忌着楼道里的其他住户，来吊唁的人都嘤嘤地压抑着哭声，互相宽慰着，一个人就在这样的嘤嘤声中消失在这个世界上。小义看到今天的二叔没有哭，或许已经在黑夜里哭过了吧，相反，二叔今天有些忙碌，本没有要忙的事情，可他偏要自己下楼去丢垃圾，或是平日里照顾二婶习惯了，一旦停下来他反而感觉空荡荡的。葬礼刚结束，小飞就背起行李，带着妻子女儿回上海去了，毕竟再请假领导就不开心了。小波的婆婆也拼命地打电话催她回家。一瞬间西风卷落叶般一屋子哭哭啼啼的人走空了。窗外的断桥已断，枯树已枯，寒鸦啼愁，树犹如此，人何以堪，只剩下一个佝偻着身子微微垂泪的老人。

这个冬天何时过去啊！

（本文获滨州学院品牌专业汉语言文学首届文学作品原创大赛三等奖）

宛如雪后初霁杏花开

16 中文本 1　张天琦

一

二月，是春天，也是杏花开始吐蕊的时节。楚昀在杏城外的酒肆里望向来路。

"虽然刀在你腰间，敌人在你眼中，拔刀出鞘的是你的双手。不过，起决定作用的，却是你的心。为何拔刀，决定了你的修为。历练一番，或许能有所得。"少年想起养父的教诲。

于是，少年离开小城，闯荡江湖。养父即恩师，不仅是第一次上课就告诉少年"只教了一招，不用叫我师父"的温和男人，更是少年所憧憬的大侠。所以少年怀着向往，走的头也不回。

然而他还未踏入江湖，就在这小酒肆里遇到了一场小小的试炼。

两个腰佩长剑的江湖人正围着一个美貌少女，出言调戏，意图不轨。少女惊慌失措，楚楚动人。楚昀叹气，那少女眼神清澈，手指纤细，想必是哪家厌烦了平淡生活的大小姐。行侠仗义，为正义拔刀，方能成为一代名侠。

于是少年拍案而起，一声大喝道："放开那个少女，不然我就拔刀了！""你算什么东西！""楚昀，一清二楚的楚，日光为昀。"少年微笑，不卑不亢。

尾音还未消散，少年就听到风声掠过耳旁。剑光闪过，断喉夺命。出剑的江湖人冷笑，嘲讽楚昀的不自量力。

二

楚昀从床上醒过来的时候，鼻尖萦绕着茶香。他茫然起身，发现自己还在杏城内的家里。"做梦？"少年低低呢喃，却猛然清醒，想起城外酒肆少女那张惊慌的脸。少年立刻告别养父，一路狂奔到达城外酒肆。

楚昀刚到酒肆门边，就迎面看到两个江湖人，腰悬长剑，白衣黑袍。与他梦境中的人物分毫不差。一个念头像箭矢般将少年贯穿，他想起一则传奇，某人被困在同一天，生死轮回，不得解脱。

少年深吸口气，踏进酒肆。酒肆里酒香四溢，觥筹交错。少年果不其然又见到那两个江湖人调戏少女。少女被逼到大堂一角，嘴唇紧抿，却出人意料地没有挣扎。

死亡的恐惧还在体内残留，少年几欲作呕。楚昀按住刀柄，他知道自己拔刀就会死，但想以死搏生。裂帛之声响起。这声响让少年再次拍案而起，"放开那个少女，不然我就拔刀了！"

"你算什么东西！"这次没人答话，少年直接使用斩，斩是他会的唯一一刀法，将匡扶正义的信念灌注到这一斩中。

雪亮刀光，转瞬湮灭。剑光一闪，断喉夺命。这次少年终于看清了对手出剑，那柄剑寒光凛凛，刃如秋霜。

三

楚昀睁开眼，又是熟悉的屋子，熟悉的茶香。这次少年向养父沉默作别，提刀就走。阳光下的身影在急速移动,少年到达了城外酒肆。

那两个江湖人也刚刚坐下,盯着角落里的少女,窃窃私语。楚昀提着刀,若无其事地走过二人身边,嘴里还朝掌柜喊着上酒。猝起发难,拔刀出鞘!剑客来不及拔剑,直接用剑鞘格挡。少年手上加力,刀光再压,眼看就要斩断剑鞘,直取人头。另一道剑光乍现于少年身边,刺穿他的心脏。

弥留之际,楚昀望向角落里的少女,满是歉意,"真是抱歉,又没能救你……"话音未落,少年又倒在了地上。

四

楚昀提刀离开了茶香宜人的屋子,影子在阳光下时隐时现。春寒料峭,酒肆旁的杏花却已展瓣吐蕊。深吸一口气,少年回忆养父的教诲:"摒弃杂念,将拔刀的理由灌注到这一斩中。没有步法,没有技巧,只是一斩,便是绝杀。"

少年走入店中,他这次准备趁剑客们调戏少女,心神放松之时,发动奇袭。结果,只见两名剑客独坐一隅,少女不见了。少年等候良久,还是不见少女踪迹,问遍掌柜酒客一无所获。没办法,只好去试探下那两名剑客。

"没见过。"剑客不屑。另一名剑客则是笑道:"穷乡僻壤,还有这种美人!大师兄,我们帮忙寻找,找到后让美人以身相许如何?哈哈哈……"两名剑客会意一笑,神色轻松。

少年直接出招,这一招,只是一斩。尽管如此,却包罗万象。将除魔卫道的信念灌注到这一斩中。之前笑容猥琐的剑客缓缓倒下,酒客们的惊呼四起,场面混乱。随后,剑光一闪,断喉夺命。

五

再次睁开眼的时候,楚昀头痛欲裂,死亡的感觉如蛆附骨。可是,一想到惩奸除恶,少年毅然踏上征途。

结果到了酒肆,剑客们和少女都不见了。少年皱眉,问酒肆掌柜今天是何日,掌柜笑眯眯地告诉他日期。依旧是二月初十,少年每次死去的日子。困惑不已,少年决定回家从长计议。

少年将这几天的经历向养父讲述完毕，室内寂静，只有茶香氤氲。养父抿了一口热茶，才说："一切开始于结束之后，或许你没有死在这天，就不会轮回。试着活过这一天如何？"少年恍然大悟。

养父又道："是你没有领悟为何拔刀，接连四招仍无法取敌人性命，修为还不足。"虽然养父语气温和，少年还是深感惭愧。"那些人调戏良家妇女，你拔刀相助却枉费性命。既然这样，不如先提高修为，再去找他们报仇雪恨，这也算得上匡扶正义。"

养父递过一杯清茶，茶水澄明。楚昀若有所思，君子报仇，十年不晚。"明天再走，如何？"养父提议。少年沉默，按压着一阵阵疼痛的额头。昏昏沉沉中，眼前闪过少女的脸。初见时的慌乱，再见时的隐忍，以及最后一次相遇时那双欲泣的明眸。

少年猛地起身，不对，如果自己真被困在同一天，为什么少女的表现会各不相同？"会不会有两个人，同时被困在同一天呢？"颤抖的声音发出疑问。

六

少女再次从家中醒来时，楚昀的死亡画面历历在目。楚昀初次死亡的时候，人人自危，一片混乱，少女趁机逃脱归家。夜深人静，辗转反侧，少女在心底祈愿。神明啊，请让我重新来过，我想拯救那个人。

睁开眼，正是二月初十。丫鬟抱着行囊，一脸纠结，低声念叨着大小姐一路保重。少女如梦初醒，直奔酒肆。一切顺利的话，就可以阻止少年进入死地。可惜少女先到，在遭强迫时，楚昀才来。

少女彷徨，是不是自己不求救，他就不会爽快地拔刀相助。所以少女嘴唇紧抿。如果楚昀没有伸出援手，或许少女也就死心了。所谓离家出走，不过是话本上的精彩，不过是不甘于平凡的一厢情愿。

但少年还是出手了。于是少女又重复了一天，循规蹈矩从未改变的一天。

当她再度醒来，晨光熹微。少女怀着不为人知的隐秘，在酒店一隅等待。那段时间少女想了很多事情，看倦了的碧瓦朱甍，玩腻了的琴棋书画，平淡无奇的日日夜夜。最后，出现了一道光，照亮了少女的记忆。那是少年眼中的光，承载着追求与梦想。这份闪亮，少女无比憧憬。

可惜，这次与少年的相遇不再是梦幻般的英雄救美。少女还没被调戏，楚昀就暴起拔刀斩人。刀光剑影暗淡，直到最后，少年还注视少女，说真是抱歉，又没能救你。

少女泫然欲泣，明明无法取胜，却一次又一次，那个笨蛋为什么如此执着。少女没有机会问，也无法开口。她认为自己是这一切的导火索，所以再度醒来之时，少女没去酒肆。等到中午，本以为生活就这样归于平静的少女却听说，酒肆里发生了命案，少年持刀行凶随后殒命。

茶杯落地，少女脸色惨白。红烛泣泪，长夜无眠。少女心想，这会不会是命运的劫难，或许不加制止让厄运加于自身，方能让那个人免于一死。灯花坠落，少女下定决心。

这一次，在一切尚未开始时，少女来到那两个剑客面前。神情各异的剑客，孤注一掷的少女，三人的影子在阳光下时隐时现。

于是，当天碧空如洗，杏花满枝，楚昀的身影出现在杏城各处，踏碎了一地的花影，却没能找到那个熟悉又陌生的影子。少年扶着老树，大口喘息。什么都没有改变，只有他的影子被一点点拉长。

<h1 style="text-align:center">七</h1>

回到家里，养父正将杏花插入青瓷瓶中，浓红晕染，枝条疏朗。楚昀面无表情，站在养父身边。沉默片刻，少年开口："如果我听到那个少女有什么不好的消息，我就自杀，回到今天，再去找她。"

养父说："为什么，你是没想明白我之前的话，还是另有原因？"少年低头，"我不知道，可我呢，尽可能想坚持到最后。即使在输得一败涂地的时候，也想咬紧牙关撑下去。""或许，这很困难，比你想象中的还难。人们为了实现愿望而活，可是很多人都是没有达到目的就结束。"养父的声音温和平静。

"可不这么做，我拔刀的理由又是什么？"少年抬头，目光笔直地射向养父，"如果一定能打败敌人，方可出手，那不叫匡扶正义，那叫恃强凌弱。大侠，就应该舍生取义，以死搏生。"养父没有回答。

那一夜，月光皎洁，少年抱着长刀，坐在庭院中央。暗夜风起，没有带来少女的消息，却带来了陌生的足音。两名剑客闯了进来，白衣黑袍。

楚昀霍然起身，克制着指尖的颤抖，用力盯着他们。剑客皱眉，瞥了少年一眼，说："不关你事，找一个隐居的楚姓男人。""父亲，有人找你。"少年开口，身影岿然不动。养父从屋子里慢慢走出。

剑客们目露凶光，"楚前辈，您可真是让我们好找。当年您在皓山比武的那一斩，止风隐月，天地难泯。"养父轻拂衣袖，淡淡道："然后呢？"剑客们又说："当年家师求胜心切，动了手脚。如今家师已逝，您又归隐，倘若您肯将那一斩传授给我们，皓山派定当奉上厚礼，让您安心隐居。"

养父还没发话，就响起一阵大笑。"这就是他们拔剑的理由吗？"楚昀喊了一嗓子。养父也笑，"是啊，正因为他们抱持着这样的理由，所以才站在这里，为了达成目的，不择手段。"

锵然一声，少年拔刀出鞘。少年望着他们，说："你们可曾在酒肆外见到一个美貌的少女？"剑客们早不耐烦，不答反问刀谱下落。"见过没有？"少年重复。一剑客说："你算什么东西！"说着就要拔剑，但剑尚未拔出，衣袖一闪，养父已扣住那人手腕。

剑客不寒而栗，忙说："见过，那女子说有事相告，邀我们去城外树林。到了之后，竟然拿迷药暗算我们。被我们轻松识破，真是不自量力。"少年艰难开口："那少女现在何处？"

剑客欲答，就被身旁的大师兄打断。那大师兄少年认得，就是剑如流星，杀他数次的高手。大师兄说："绑于林，想见她，刀谱来换。"少年看向养父。养父点头，将刀谱随便扔了过去。

大师兄似信非信，翻阅刀谱。片刻，大笑，转身就走。"再问一次，那少女现在何处？"月色苍白，少年喝问。"杀了。"大师兄开口，他身后的剑客笑得猖狂，"我们索求刀谱，行动隐秘。那女子和我们主动接触，怕是奸细，我们大师兄早就怀疑她了，哈哈哈……"

刀光雪亮，笑声戛然而止。那是一道激烈而清澈的光辉，是灌注了养父信念的一斩。两名剑客，倒地。

有一瞬，静立原地的楚昀，似乎痛苦地低下头。少年说："杀了我，父亲。"养父温声劝道："可是你的死亡未必能换一次机会，承担着失去未来的风险，也要救她？""父亲，出刀吧。"

那是领悟到即使耗尽全力也要保护少女的楚昀最后的坚持。养父叹气，说："好，不过持刀奋战的理由，希望你能看清楚。"一斩过后，花散鸟绝风止。

零

少女再度醒来，神色恍惚。手拿包袱的丫鬟，自己温热的身体，这一切告诉她，又回到了今天。少女呆坐在床上，不敢置信地望着自己的双手。她突然想到，倘若回到今天的奇迹不是神明的恩赐，而是楚昀的死所导致的，那昨天……楚昀还是死了？

少女跑去酒肆，不顾身后丫鬟的叫喊。命运的齿轮转动，先一步见到剑客的少女重蹈覆辙。"放开那女孩，不然我拔刀了！""你算什么东西！"熟悉的对白响起，少女转身。

光在闪耀，那是一斩，凝结了想要守护少女的清澈锋芒。刀光闪过，不可置信的表情在剑客们脸上缓缓凝固。"楚昀，一清二楚的楚。"少年收刀入鞘。"日光为昀。"两人相视而笑，或许这才是足以与死亡匹敌的东西。

又是一个很美的月夜。楚昀静静地和养父一起赏月。"实力有所进步，那么现在的你，为何拔刀？""我的拔刀理由，是为了自己。抛却正义、理想、一切大道理，将自己的心意灌注到这一斩中。持刀奋战，完全是出于自己的意志。"少年眼中满是光。

养父微笑，"听起来似乎很不错。""可是，总觉得还少了点什么。"少年皱眉。"恩，还需要历练。"

那段奇幻的经历终将成为过往，春寒已逝，满城杏花香。

（本文获滨州学院品牌专业汉语言文学首届文学作品原创大赛一等奖）

爱的回转

16 跨中文本 1　郭　琳

"今天是我生日,我妈也不知道给我打个电话,还说给我准备了生日礼物呢,八成连我生日都忘了,以后再也不相信她了。"

"怎么能这么说呢,你妈妈可能太忙了,一时间没有腾出空来,不是把你生日忘记了。"

"她忙就可以不给我打电话!她工作重要还是我生口重要?"

"刚好没有时间啊,你妈妈也不是故意的,她可能……"

"我不管!就是她的错!"林琅打断成钰喊了出来。

"你怎么能这么说,你妈妈那么拼命工作不还是为了你吗。"

"又不是我让她拼命的!"

"丁零零……"

"你看你妈妈这不是给你打电话来了吗。"

"干吗?你还知道给我打电话啊!"

"小琅,妈妈这不是去给你买礼物了,挑礼物没注意时间,我不是故意的。乖,小琅,我这就把礼物给你送过去,你在校门口等等我,一会就到了。"

"还让我等你,我没有时间等,要不你就给我送过去,要不你就别送了,我不稀罕那礼物!"

"林琅,你别这样,咱们学校又不让家长进来,你妈妈怎么进来……"成钰戳戳林琅小声地说。

"不用你管,我家的事你插什么话!"林琅一手挥开成钰,而电话那头妈妈的话让林琅更加愤怒,"小琅,你们学校我进不去,怎么给你送过去啊?"

"你爱送不送!"林琅狠狠地挂掉电话,把手机摔在床上,摔门而出。

宿舍的门发出一声巨响,门上的玻璃都差点震碎。成钰在宿舍里暗暗叹了口气,回想起自从认识林琅那天起,这样的事情已经不是发生一次两次了,无论是跟同学还是母亲之间都有过这样的经历,一言不合,或是没有顺她的心意,她就大吵大闹,即使明明是她的错,她不承认也就算了,还硬说是别人的错,加上林琅嘴特别厉害,经常堵得别人没话说,所以后来宿舍里基本没人再和她有什么来往,就是在班里,大部分同学也都跟林琅吵过架。

林琅本就性格任性,认为所有人都得顺着她来,偏偏大学里都是来自五湖四海的同学,性格差异很大,也有那刁蛮任性的主,这凑在一块儿怎么可能不出事。现在班里是三天一小闹五天一大吵,班里同学都不得安宁。这也就造成了班里人见到林琅都绕着走,非碰面不可也当没看见。

成钰是林琅为数不多的朋友,她明白林琅人品不坏,有些时候林琅也都想着朋友,买什么东西啊,都能记得成钰,她只是个被宠坏的大小姐。但是林琅性格很自我,常常为了自己忽略别人,而且脾气不好,嘴巴很毒,说的话让人听了不舒服,甚至让人觉得很过分。成钰自己也经常被林琅气得不行,但是最后成钰明白了,林琅说的话都不是成心的,而且她自己也不认为她的话有什么不对,经常你在旁边气得胃疼,她还不知道你在气什么。

虽然现在有时候还是觉得林琅的话过分了,但成钰也不会再像之前的时候一样气到"内伤"了。

但这次,林琅的话还是伤到成钰了。所以,成钰没去追林琅,只长叹口气,继续在宿舍里做自己的事情。

再看林琅这边。林琅摔门而出,愤愤地走在路上,"讨厌讨厌!送个东西还推三阻四的,不想送就直说,你以为我稀罕啊!"

林琅只顾着自己生气,完全没有注意路上的车子,车子都按了喇叭,林琅也丝毫都没有察觉到,直直地往车子上撞去。

"小琅,小心!"

林琅还未反应过来,便被人拉了过去,那车子擦着林琅的衣角"呼"地一声开了过去,林琅只觉得心脏被人狠狠地攥了一下又放开,然后在胸腔里狠狠地跳着,咚咚的声音就好像耳边有人拿着锤子在敲。

"小琅,你怎么了?你说话啊……"旁边林琅的妈妈轻轻拍着她的脸。

林琅耳边的咚咚声消失,她听到了妈妈的声音,就像是回过魂来了一样,林琅突然抱住妈妈放声大哭。妈妈轻拍着林琅的肩膀,"小琅乖,没事了,没事了……"

林琅边哭边大声地吼出来：“都怪你！要、要不是你，我怎么、可能差点、差点被车撞了！都怪你！都怪你！”林琅哭得喘不上气来，却还不忘指责别人，妈妈边为她捋着背，让她缓着气，让她不那么难受，边赶忙说道："都是我的错，我的错，小琅乖，不哭了啊……"

林琅慢慢平静下来，却因为刚刚哭得太狠，现在还有些喘不上气来。终于她的呼吸平稳下来，抬起头看看面前的妈妈，“你不是进不来吗？你还来干吗？”

“小琅，妈妈跟门卫说你学习紧没有时间出来拿，我进来送一下马上就出去。不说这个了，来看看妈妈给你挑的礼物，喜不喜欢？”林琅的妈妈将礼盒打开，把礼物拿出来放到林琅手上，那是一件白色的连衣裙，交襟的领口上被细密的碎钻铺满，高高的束腰上也用上好的皓石拼出精致的图案，即使不打开包装，只看这两部分的精致，就不难看出这是条多美的裙子。

“还有一个……”林琅看着妈妈又拿出一个酒红色的小盒子，林琅接过盒子打开，暗红色的天鹅绒上，躺着五只细细的银镯，五只银镯加起来也不过两个手指的粗细，每只银镯上都刻着精美的花纹。

“小琅，看看镯子里面。”林琅拿起镯子看向镯子的内部，每只镯子的里面都有一个楷书的“琅”字。

“小琅，怎么样，喜不喜欢？”

“你以为这两件东西就能把我收买了吗，你以为这就能补偿我了吗！我告诉你玉静，今天你不给我个交代，我再也不原谅你！”林琅夺过玉静手里的袋子，把裙子和手镯粗鲁地扔进去，转身就走。

“小琅……”玉静伸出的手没能抓到她，只能颓然地落下。这孩子自小没有爸爸，自己也就把两个人的爱全加在了她身上，再加上对她的心疼，不免把她宠坏了，可是，即使现在她这样任性、不讲理，自己却依旧不舍得说，不舍得骂。

“丁零零……”玉静拿出手机接通。

“总经理，公司财务出问题了……”

“怎么回事，说清楚！”

“总经理，……”玉静快速走出校门，驾车离去。而玉静转身离去的身影正好落在去而复返的林琅眼里，林琅眼里本渐趋平息的怒火又冲天而起，如燎原之势迅速布满了眼底。

"玉静，你再也别想让我原谅你！"林琅冲着玉静离去的方向怒吼。

林琅冲回宿舍，一脚踹开宿舍门，把手里的东西摔在桌子上，把自己扔在床上。宿舍里有五个人，却一时间安静的只听见林琅的粗喘声。

没有任何人去问林琅发生了什么，包括跟她最好的成钰都只是看了她一眼没有说话。成钰明白，盛怒之下的林琅是听不进去任何话的，不如等她平静了再说。大约过了十分钟，林琅突然意识到，没有任何人搭理她，就连成钰都没有问问自己怎么了。林琅一下子坐起来跳下床，走到成钰面前推了一下她的肩膀。

"你干什么……"成钰皱皱眉，不明白林琅要做什么。

"你怎么不问我发生什么了。"

"你要是想说，我不问你也会说，可是看看你刚刚那样，你怎么可能理我，既然你不理我，我干吗还问你。"成钰冲天翻了个白眼。

"你连最起码的关心都没有吗，连你也这么对我，过个生日都过不好！"林琅的声音突然拔高，质问着成钰。

"得了吧，什么关心不关心的，你的事我又不是不知道，你跟你妈妈吵架，干吗把气撒到我身上来！"泥人也有三分脾气，更何况林琅这样无理取闹，成钰心里十分恼火。

"成钰，亏我把你当朋友，你居然这么说，好，你说我把气撒你身上，我就偏偏往你身上出气，怎么着！"说着便狠狠地推了成钰一下，成钰一个趔趄，下意识地想去抓什么，却不小心把书桌上的纸张扫到了地上，幸好成钰抓住了桌子边缘才没有摔倒。

"林琅！你别太过分了！"成钰大声地冲林琅吼道。

"要不是你先过分，我怎么会对你过分，你不这么对我，我也不会这样对你，都是你的错，你怨我干吗！"林琅头一扭，哼了一声。不经意间往地上一瞅，"中华骨髓库，你的善良，是他们的重生……"这句话就这么直晃晃地闯进林琅的眼里。林琅突然被这句话勾起了兴趣，"什么玩意，还重生，说得挺好听……"林琅捡起那张纸，细细地看着，而旁边的成钰就突然笑了，成钰自己笑话自己，自个儿这不是闲的么，跟一个"小孩子"生什么气。看看专心看东西的林琅，完全被手里的纸张吸引住了，完全不记得还在跟人吵架这回事，就这么转移了注意力，不是小孩子是什么？

"喂，这是什么啊，你看这个干吗？"

"在网上看到的,就去查了一下,拿了张宣传页回来。"成钰把掉在地上的纸张捡起来,放回桌子上。

"到底是怎么回事,快跟我说说。"林琅的眼睛瞪得大大的,一副虚心求教的模样。

成钰直接对林琅无奈了,拜托,咱俩还在吵架好不好。虽然成钰在心里这么喊着,但还是细细地对林琅讲起自己了解的有关中华骨髓库的事。

"……,简单来说中华骨髓库就是存储了很多人的血样类型,这些血样去跟白血病患者的血样配型,如果配型成功,在很大意义上讲,这个患者相当于得救了。基本就是这么个情况,我还不是特别的了解,只是去查了一下。"

"听起来好好玩哦……还需要抽血,这么刺激,要不咱俩也去报名吧!"林琅听完微微沉默了一下,突然抓起成钰的手兴奋地说。

成钰甩开林琅的手,"我的大小姐,这不是玩,这可是关乎人的性命的,你不要这样好不好!"

"我知道,这不是可以救人么,是大善事,多好的事,去报名吧,去吧去吧……"林琅不死心地抓着成钰的手不放。

"你要想清楚了,这可不是件小事,可以随意下决定的,到时候你要是真的能配型成功,你去不了,是会耽误了别人的性命的!"

"想清楚了,想清楚了。"

"这么一会儿的时间你怎么可能好好想,这种事必须和家里人商量,做好一切心理准备的!反正无论如何我都不能今天答应你,你必须慎重考虑过才行!"成钰一脸严肃,林琅看看成钰扁了扁嘴,心里知道没有再回旋的余地了,成钰这种碰到她在意的事就认真得几乎顽固的性格真是太讨厌了!

"好吧,我考虑几天,到时候你一定要答应我!"林琅不甘地妥协,她知道,自己是犟不过成钰的。

成钰心想,林琅只是一时兴起,这种热度根本持续不了几天,这种事所背负的责任太重大、太沉重,这并不是说说而已的事情,关乎生命的事她怎能由得林琅这么闹腾。但是嘴上还是应付林琅说"好"。

自打这事之后,林琅天天惦记着报名的事,一天到晚地在成钰耳边叨叨,完全不是成钰所想的只有三分钟的热度。被林琅软磨硬泡了半个月以后,成钰受不住林琅的坚持,在确认她真的想好了,自己也想明白之后,给两个人报了名,等着红十字会来电话让两个人去抽血样。

这一等,就是半年的光景。这天一个陌生的电话打来。

"喂,你好,是成钰女士吗?"

"是的,请问有什么事吗?"

"你好,这里是红十字会,请于明后两天到市机关门诊抽取血样。"

电话挂断,林琅在旁边问道:"谁啊,送快递的吗?"

"要去抽血样了……"

"哦,抽血样……"林琅很平静地回道:"什么!抽血样!啊啊啊!"林琅突然回过神来,立马呈现了癫狂状态……"终于让我等到了!啊……哈哈……"林琅在成钰身边又蹦又跳,来回地走。

"要抽血了,太棒了……好兴奋啊……明天不能吃饭,不能喝水,去买点糖块、巧克力……嗯……就这么决定了!好期待啊……"

成钰在旁边无奈地摇摇头,"我的大小姐,感情你还是因为好玩才报的名啊!"

"啊?没有啊,我是很有责任心的,你看我多善良,我要是不善良怎么会去报名呢,我去报了名还是说明我善良,我这么善良的人肯定也是很有责任心的,没有责任心我怎么可能这么善良,我……"

"停!我知道了知道了……"成钰直接让林琅说得头晕,跟绕口令一样。在嘴皮子上林琅就从来没有输过,谁跟她在嘴上争,那不是找虐吗。不管怎样,这是件好事,无论她的出发点是怎样的。

第二天,俩人上午就去了市机关门诊,填表,抽血,领取证书,拍照留念,很顺利地就完成了抽血样的过程。

这一星期正好遇上小长假,林琅拿着刚到手的证书就兴冲冲地回了家,进了家门就炫耀似的冲玉静扬了扬手里的证书,玉静看看自己女儿,林琅好像完全忘记了之前生日的不愉快,玉静暗暗舒了口气。

"这是什么?来给我看看。"玉静笑着接过林琅手里的证书。

林琅头一扬,"我也是志愿者了!我厉害吧!"

玉静看看手里的证书,"嗯,小琅真厉害,这是什么志愿者?"

"骨髓库的啊。"林琅一副我就知道你孤陋寡闻的模样回答道。

"这是捐献什么的,献骨髓的?"玉静眉头一皱。

"什么啊，献骨髓，就是跟献血一样，比献血少多了，你不知道瞎说什么啊！"林琅十分嫌弃地说道。

玉静的声音突然拔高，冲着林琅就大声地吼出来，"献什么献，小孩子学什么不好去学人家献血！你自己身体都没长好，献什么血！"

林琅不可置信地看着玉静，眼睛微瞪。"你凭什么吼我，我去献个血怎么了！碍着你什么事了！你凭什么管我！有病啊你，我献我的，关你什么事！又不是抽你的血！你以为你是谁啊，不就是生了我吗！管得着我吗！你闪开！"边说着，边狠狠地推开玉静，一把夺过玉静手里的证书，就气冲冲地回了自己屋，把门狠狠地摔上，完全不管玉静被她推得倒在地上，还被从桌子上掉下摔碎的杯子扎破了手。林琅只想着自己很生气，进了屋子，胡乱地拿起什么就摔什么，以此发泄她的怒火。

玉静眼看着林琅关上了门，听到屋里陶瓷碎裂的脆响，突然想起林琅屋里摆的都是自己给她买的她最喜欢的陶瓷制品，这样的碎片跟玻璃一样最容易扎伤人了，顾不得自己手上的伤势，就跑到林琅门前砰砰地敲门，"小琅，有话好好说，都是妈妈不好，妈妈不应该吼你，你快出来，别摔东西了，会伤着自己的！小琅，小琅！你快开门啊！"玉静的手上还残留着玻璃的碎渣，随着用力拍门，手上的碎渣又划进了手心几分，鲜血顺着手臂流到地上，在地上形成了大片的血色，白色的门上映着鲜红鲜红的血，触目惊心。

"你滚！我不要你管！"伴着林琅的吼声是更大的碎裂声。

"小琅，妈妈错了好不好，你要怎么样，妈妈都随你……"

"啊！"

"小琅！小琅！你怎么了？你别吓妈妈呀！"玉静抬起的手还未拍到门上，门就忽地一下打开了，"小琅，你有没有伤到？"玉静看到林琅连忙去拉她的胳膊想要把她拉到自己面前好好看看，伸出去的手却被林琅一下子打到一边去，把自己的手背伸到玉静面前，一道细细的划痕，正在往外冒着少量血珠，"你看看，要不是你我怎么可能划伤，我这样都是你害的！之前的账我还没有跟你算呢！玉静，我告诉你，我要跟你断绝关系！"林琅看都没看玉静手上的伤，冲着玉静吼完就把玉静推到一边，自己开了门就跑了出去，在夺门而出的瞬间，林琅好像听到了胸腔内的心脏狠狠地一跳。林琅完全没有想到，玉静被她那么一推，又因为地上大片的血渍，不慎朝前滑倒，就那么倒在了满是陶瓷碎片的地上。

"小琅……"再无声息……

林琅跑出了门，就在路上胡冲乱撞，撞倒了好几个人，也完全没有在意，林琅只顾大步地走着，她恨恨地想着，"要你管我！再也不想看到你了，混蛋！"直到一个被她撞倒的人把她拉住，"撞了人你都不知道说抱歉吗？"

林琅被拉得一个趔趄，"你自己不长眼撞到我了，我还没有让你道歉呢！"

"你这小姑娘怎么说话呢，明明是你先撞到我的，怎么这么不讲理。"

"我怎么不知道我撞的你，你有什么证据，你说我撞你就是我撞你啊！你不要以为你认为的就是你认为的！"

林琅哼了一声，马尾一甩，转身就走，被这路人一打断，林琅才发现自己已经不知道走到什么地方了，她不想回家，也无处可去，只能拦了辆出租车回了学校。说来也巧，这刚抽完血样没过一个星期，红十字会就打来电话了，林琅疑惑地看着手机上的号码，不是刚抽完血样吗，怎么又打电话，算了，先接起来听听怎么回事吧。

"喂？"

"是林琅小姐吧，您的血样配型成功了！是位于××市的一名白血病患者。您可以立刻赶过去吗？"

林琅心想正好假期没人陪自己玩，就去××市打发时间吧。"我会马上过去的，在哪个医院？"

"谢谢您，在××市中心医院，住院部330房间。"

挂掉电话，林琅就立刻去车站买了去××市的车票。坐上车，林琅看着车窗外倒飞的风景，心里满怀着兴奋，自己配型成功比成钰早，等献完了造血干细胞回去之后就可以好好地冲她炫耀炫耀了，这感觉太棒了。

此时的林琅仍在想着这次去献造血干细胞如何的好玩，根本没有意识到此行是为了一个生命的延续。

"丁零零……"林琅拿出手机一看，来电显示"妈妈"就挂了电话，但是电话不停地响，林琅烦躁地把手机关了机，摔在了旁边的座位上。林琅再看向窗外，莫名的感觉阳光有些刺眼，心里有点慌慌的感觉，脑袋里乱乱的，好像有很多噪声在脑袋里一样，林琅使劲地甩了甩脑袋，想要把那些噪声甩出去，但是脑袋里的噪声一点儿都没少，反而又加重了，林琅丧气地靠在座椅上，慢慢地睡了过去。

"小琅……"林琅突然惊醒,出了一身的冷汗,她感觉心脏咚咚地跳着,就快要跳出胸腔。

"小姑娘,你怎么了?"旁边穿着工作服的司机拍着林琅的肩问着。

林琅茫然地看向司机,张了张嘴却只发出一个"啊"字。

"小姑娘,你不舒服吗?脸色这么苍白,出了这么多汗。"

"我,我没事。"林琅看了看外面的站点,才反应过来,车停下了,再看看周围人都走光了。"到了吗?"

"嗯,是的。"

"哦,那我该下车了。"说完便起身走了。

"小姑娘,你确定自己没事吗?"司机再一次问道。

"我没事。"林琅脚下微微有些虚浮,她不知道自己是怎么了,任凭自己想破了脑袋,都想不出来怎么突然就像是病了一样。林琅拍拍脸,让自己清醒清醒,压下了莫名的情绪,拦了辆车,直奔××市中心医院。这时,已是下午三点多了。到了医院,林琅不清楚要什么样的流程,便直接到了那个患者的房间。

还没有进门,就听到里面一阵清脆的笑声,这笑声像是有魔力般,一下子就把林琅那些压在心上的莫名的难受给驱散了。林琅瞬间就轻松了很多。

透过门上的玻璃窗,林琅看见了一张苍白但是笑得比太阳都灿烂的小脸,这张小脸上的眼睛因为开心咧着嘴而弯弯的,亮亮的眸光自那弯弯的眼睛散出,让人看了,打心里都透亮起来。林琅浸在这孩子的笑容里,半点没有进去的意思。

"这位同学,请问你是?"林琅的肩膀被轻轻拍了两下,她回过头去,那是一位看上去很沉稳的医生。

"我叫林琅,我收到通知说我的血样配型成功了,我就赶过来了。"

那位医生的眼睛一亮,"原来你就是林琅同学,你来的真是太及时了,这几天正是这孩子最佳的动手术的时间……"

"什么!那孩子就是跟我配型的患者?"林琅不可置信地问。

"是啊,就是那个孩子。"

"他还那么小……怎么会这样……"

"这孩子已经在这住院一年多了,除了刚住院那会,做抽骨髓的时候哭闹过几次,就再没哭过,这孩子那么坚强,太让人心疼了。"林琅沉默地站在一边，心里翻涌着惊涛骇浪。这孩子看起来不过六七岁的年纪吧，抽骨髓的痛别人不知道，可是林琅清楚，小时候住院，隔壁房间里就是一位白血病患者，她曾跟那个患者碰过面，四十多岁的年纪，曾因为受不了治疗的痛苦自杀过，林琅永远忘不了，那个患者自杀时脸上解脱的表情，被救后那种无奈、绝望的目光。那种叫成年人都无法忍受的痛苦，这孩子是怎样承受下来的？

"走吧，我们进去见见他，不过不能告诉他你是来捐献的人。"医生推开门，屋里的人听到门开的声音纷纷回头看向门口，"叔叔好。"甜甜糯糯的声音响在林琅心底。

"轩轩，今天感觉怎么样？"医生走过去摸摸他的头，"今天有没有乖乖的？"

"有！叔叔，我乖乖地吃药了！"轩轩向医生身后探着头，"叔叔，这个姐姐是谁？长得好漂亮啊！"说着还冲林琅扬起一个大大的笑脸，"姐姐好！"脆脆的童音触到了林琅心底最柔软的地方，林琅不自觉地就回了一个温暖的微笑。

"这个姐姐是来帮助你的……轩轩要好好谢谢姐姐。"

轩轩有点迷茫地眨眨眼睛，便向林琅伸出小手，林琅连忙走过去握住轩轩的手，"谢谢姐姐！"不问林琅来帮他什么，是不是能真的把自己的病治好，只为这是来帮他的人，他打心里觉得感激。

"轩轩，我叫林琅，我在朋友那里认识了你，来看看你哦……"林琅伸出手去摸摸轩轩苍白的小脸，满眼的疼惜，这么懂事的孩子……

"姐姐，我可以叫你琅姐姐吗？"轩轩睁着水汪汪的大眼，一脸期待地看着林琅。

"轩轩叫什么都好。"那边的医生也向轩轩的父母说了林琅是爱心人士的事情，但并没有详细地透露林琅捐献者的身份，轩轩的父母感激地看着林琅。而轩轩一直拉着林琅看他的玩具，兴冲冲地向林琅介绍着，在孩子的心里对喜欢的人表达喜爱之情，莫过于把自己最喜欢的东西跟人分享吧。

例常的检查完成，医生便把林琅叫走，抽血检查，做进一步的配型。当这些都完成的时候，时间已经不早了，林琅决定再去看看轩轩，医生却告诉林琅，轩轩正在做检查，一会还要抽骨髓。林琅想起那个坚强的小脸，便生出去陪着轩轩完成抽骨髓的念头。将这个念头告知医生，医生微微思索一下，"只能在房间外面看。"

　　林琅赶到检查室的时候，轩轩已经进去了，透过玻璃，轩轩也看到了林琅，兴奋地冲林琅打着招呼。

　　林琅弯起嘴角笑着对轩轩做了个加油的手势，轩轩在里面更是笑得无比灿烂，小孩子心思最是通透，你对他好他能感觉到。

　　里面的医生拉上窗帘，隔绝了林琅的目光，漫长的等待，听不到里面有任何动静，外面的人也都沉默着。这寂静的环境，让林琅的精神上更为压抑。"啊……"一声声被压抑的痛苦声传入林琅的耳朵，林琅的手蓦地握紧了，指甲深陷进手心。林琅死死地盯住眼前的玻璃，恨不得将玻璃盯穿，她想知道轩轩怎么样了，想去给轩轩加加油，想去替轩轩承受这些痛苦……

　　林琅不知道为什么自己会对只见了一次面的轩轩这么关心。

　　终于结束了，轩轩被推了出来，本就苍白的小脸，这下更是如纸一般，嘴唇也毫无血色。轩轩努力地冲林琅弯了弯嘴角，张嘴想说些什么，可是却发不出一点儿声音，林琅轻轻拍拍他的小肩膀，"轩轩乖，琅姐姐在这，你好好休息……"可是轩轩还是努力地张嘴对着林琅说着什么，林琅把耳朵凑到轩轩嘴边，凝神听着，隐约只听到"不……走……"两字。"琅姐姐不走，一直陪着你，轩轩乖……"

　　轩轩终于满意地闭上了眼睛，疼痛让他疲惫不堪，却始终折磨得他无法入睡，只能闭上眼等待疼痛过去。

　　回到病房，将轩轩安顿好，林琅留下来陪着他。轩轩的父母去为轩轩准备些粥，林琅握着他的小手，看着他因疼痛而不时地皱眉，心里也随着一揪一揪的。林琅不知道自己能做些什么，才能减轻轩轩的痛苦。"琅姐姐，你会讲故事吗？轩轩想听姐姐讲故事。"

　　林琅在脑袋里搜索着有什么故事可讲，却发现自己早就把小时候妈妈给自己讲的故事忘记了，林琅歉意地看着轩轩，"琅姐姐不会讲故事，轩轩喜欢听歌吗？琅姐姐给你唱歌好不好？"轩轩乖巧地点点头，"我都喜欢。"

　　"每一次都在徘徊孤单中坚强，每一次就算很受伤也不闪泪光，我知道我一直有双隐形的翅膀，带我飞、飞过绝望……"轩轩我相信你一定也有一双隐形的翅膀，可以带着你飞越这些困苦绝望。清亮的嗓音在小小的病房里回荡，带着希望飞出窗户，飞向了远方。医院花园里一双满含沧桑的眼睛望向那扇飘出歌声的窗户……

也许是林琅的歌声太温暖了，也或许是林琅的微笑太温暖了，轩轩就这样，在林琅的歌声里沉沉地睡了过去。轩轩的父母回来看到轩轩竟能这么早就睡着，很是诧异。以往轩轩总是疼得睡不着，大都是到夜里才能浅浅睡下。几人悄悄地退出轩轩的房间。

在病房外的座椅上，轩轩的父母握住林琅的手，激动得甚至有些颤抖，"姑娘，谢谢，谢谢……"，他们的眼睛里含着泪，嘴里千言万语只化成最后的两个字。

"这是我该做的，阿姨，叔叔，给我讲讲轩轩的事吧。"

轩轩的父母抹去眼角的泪连忙说："好……"

"轩轩这孩子从小就属他主意最多，小时候在那一帮孩子里也是他最皮，没有一会儿老实的时候。这孩子最能闹腾，邻居家种的庄稼，他都能给人家拔去一半，所幸啊那时才刚种上苗不久，还可以再种，也不算误了小苗生长，就这样那时候他爸爸还把他打得不轻。孩子小，不懂事，老是让我俩操心，左邻右舍的三天两头地找上家里讨说法，这孩子死不承认，还出口骂人家，真是让我俩操碎了心。那时候想着这孩子什么时候能不让我们操心啊。那段时间孩子总说不舒服，身上也多了很多青紫，我们心想他成天地乱窜，都不知道什么时候就磕着碰着，也不好好吃饭，不舒服也不会有多大事，哪知道，那天孩子就突然流鼻血止不住了，眼看着衣服就让血全浸湿了，他爸骑着车子就去了县医院，那的医生说……"轩轩妈妈哽咽着再说不出半个字，林琅明白怕是那时就已经诊断出轩轩的病了，恐怕全家人都崩溃了吧。旁边的轩轩爸爸揽着轩轩妈妈的肩轻拍着，"自打那时候起，轩轩经过几次化疗，不知道怎么回事，也不哭闹了，懂事了很多，我们终于等到他懂事了，可是这样的懂事我们根本不想要啊！"说罢眼中强忍的泪水夺眶而出，林琅终不忍再听下去，跟轩轩父母道了个别就大步离开这栋楼。林琅跑到了医院的花园里，这时正是吃饭的时间，花园里没有几个人。林琅坐在长椅上，默默地流着泪，刚刚在轩轩父母面前强撑着，她从不在别人面前哭，即使有也很少很少。林琅并不是冷漠的人，她的性格有极致的两面，温柔和偏执，而轩轩触动了她心里温柔的一面，所以她才会那样关心和疼惜轩轩。

"小姑娘，怎么一个人坐在这？"一个苍老的声音在林琅面前响起，林琅迅速地擦去脸上的泪水，抬头看向声音的主人。那是一位坐在轮椅上的看上去十分严厉的老太太，脖子上还围着一条褪了色的丝巾。林琅心里有些抵触，她最不喜欢别人板着脸了，同时她对板着脸很严肃的人也有一种莫名的畏惧感。

"没什么，跟你没关系。"她对轩轩温柔可不代表她的本性变了，这不，语气里面可没多少对老人的尊敬。

听到林琅的声音，老太太的眼里似乎闪过一道光亮，"小姑娘，脾气这么大可不好。"老太太的话就像是在教训林琅一样，林琅一听心里立马不乐意了，"我脾气怎么样，不需要别人来管教我。"说着就起身要走。

老太太眼里闪过一丝懊恼，"小姑娘，等等，你先别走。"

"你要做什么？"

"小姑娘……"老太太一把抓住林琅的手，林琅用力甩却没有甩开，只好停下步子，回头看着那个老太太，"你干什么？干吗抓着我？"

"小姑娘你好好听我说，别生气，我不是故意要教训你的，实在是人活一辈子就一直这么个语气，习惯啦，没有控制好……"老太太别扭地挤出一丝笑容，却怎么看怎么不像笑，林琅看老太太那别扭的笑突然就明白了，世上不是有种人叫面瘫吗，老太太原来不是严肃，是面瘫，表情上根本没有别的变化……林琅想到这，也不生气了，她很好奇这老太太执意要留住她干什么，她们根本就没有见过。她坐下，好奇地看着那老太太。

老太太看林琅脸上的愤怒消失也松了口气，"小姑娘，刚刚那首歌是你唱的吗？"

林琅一听，八成是刚才给轩轩唱的歌，被这位老太太听到了，这也没什么好隐瞒的，"是啊，怎么啦？"

"那姑娘，你能告诉我你唱的歌叫什么名字吗？你唱的那首歌我很喜欢，很久没有听过那么舒服的歌了。"原来就是问歌名啊，还以为什么事呢。林琅有些不耐烦了，"叫《隐形的翅膀》。"

林琅刚想起身离开，就听到老太太的声音"《隐形的翅膀》，唱得真好啊，跟我家那老头子唱的感觉一样，听了让人那么舒服……"

"舒服？"林琅只听说过歌好听，还真没有听过有人说歌听着舒服，真是挺稀奇，林琅顿时来了兴趣，也不走了就坐那听老太太的下文。

"我家老头子啊，学过几年音乐，那时候家穷，供不起他上学了，就送去当了兵，没想到还捞了个文艺兵的教练当，正好是管的我们那个队。那时候我们很崇拜他，又有才气，素质也好。后来相处久了就发现，他就像是个孩子，能闹，还老是整些新奇的玩意儿，什么录音机啊，小假娃娃啊……说起这录音机啊，别看现在不是个什么稀罕东西了，那时候可宝贝着呢，我那老头子好奇它到底是怎么发声的，那么大一个收音机，愣是让他拆的就剩了些小零件……"

"怎么跟我小时候一样啊，看见个什么东西，能拆的非得拆了看看里面什么样。"林琅突然就想起来自己把妈妈给她买的玩具全拆了个遍，妈妈下班回来时看到满地的碎零件一副哭笑不得的样子，心里就突然有种暖暖的感觉。

老太太扯了扯嘴角像是要笑的样子，"可不是就和小孩子没两样么。他那人啊，嘴巴挺毒，我不会笑，就是勉强笑了也不好看，他啊老是笑话我，我还因为这个哭了好多次。但是每一次都是让他哄好的。他喜欢唱歌，也教我唱，他总是跟我说：'哎呀，别看你笑得丑，唱起歌来还是蛮好听的嘛。'我那时候一直以为他还是在笑话我，总是跟他打，差点就结下了仇。可是啊，这打来打去却打出了感情，后来我们结婚，我问他怎么老是爱笑话我，他说看我整天就一个表情，就想看看我其他表情什么样，所以老是闹腾我，闹着闹着就喜欢上这种感觉了，还说其实我唱的歌真的很好听，他特别喜欢，他觉得只有我的歌声才能与他的歌声合得起来，有种共鸣感。也许啊，就是这个感觉吧，才让我们最终走到了一起。"

老太太顿了顿，抬手摸摸脖子上的丝巾，目光变得十分的温柔，"那个年代都不知道什么叫浪漫，他就学人家给我买了这条丝巾，自己省吃俭用了半年多才买了回来，那段时间我还在奇怪，怎么他就瘦了那么多，我知道了后还骂过他，说要把丝巾卖掉，最后还是他拦着，说再卖掉就不值钱了，他不是白省了那么长时间了吗，那时候气得我想打他，可他无赖地腆着个脸，说着好听的话，还是没下去手，这条丝巾跟了我这么多年，就是现在条件好了也舍不得换掉它。我俩这一辈子啊，吵吵闹闹过来的，把我惹急了呢，就唱歌给我听，我听了啊再大的气也消了，心里啊就慢慢舒服了，那时候他刚把我哄好了，就又笑话我，'你看吧，你还是少了我不行吧，生气样子那么丑，也就只有我才敢要你。'就这样我们走完了大半辈子，老头子走的时候，还不忘了跟我贫，'老天终于开眼了，我气了你大半辈子，要把我收走，让你过几天舒坦日子。'可能是我哭得太凶把他惊着了，他拍着我说：'我啊就是去给你探探路，在上面啊给你找个你喜欢的地方，搭个小屋，把屋里都收拾好了，就叫你上去跟我过,我都抓了你一辈子了,怎么可能最后放手呢,你就在这啊等着,过几天没有我气你的舒坦日子,等我都准备好了,下来叫你的时候啊,你想过舒坦日子都没有啦……'"老太太看了看林琅,才发现,林琅眼睛里盈满了泪水,"傻孩子,哭什么,这么长时间我也看开了,我就等着老头子来接我呢……这几天老是梦到他,想起我们以前的事。"老太太看着天边的夕阳,橘黄色的阳光打在老太太的脸上,恍惚间,林琅看到老太太的脸上绽放了一个很美很美的笑容,一眨眼,这笑容又消失不见。看着依旧一脸严肃的老太太,林琅有些明白了,老太太的心是在微笑吧?她的灵魂是在微笑吧?她不后悔遇见那个人,不怨那个人先她而去,她一直一直深爱着那个人吧!

"孩子,我很喜欢你的歌,能再唱一遍给我听吗?"老太太的眼睛里盛满着深情与怀念,她期待地看着林琅。

"我终于翱翔,用心凝望不害怕,哪里会有风,就飞多远吧。隐形的翅膀,让梦恒久比天长,留一个愿望让自己想象……"老太太所说的,听这歌很舒服,是因为自己给轩轩唱的时候,里面所包含着满满的祝福和真情吧,就像是,那个人给老太太唱歌时,满含着对老太太的拳拳深情。那么这首歌就是祝福他们下一世也能相遇,相知,相爱,相守……

"孩子,不早了,回去吧。"老太太听完了林琅的歌,拍拍她的手,作为道别,自己摇着轮椅就要回去。

"我送你回去吧。"林琅起身,握住轮椅的把手,老太太却摇了摇头,"我还没有老到自己回不去了,孩子,不用管我。"说完便自己摇着轮椅走远了。

林琅目送着老太太的背影离去,直到再也看不见才转身离去。回到轩轩的病房外,看到轩轩还在熟睡,轩轩的母亲看到林琅有点诧异,"林小姐,你不是走了吗?"

"阿姨不要那么客气,叫我小琅就好,我刚刚去熟悉了一下医院的环境,我担心轩轩,不想离开医院。"林琅笑着对轩轩母亲解释。

轩轩母亲带着感激对林琅说"我们很感谢你能对轩轩这么上心,但是天也不早了,你一个姑娘家的,晚上在外面总归不安全的。"

林琅低着头不大好意思地说:"其实,我还没有地方住。来的时候很匆忙,什么都没有准备……"

轩轩母亲笑了,"你这孩子,不早说,轩轩屋里还有两张床呢,平时我们都是一个人守着轩轩,一个人睡觉的,正好空着一张床位,你要是不嫌弃啊,就睡那吧。"说着,便拉着林琅走到那张空床前。"不嫌弃不嫌弃,我正好想多守着轩轩一会儿,这下好了,我可以一直看着他了。"林琅对这样的安排颇为满意,她就是想多跟轩轩待会儿。

晚上,林琅陪着轩轩母亲熬了会儿夜就撑不住了,抱歉地跟轩轩母亲说了一声就去睡觉了,这一天发生了太多事,林琅十分疲倦,几乎是沾着枕头就睡了过去。很快,就迎来了第二天。

林琅刚刚睁开眼睛,"琅姐姐醒啦!"林琅坐起来,看向轩轩。轩轩的脸色好转了很多,有了些血色,精神也恢复过来了。林琅下床走到轩轩床边坐下,"轩轩感觉怎么样?还有没有不舒服?""琅姐姐不用担心哦,轩轩感觉很好哦!现在我饿得能吃下一大头牛呢!"轩轩边说着,还用手比画了一个大大的圆,来形容他所说的牛有多大。大家听到轩轩的话都笑了,几人吃过饭后,轩轩爸爸去工作,临走前还特意去用短短的胡子扎扎轩轩的小脸,弄得轩轩大声地叫起来:"爸爸又扎我,好痒啊!"但是轩轩嘴里这么说,却没有躲开,任由爸爸扎着自己的脸,只是抬手拍拍爸爸,"爸爸,你再不走就又要迟到啦!""嗯,爸爸走了,轩轩再见。"轩轩冲着爸爸挥挥手:"爸爸再见,下班早点回来哦……"

如果不是医院里的消毒水味道如此刺鼻无法让人忽略的话,林琅真的有种这就是在家里的感觉。

"小琅,帮我照顾一下轩轩,我出去买些水果,一会儿就回来。"

"阿姨,你放心吧,上午轩轩没有检查,其他小活我还是能干好的。"林琅知道上午轩轩待在病房里,也没有检查化疗什么的,照看轩轩很轻松。

"轩轩你要听姐姐的话哦。""妈妈,我会乖乖地听琅姐姐的话的!"

得到了轩轩的保证,轩轩妈妈放心地走了,这下房间里就只剩下了轩轩和林琅,一个小孩和一个大小孩,两人玩得不亦乐乎,什么开小汽车啦,什么跳棋啦,两个人还拿着飞机玩飞机大战。轩轩还有两把宝剑,轩轩还为这两把宝剑起了名字,红色剑柄的叫"烈焰剑",蓝色剑柄的叫"冰魄剑"。

林琅手拿冰魄剑,轩轩手拿烈焰剑,两人扮起了武侠里的侠客和盗贼。

"小贼,哪里跑!"轩轩一手掐腰,手中烈焰剑十分有气势地一挥,"本公子,早已设下天罗地网,你跑不掉啦!"

"大侠饶命,小的上有八十老母,下有三岁小儿,求大侠饶过小的吧!小的再也不敢了!"林琅苦着脸把手中的剑一丢,大呼求饶。

"既然如此，本公子心善，就饶了你这一次，速把赃物交出，回家去吧。"轩轩有模有样地把剑一撇。

"小的谢过大侠！"

两人玩累了就在床上并排躺着，"琅姐姐，我好久没有像今天这么高兴了。自从我知道，爸爸妈妈为了我那么拼命后，我就每天都不想让他们担心，就一直冲着他们笑，其实我真的很疼。"

"轩轩……"林琅开了口，却不知道该怎么接轩轩的话，只能伸手揽着他，让他靠在自己怀里。

"琅姐姐，一开始的时候我不知道，爸妈是那么辛苦的，我老是哭，让他们那么担心。有一回，我偷偷跑出去，藏到五楼，不想再去做那个很疼很疼的检查，我看见一个阿姨在打扫卫生，那么大的地方，我看着她一个人从五楼一直打扫到一楼，我很好奇就去问了那个阿姨，就只有她一个人吗？那个阿姨告诉我，就只有她一个人。我在家的时候也打扫过卫生，只有好小好小的一部分，就把我累得不行了，我不知道为什么要让那个阿姨一个人打扫那么大的地方，是因为阿姨做错了事才被惩罚的吗？我就是这么问的阿姨，可是阿姨告诉我说，是她自己要打扫这么多地方的。后来我还听见那个阿姨在自己跟自己说能打扫得多一点，工资就会高一些，自己女儿就可以有钱去上学了。那个时候，我听了觉得心里好难受好难受。那天我还是没有躲过那个检查，无论我怎么哭闹，爸妈还是把我抱了进去，我讨厌他们，我讨厌他们让我喝很苦的药，做很疼很疼的检查，还不准我出去玩，也不让我跑不让我跳，那时候真是讨厌死他们了。"轩轩的声音有些沙哑，林琅替他擦擦眼泪，听他继续说："后来我又碰到了那个阿姨，妈妈在我旁边，跟那个阿姨打了声招呼，那个阿姨说这就是你孩子呀，挺可爱的，你们借的钱有着落了吗？妈妈当时笑了一下，摇了摇头，那个阿姨叹了口气，咱们都是苦命人啊。我那时候什么都不懂，也没有看出来妈妈虽然笑了，其实是很难过很难过的。后来，有一次爸爸妈妈都不在，爸爸的手机放在床上没有拿走，手机来了电话，我看着号码很熟，就接了起来，电话一接起来里面的人就说：'今天该还钱了吧，你已经拖了这么长时间了，'琅姐姐，我那时候一点儿都没有反应过来，电话那边的人就吼了起来'我容你够久了，你再不还钱，自有办法对付你！'说完就挂了电话。我当时真的被吓到了，直到爸妈回来，我告诉爸爸有人给他打电话，我偷偷地跟在爸爸后面，听到爸爸对电话里的人叫三哥，还边说边点头，我不知道电话里那个人说了什么，只听见爸爸不停地说'好'，那时候，我好像明白了什么，但是说不出来那种感觉。琅姐姐，那时候我心里好难受，感觉就像喘不上气了一样。"轩轩窝在林琅的怀里，闷声地说："我不知道该怎么办，我突然想起那个阿姨，我当时能想到的只有那个阿姨了，我从三楼跑到五楼，又从五楼下到一楼，就是找不到，最后看到她在一个没有人走的楼梯口那吃馒头，我跑过去问她，我爸妈怎么了，她抬起头看看我，说：'是你啊，你妈妈呢？'我又问她，我爸妈怎么了，她好像不懂我的意思，可是琅姐姐，那时候我也不知道我要说什么，那个阿姨问我怎么了，我就把那件事告诉她了，她摸摸我头说：'你爸爸妈妈很爱你，他们很辛苦，都是为了给你治病，你要好好地听他们的话，不然他们会很伤心的，你懂吗？'我好像是明白了，琅姐姐，那时候我就决定了，我要好好地听爸妈的话，我知道那种难受，我不想让他们比我还难受。"

林琅使劲地仰起头，不想在小孩子面前哭，可惜眼泪是个不听话的"小孩子"怎么也忍不下去，原来这个孩子心里这么苦。林琅不知道自己还能安慰轩轩什么，"琅姐姐，说出来我真的轻松多了。"看着很快就从低落的情绪里缓过来的轩轩，林琅很认真地直视着轩轩，"轩轩，你有我们，我们会一直陪你走下去的。"

轩轩重重地点了下头，"嗯，琅姐姐，我一直都知道的。"

"我们拉钩好不好，你是小男子汉，要一直坚强哦！"林琅伸出小指头，举到轩轩面前，轩轩也把自己的小指跟林琅的指头勾在一起，"拉钩上吊，一百年，不许变，盖章！"糯糯的童音和清亮的女声和在一起，许下一个承诺。

"琅姐姐，你也给我讲讲你的爸爸妈妈好不好？"轩轩摇摇林琅的手臂，"好啊，轩轩想听，姐姐就给轩轩讲。"

"嗯，轩轩会认真听的。"

"我从小就没有见过我爸爸，家里连他的照片都没有，我只知道他姓林，我肯定是随他的姓吧！不然我就应该姓玉了，我妈妈叫玉静，是个公司的总经理，她总是很忙，也没时间管我。昨天我还跟她吵了一架，她不同意我跑这么远的。但是一气之下我就自己跑过来了。"林琅说着，还耸耸肩，一副无所谓的态度，"琅姐姐的妈妈不知道琅姐姐来这吗？那她是不是会很着急啊？"林琅眨眨眼，"可能吧。"也许她会很担心自己吧，但是自己又不是不回去了，到时候回去不就行了，"琅姐姐快跟妈妈说一声啊！"林琅撇撇嘴，对轩轩说："没那个必要啦，我到时候就回去了。"谁知平常乖巧的轩轩却执意要林琅去说一声，林琅有些不乐意，"轩轩，为什么非要让我说啊？"轩轩定定地看着林琅，"琅姐姐，我以前有一次在外面玩到很晚才回家，到家门口之后，发现爸妈都不在，我只好在外面等，过了好长时间，我听到妈妈的哭声从不远的地方传过来，很模糊地听见妈妈叫我的名字，我就跑过去了，可是见到妈妈后，妈妈抱着我哭，我那时候不知道发生什么了，但是我还是感觉到妈妈很害怕很害怕。我觉得，琅姐姐的妈妈也一定会害怕的。"虽然林琅对轩轩的话有点儿不大明白，但还是依了轩轩。

拿出手机才发现，从昨天到现在自己就一直关机，按下开机键，过了半分钟刚刚启动了手机，就收到了好多短信，震动响个不停，林琅不耐烦地打开，发现都是玉静发过来的，打开第一条：10：56分，"你妈妈在中心医院抢救，你在哪，快过来！"林琅突然想起了玉静手上的淋漓鲜血，和自己推的那一下，心里蓦地开始恐慌，林琅手微微颤抖地打开第二条：11：34分，"为什么不接电话，你妈妈现在情况很危险，需要大量输血！"砰的一声，手机掉在了床上，林琅突然就明白了自己在车上那种突然跟病了一样的感觉是为什么了，是感觉到妈妈要离自己而去了吗？林琅满脑子都是"病危"两字和玉静倒在血泊里的样子。林琅的眼睛越睁越大，巨大的恐惧感淹没了林琅，玉静不在了、不在了，没有人再无条件地宠她了，她已经没有爸爸了，难道还要失去妈妈吗，她脑袋里的那根弦越绷越紧，就要崩断的时候，"琅姐姐，后面还有好多条短信。"轩轩把手机递到林琅面前，林琅连忙打开后面的短信。

13：17分，"你妈妈脱离危险了，还在昏迷，需要人照顾，你看到短信的话就尽快赶过来吧。她在520房间。"

14：43分，"你妈妈的公司来人了，你到底在哪？"

01：52分，"小琅，别担心，妈妈没事了，你放心吧。"

02：39分，"小琅，你在哪？为什么打电话一直关机，你看到短信马上给妈妈回个电话好不好？"

03：12分，"小琅，你到底去哪了？妈妈好担心你。"

04：02分，"小琅，都是妈妈不好，不要和妈妈生气了好不好？"

05：32分，"小琅，妈妈真的不是故意的，妈妈错了，小琅不要跟我置气了好不好？"

……直到早上六点多还有玉静的短信，林琅拨通玉静的电话，"嘟……嘟……"

"小琅，你没事吧？"

为什么一开口就先问我有没有事，明明是我把她害成这样，为什么她都不怨我。电话那边的玉静没有听到回声便着急地叫着："小琅，你怎么了，小琅……""你不怨我把你害得差点没命吗……""傻孩子，你没事就好，这件事是妈妈自己不小心，不关你的事的。"听到玉静的话，林琅突然就激动起来，"你胡说，就是我推的你，要不是我，要不是我，你怎么会……你为什么不怨我，为什么？""你是我女儿啊，我怎么舍得怨你……"

林琅的心脏仿佛被狠狠地击中了，那块最为柔软的地方，林琅拼命地忍住哽咽的声音，"嗯，我没事，你好好休息吧，我很快就回去。"没有给玉静回应的时间，林琅就挂断了电话，而玉静还想说些什么，但是最重要的是确认林琅平安。

"琅姐姐，你怎么啦？"轩轩扯扯林琅的衣角，"姐姐没事，姐姐只是想起了很多事，刚才轩轩不是想听我妈妈的事吗？我讲给轩轩听好不好？""嗯嗯。"

"姐姐小时候啊……"

林琅眼前闪过很多很多玉静和自己的画面。

"乖，小琅不哭，我们不打针，不打针，妈妈去给小琅买糖吃好不好？"玉静抱着只有四五岁的林琅，边哄边走进了医院大门，领到了两颗白白的"糖果"，小林琅边吃，边被妈妈抱进了疫苗室……

林琅被妈妈说了，一副不乐意的样子站在门边，扶着门缝，妈妈一关门就夹到了她的手，"哇……哇……"，林琅号啕大哭，吓得妈妈抱起她开门就跑，完全忘记自己仪容邋遢，妈妈是个多注重形象的人啊……

八岁的时候，林琅食物中毒，半夜一点多上吐下泻，楼下的诊所没法化验，妈妈只好在寒风中等了足足一个小时的出租车，那时候妈妈只是个小员工，没有自己的车，也不会开车。到了医院，又折腾近一个小时，她才终于安稳下来。而妈妈一直守着她，直到天明。

初中，正是妈妈升职的最关键的时候，她半夜里起来，都能看见妈妈在电脑上敲着什么，看见她醒来，妈妈以为吵到了她睡觉。妈妈还经常去现热一杯牛奶给她,让她喝完再去睡觉,那时候不觉得有什么,可是现在想想,妈妈那时候是怎么挺过去的,企业竞争那么激烈,妈妈是怎样一边工作,一边照顾她的?

轩轩有些乏了,哄他睡着后,林琅就继续回想。

到了高中和大学,她和妈妈就天天吵架,一天都没消停过,都是她在无理取闹,可是妈妈却从来没有真的因为和她吵架而生过气,都是为了她不爱惜身体、熬夜、通宵、打架才生气……她让妈妈很难过吧,毕竟她太过分了,为什么她之前就那么偏激,一言不合就吵架,从不跟妈妈好好地谈谈。林琅自己清楚,自己性格的两个极端性,但是最柔软的地方不应该是留给亲人的吗? 为什么偏偏对妈妈那么偏激?

林琅看着轩轩稚嫩的小脸,想起早上轩轩爸爸跟轩轩道别的一幕,像是一道闪电划过了林琅的脑海,或许就是因为这个吧。

林琅小时候就渴望有个爸爸,能够让她坐在爸爸的脖子上,驮着她玩骑马,她一直怨妈妈,为什么她没有爸爸,问妈妈的时候,妈妈也不说,久而之,她就认为是妈妈让她没有了爸爸,然后就开始怨她,一直怨到把心里最偏执的一面对准了玉静。而这次之后,林琅体会到那种失去亲人的痛苦和恐惧,而轩轩对父母的爱与理解,老人对老伴的不悔深情,打扫卫生的阿姨和轩轩父母对儿女的深爱,始终触动着林琅的心,而这些终于让她想开了,爱,无论是什么爱,都是这世间至真、至善、至美的感情,妈妈这两个字不再只是一个称呼,它代表的情义是无法简单描述的,而玉静,渐渐地回到了林琅心中最柔软的地方。

很快血样的配型和各项指标都完成了,手术定在林琅来这儿的第三天。

这天林琅鼓励过轩轩后,就去服下了增加造血干细胞的药,等待着手术的来临。

林琅坐在手术室外的长椅上,3号手术室从里面打开了门,医生出来对着外面的家属摇了摇头,铺着白色布的急救床从里面被推出来,林琅下意识地看向那位已经死去的患者,在白布的边缘,一角褪色的丝巾露出。林琅心中一痛,是那位老太太! 林琅突然想起来老太太对自己说过,她老是梦见她的老伴,也许那时候,已经感觉到了自己大限将至了吧。林琅的眼睛微微有些湿润,在心里默默地对老太太许下祝福。

林琅送轩轩进了手术室,开始漫长的等待。尽管林琅是来捐献造血干细胞的,但这些轩轩并不知道,轩轩只是以为这个姐姐是来陪伴他的好心人,林琅并不在乎这些轩轩知不知道,她现在只想轩轩好好的。

手术结束,医生宣布手术成功!

林琅守在轩轩床边,直到轩轩醒来,看到脸色明显好转的轩轩,林琅总算是放下了心里的大石头。又陪伴了轩轩一天后,林琅踏上了回学校的路。

回到学校,翻出玉静买的那条白裙子,林琅细细地抚平上面的小褶皱,戴上那五只刻了"琅"字的镯子,穿上去年圣诞玉静送的精美的鞋。将自己打理好之后,林琅拦车直奔中心医院。

林琅在玉静的病房门外,犹豫地握住门把手,深吸了一口气,推开房门。

林琅推开门的一刹那,玉静也抬起头来,四目相交。林琅走进房间,走向玉静,"妈,我回来了,"林琅握起玉静的手,"想你了。"

玉静的眼中瞬间放出了明亮的光,她的女儿,终于肯接受自己了,玉静回握住林琅的手,"嗯。"

窗外的阳光静静地打进来,照在林琅的衣服上,在地面上形成斑驳的光影。房间里暖暖的,满是浓浓深情。

林琅突然想起这个房间的号码"520"——"我爱你,妈妈。"

（本文获滨州学院品牌专业汉语言文学首届文学作品原创大赛二等奖）

山水情缘

16 跨中文本 1　徐　莹

阳春三月,柳吐新芽。几只燕子衔泥从湖面略过,点得水面漾开一道道水纹。

"吴良辅,你看,这儿景致不错呢!"

一个少年手持折扇立在一叶小舟之上,随微风荡漾于碧波中央,对跟在身后的随从说道。

"是啊，正值初春，景色正好。"吴良辅点头应答。

少年神情突然有些不愉快，"唰"地收起扇子，眉头微皱，语气闷闷：

"皇额娘每天把我锁在宫里，又是念书，又是批奏折，烦都快烦死了，在宫外，随便找一个地方，都比那个大牢笼强不知多少倍！"

这个少年，便是顺治皇帝——爱新觉罗·福临。六岁时便在孝庄皇太后的扶持下登上皇位，孝庄皇太后对他期望甚大，但他却一直不能体会太后的良苦用心。

"皇上，太后娘娘也是为您着想。"

吴良辅在顺治身后轻声劝着，"您年幼登基，太后娘娘为此付出了很多啊！"

顺治突然回身瞪他一眼，

"这还用你说！"

"是，奴才多嘴！"吴良辅赶紧请罪。

顺治不悦地"哼"了一声，继续把目光投向微波荡漾的湖面。

吴良辅在后面偷偷擦一把冷汗，为顺治的喜怒无常暗暗后怕，心里却在叹着气。他心里明白，这位顺治皇帝确实不容易，六岁登基，年号顺治，小小年纪便站在众生仰视的位子上掌管了整个天下。但看似高高在上，皇权却旁落于摄政王多尔衮的手中，如果不是孝庄皇太后支持皇上的心坚决，皇上的治国之路怕要更加坎坷。只是太后对皇上的要求甚严，皇上偏又是个不喜拘束的性子，对太后的管教日加不满，不胜厌烦，得空便要出宫游玩。也确实，毕竟皇上正值19岁年华，难以平心静气也在情理之中。吴良辅这样想着，也把目光投向湖面。

前方突然有女子念诗的声音悠悠飘来：

"蒹葭苍苍，白露为霜。所谓伊人，在水一方。溯洄从之，道阻且长。溯游从之，宛在水中央。"

女子声音甚是动听，再加上这周围景色秀美，顺治听着，便痴了。良久，感受到微风拂上面颊，他才回过神，马上命令船家向着声音飘来的地方加紧划船。

船行了不多远，在水面上转了一个弯，一个湖心亭映入眼帘，船行至亭边，顺治看到一个女子手捧一本诗书坐于亭内。女子身着淡蓝色衣裙，娇柔又不失清丽，她眼睛望向湖面，风吹动着鬓边发丝轻轻飞扬。

"溯洄从之,道阻且右。溯游从之,宛在水中沚。"

女子朱唇轻启,清灵的声音自亭内传开,吟诵出这动人的千古佳句,微风仿佛都因这声音的感化更加柔和,春风熏人,妙音灵动。

"果真是'所谓伊人,在水一方'。"顺治不禁痴痴地道。女子听见声音转头望来,看见一个少年正目光直直地盯着自己,顿觉有些尴尬,她站起身准备离去,顺治看到了方才察觉自己的失礼,赶紧赔笑道:

"姑娘,方才在下听见姑娘念诗,偏巧又是在下最喜欢的《诗经》,此地景色正好,配上姑娘的不凡气质,在下便深醉其中,多有冒犯,还请姑娘不要见怪。"

"是这样,"女子听完莞尔一笑,倒也不觉尴尬了,"何来什么冒犯不冒犯,误会而已,讲明便也无事了。"

顺治听完女子的话颇有些意外,他没想到这女子如此爽朗,兴致不禁又多了几分,忍不住继续问道:

"那不知姑娘可喜欢《诗经》中的《关雎》一则?"

女子一笑,道:

"《关雎》一则冲破当时的世俗眼光,肯定了男女之间自由的爱情,我也是非常喜欢的。"

顺治听了发出一声大笑,道:

"想不到姑娘观念如此大胆不俗,在下真是佩服!"

女子莞尔,行至亭边,离顺治更近。

"我只是认为,爱情本就是自由的,每个人都有追求自己所爱的权利。爱情本身也应该是纯洁无瑕、不掺杂质的。我相信,执子之手、与子偕老是每个人对于爱情最大的追求。但有时为了家族利益,为了政治利益,去选择一个不爱的人,这就违背了爱情的本质,这也不是我所希望的爱情。"

顺治听了女子的话,心里一惊,这女子身上的不凡气质以及内心中冲破世俗观念的思想大大出乎他意料,他不自觉地拍手叫好。他自幼虽在皇家长大,但喜好自由,对自由的、不受世俗牵绊的爱情更是充满了向往,如今听到一个女子三言两语便道破了他不被常人所理解、所接受的内心,心底瞬间产生深深的共鸣。

"姑娘所言,正是在下内心所想。"顺治上前一步道,"在下今日真是遇见一位知己!"

女子躬身，微笑道："知己实在不敢当，到是今日能遇见一位与自己志同道合的人，也是极为开心。"

顺治听到这话，心中产生了一个大胆的想法，他已在这短短的时间内对这位女子产生极大的兴趣，他下定决心，上前一步开口道："听姑娘言语，在下实在佩服之至，在下斗胆，可否请姑娘告知芳名，以后若再有机会，在下希望还能寻得姑娘一起谈心。"

女子笑笑，开口道："公子请上岸来吧！"

顺治赶紧命船家停船靠岸，他大踏步上岸来到亭内女子身前，顺治看着女子，不禁愣了神，远看，女子气度非凡，走近看，这女子更是有着宛若天仙的容貌，眉细而长，长睫翘起，一双眸子更似秋潭剪水，鼻子小巧挺立，朱唇皓齿，微笑间，这一片春光都被映衬得失了颜色。顺治就这样直直地盯着女子，忘记了言语。

女子眼中尴尬一闪即逝，她把手中的书递到顺治面前，顺治这才回过神，动作有些慌张地接过书，为了掩饰脸上的不自然低下头去，他目光落在手中的书上，三个清秀的字映入眼帘——乌云珠。

"乌云珠"。

顺治脱口而出轻声念道，"好名字！"

乌云珠一笑，随即抬头望望天空，惊觉晚霞已铺满天空。她微一俯身，道：

"公子，天色已晚，小女子该回家了，这书，便赠予公子留作纪念吧！"说完便转身匆匆离去了。

顺治双手捧着书，望向乌云珠匆匆离去的背影，目光迷离，半晌才回过神，他转身把吴良辅唤至面前，看着手中的书，唇边荡漾开笑意，随即抬头道：

"乌云珠，一个女子能有如此气度，定是出身不凡，你下去查一下，有了结果速来禀报于我。"

"嗻！"吴良辅躬身应道。

"乌云珠，我很喜欢。"

顺治把目光投向乌云珠离去的方向，微笑着道。

"每一天都批奏折、批奏折，烦都要烦死了！"

顺治一脚狠狠踢在案桌腿上，发泄着心中的烦躁。他刚刚在庭院内逗鹦鹉,正巧被前来探望的太后撞见,太后生气地斥责他身为一国之君,整日不理朝政,不思进取。顺治听的一肚子气,却又不敢当着太后的面发作,现在太后一走,他便扔下奏折拿桌子出气。

"奴才参见皇上!"

吴良辅匆匆忙忙跑进来。

"起来起来!"顺治不耐烦地挥挥手,走到院内一边继续逗他的鹦鹉一边问道:

"这般慌张所为何事?"

"皇上",吴良辅喘口气,躬下身。

"皇上吩咐奴才去查的乌云珠姑娘,已经有结果了,奴才特来禀报皇上。"

"真的?"

顺治顿时一脸兴奋,也顾不上逗鹦鹉了,扔掉手中的竹签,抓住吴良辅领口一脸急不可耐,"快说,快说!"

吴良辅被顺治抓得喘不上气,哀求的眼光望向顺治。

"皇上……皇上……"

顺治这才发觉自己太过着急,松开吴良辅,道:

"你慢慢说,细细说。"

吴良辅开口道:

"奴才经多方查询已证实,乌云珠姑娘,姓氏董鄂,乃是满人,为满洲正白旗,正是当今朝堂上大将军鄂硕的幼女。"

"鄂硕的幼女?"顺治疑惑。

"朕怎么没听说鄂硕有这样一位幼女?"

"皇上",吴良辅回道:

"据说这位乌云珠姑娘不是家中妻妾之女,乃是大将军在外所生。大将军非常爱那名女子,乌云珠降生之后,将军本想把那女子接入府中,奈何天意弄人,那女子暴毙途中,将军伤心之余厚葬了那女子,之后便把乌云珠接回府中,乌云珠的性格,遗传她额娘。据说她额娘也是一位思想冲破世俗的不凡女子,因此得将军深深爱慕,那女子死后,将军更是把他对那女子的思念加倍放到乌云珠身上,对这位幼女的宠爱甚至超过了嫡亲之子,只是这事,是将军的家事,便一直没有外传,所以皇上也并不知晓鄂硕将军还有这么一个幼女。"

"原来如此。"

顺治点头,随即他突然想起三年前宫中选秀的事,接着问吴良辅道:"三年前宫中选秀,鄂硕上奏说家中幼女突染疾病,不能选秀,说的可就是这位乌云珠?"

"正是啊,皇上。"

吴良辅点头回道。

"唉!"顺治忍不住发出一声长叹,他目光望向深深宫墙内的这片狭窄天空,摇头苦笑。

"是天意吗,竟让我们的缘分晚了整整三年。"

"不晚啊皇上。"

吴良辅微微笑着躬身道:

"皇上如今这不是已与乌云珠姑娘结识了吗,她还把随身带的诗书赠予了皇上,可见那日,她已经把皇上装进心里了呀!皇上还是赶快颁旨宣她进宫才是啊,倒也不负了这段妙缘。"

顺治听完,两眼瞬间放射出光彩,他大笑几声,对着吴良辅道:

"对,你说得对,那我马上禀报皇额娘,之后你就带着朕的圣旨去鄂硕府上宣乌云珠进宫!"

"嗻!"

吴良辅大声应道。

顺治想从宫外纳一个嫔妃的想法跟孝庄太后讲了之后,太后也并无反对,毕竟是大将军家的幼女,况且最重要的原因是,皇帝登基这许多年,膝下也只有三子,皇帝又一直对后宫的嫔妃了无兴趣,这次皇上终于遇见一个喜欢的女人,又是大家闺秀,知书达理,带进宫来,对绵延子嗣是大大有益。再者,与将军府结为亲家,也是更有益于皇帝控制军权,稳固朝纲的。孝庄太后经过深思熟虑之后,觉得这门亲事并无不妥,也便应了。吩咐内务府选一良辰吉日,打点好一切封妃事宜,接乌云珠进宫。

顺治十三年,乌云珠从将军府嫁进皇宫,赐居紫禁城东六宫的承乾宫。一时之间,董鄂家族,满门荣耀。

董鄂氏被封为董鄂妃后嫁进皇宫,这一消息,石破天惊,本来入宫为妃对本人、对家族已是极大荣耀,何况是初进宫就被封为"妃",因为初进宫的小主，通常都是封为"答应""常在"，最高的品阶也是"贵人"，"嫔"也不曾有过，初进宫便封妃，更是史无前例，可见皇上心里对这位新妃的重视。

一切繁文缛节过后，乌云珠坐在了乾清宫。她一直不解，除了封后要行正常典礼，女子被封为妃，只需面见皇上、太后、皇后，接下来便搬到自己寝宫便是。可是，自己被封妃，完全是按照正规婚娶礼仪进行，甚至拜了天地，现在又被送入"洞房"。不过，她也没有什么心思在这些方面上考虑许多。这几天，她心里一直闷闷的，皇上突然下旨，全家人措手不及，对这道圣旨不知是该悲还是该喜。三年前因疾病错过选秀时间，乌云珠心里是高兴的，因为，她心中所想的如意郎君，是一个可以和她携手共度人生的男子，而这个男子，绝不可能是皇上。皇宫里，钩心斗角太多，皇上，是这天下最不可能专情的人，乌云珠不求一生荣华富贵，只愿得一有缘人，一起相守白头，一生从容静好。这几年，她一直在寻找她的有缘人，奈何一直无果，现在一道圣旨，彻底打破了她对生活的规划。全家人心中也一直疑惑不解，皇上为何突然下旨，要封乌云珠为妃。然而圣意，又岂是他们能够揣度的。

临行前一日，下午阳光很好，乌云珠站在一座小桥之上望着随水流缓缓而去的花瓣，眼神中写满了忧愁。鄂硕在桥下看到她，踱步到她身边握住她的手，她站在阿玛身前，从阿玛微红的眼圈中读出了深深的不舍。

"婉儿……"

阿玛拉着她的手，唤着她的乳名。声音未至，眼泪已先滚滚而下。

乌云珠握着阿玛的手，看着阿玛皱纹日益增添的脸，也忍不住落下泪来。

阿玛为乌云珠抹去泪水，换上一副笑脸：

"婉儿，你这一进宫，我们父女不知要何时才能再相见，今天，谁都不许哭，我们，就开开心心地说些体己话。"

说着将乌云珠带到桥下的一个小亭中面对面坐下。

乌云珠坐好，忍住泪水，勉强对阿玛露出一个微笑。

"婉儿。"

阿玛笑着道：

"一转眼，你已经长大，要嫁人了，还是要嫁进皇宫，按理说，我们应该高兴，可是，你的性子我是知道的，这门亲事，你要是不愿意，阿玛还是可以再去想办法的。"

"阿玛不必了。"

乌云珠摇摇头,道:

"皇上的圣旨已下,我们只有遵从,女儿既然命中注定要如此,女儿便从接旨的那一刻就已接受。"

鄂硕听到这儿,忍不住又落下泪来。

"当初你娘去的时候,紧紧抓着我的手,要我给你快乐的人生,婉儿,阿玛怕你不开心,怕你娘在九泉之下也不安心啊!"

乌云珠笑着紧握鄂硕的手。

"女儿很开心,女儿嫁进皇宫,阿玛的脸上也有光,我们整个家族都增添光荣,女儿觉得值了。"

"真是委屈你了。"

鄂硕听到这话更加心疼。

乌云珠笑着摇摇头。

鄂硕这时收起了满面伤心,换上严肃的表情,他长叹一口气,开始对乌云珠讲述进宫之后要注意的事宜。

"婉儿,既然你已决定,那进宫之后便要万事多加小心注意,宫中不比家里,繁文缛节甚多,一不小心就会犯错,严重的甚至会丢掉性命。"

乌云珠认真听着,鄂硕仰头看看天空接着道:

"你进宫是皇上钦点,这一点,就足以让宫中众多人注意到你。进宫后,能得到皇上宠爱自是最好,但若皇上日后冷落了你,你切记,万万不可为了争宠不顾一切。你要想着,身在皇宫,保全自身才是最为重要的,你明白吗?"

乌云珠轻轻点头。

"阿玛,你放心,这些我都明白。"

"不。"

鄂硕摇头。

"你是不知道宫中残酷的生存之道,这皇上的宠爱,是把双刃剑,它会给你带来荣耀,也会在顷刻之间将你毁于旦夕。你在做任何事之前,切记定要经过深思熟虑,好生把握分寸,关于这一点,阿玛相信你能做到。"

乌云珠点头。

"女儿明白,女儿这一进宫,便与家族连为一体,身上的一切都关乎整个家族，一荣俱荣，一损俱损，女儿定会步步小心，不让阿玛再为女儿操心。"

鄂硕笑着摇摇头。

"这为人父母的，哪有不为子女操心的，婉儿，只要你过得好，阿玛，也无欲无求了。"

乌云珠眼神坚定地点点头。

"阿玛，放心。"

昨晚的一切都历历在目，乌云珠双手紧握，心里默默想："阿玛，您的话女儿谨记在心，您放心，女儿一定会好好的。"

开门声突然响起，乌云珠赶紧坐好，感觉来人离自己越来越近，她心跳也越来越快。

"怎么，紧张了？"来人笑着问道。

声音一出，乌云珠感觉到了一种熟悉感，随即又笑自己，自己跟皇上从未谋面，怎么会熟悉呢，许是自己想太多了。乌云珠想着，轻轻摇了摇头。

"浑身都紧绷成这样了，还不紧张？"顺治笑道。

其实，他自己的内心也是激动无比的，如今，一生中所求的佳人就在眼前，并且已成为他的新娘，他怎会不激动呢。顺治按捺住激动，拿起喜秤，轻轻挑起了新娘的喜帕。映入眼帘的是一张震惊的脸。

乌云珠感受到皇上的动作，在喜帕被挑起的那一刻，她惊住了。

"是你！"

乌云珠一看竟是那日在湖心亭上遇见的那位公子，心中震惊无比，没想到，他就是当今圣上，一声惊呼脱口而出。随即想到了阿玛临行前的嘱咐，意识到自己的失礼，赶紧跪下请罪：

"皇上恕罪，臣妾不是有意冒犯。"

顺治看她竟紧张成这样子，不禁觉得好笑，赶紧扶起她，笑道：

"赶快起来，这有什么，我有这么可怕吗，连你都紧张成这样子，这可不是当日我遇见的端庄大方、对爱情侃侃而谈的乌云珠！"

乌云珠听了这话，心下安定了些，站了起来。

"臣妾是太震惊了，没想到，当日遇见的与自己交过心的公子，就是皇上。"

"哈哈哈！"

顺治大笑几声。

"怪我,当日对你隐瞒身份,吓到你了。"

乌云珠笑着摇摇头。她突然意识到顺治对她的称呼是"我",而不是"朕",但想到阿玛的话,便也没多说什么。

她看顺治还站着,便开口:

"皇上……"

"不要叫皇上。"

顺治将她的话打断,"叫我福临,以后在我面前也不要自称臣妾,称'我'。"

乌云珠大惊,福临是皇上名字,身为宫中嫔妃,怎可直呼皇上名讳,于是道:

"皇上,这样不合规矩。"

"有什么不合规矩的。"顺治无所谓地笑笑。

"宫里的规矩还不是我说了算,你看,我在你面前还不是自称为'我'吗!"

乌云珠还在犹豫,顺治已抢先开口。

"这是圣旨,难道,你想抗旨不成?"

乌云珠看着顺治明明是威胁却满是温暖笑意的脸,缓缓开口:

"福临。"

"这就对了!"

顺治大笑,开心之余还抱着乌云珠转了几圈,看着乌云珠惊慌的脸,这才把她放下。

顺治扶着乌云珠,把她带到床前坐下,搂她在自己怀里,笑着轻声道:

"乌云珠,你知道吗,我虽然是皇上,后宫妃嫔无数,可是我都不喜欢。我一直在寻找一个能让我与她产生生命共鸣的女子,然后娶她为妻,一生一世,只爱她一个人。这么多年了,却一直寻佳人而不得,今天,我终于找到了,那个人,就是你,是你,乌云珠。你就是我这一生唯一的妻子,所以,今天,我给了你一个隆重的婚礼,我要让全天下都知道,我这辈子,只爱你一人。"

顺治眼睛直直地盯着乌云珠。

"我用我的生命起誓,这辈子,我绝对不会负了乌云珠。"

乌云珠的眼中,充满震惊,她没想到,顺治竟痴情如此,她听了他的话,真的被他感动了,这个皇帝真的跟别的皇帝不一样。她突然开始相信,福临,也许就是自己一直在寻找的有缘人，只是上天给他们安排了一种特殊的方式在一起。

乌云珠就这样靠在顺治怀里，眼中的震惊渐渐散去，取而代之的是一层化不开的温柔，她突然觉得，福临的胸膛很温暖，能给自己安全感，她突然开始留恋这怀抱。

顺治把她抱到床上，放下了纱帐，此刻的幸福，是只属于他们两个人的。

第二日，二人起床后，按宫中规矩要给太后请安敬茶，再给皇后请安。顺治本想多睡一会儿，可乌云珠提醒他给长辈尽孝万不可耽误，顺治无奈，跟着乌云珠早早起了床。一边穿衣一边开玩笑地夸赞乌云珠的孝心。

乌云珠说：

"请安看似简单，可要注意的事很多，我听说你跟太后关系一直不好，要改善关系，便可从请安开始。"

顺治摸摸她柔顺的头发，笑道：

"乌云珠，还是你想得周到，你真是体贴。"

乌云珠上前捂住他的嘴，笑道：

"福临，你要我不称你为'皇上'而是'福临'，那你也不要叫我'乌云珠'，在家的时候，阿玛一直唤我乳名'婉儿'，如今你我结为夫妻，是至亲至爱之人，你便也唤我'婉儿'吧！"

"婉儿。"

顺治轻唤一声，乌云珠笑着点头答应。

顺治脸上绽开幸福的笑，伸手将乌云珠抱在怀里，轻轻道：

"婉儿，我喜欢。"

早上去慈宁宫请安过后，果真如乌云珠所说，太后见二人新婚第二日便谨守规矩，心中甚是满意。太后心下对乌云珠也多了几分欢喜，乌云珠不愧为将军府出身，一言一行大方得体，也非常知书达理，甚至更优于后宫中进宫多年的一众妃嫔，她也不由得对顺治的眼光多了几分赞赏。

顺治十三年八月二十五日，董鄂妃赐封号贤妃，同年九月，以"敏慧端良，未有出董鄂氏之上"为由晋封贤妃为皇贵妃，十二月初六举行封妃大典，颁布诏书，大赦天下。董鄂氏家族荣耀达到顶峰。

封妃大典过后，顺治与乌云珠并没有回到承乾宫，二人趁月色正好，乘兴携手缓缓行于御花园小路上，前方拐弯处出现一个凉亭，二人便进到凉亭内小坐。

"婉儿。"

顺治将乌云珠搂在怀中。

"还记得吗,你我初识,便是在一个凉亭内。"

乌云珠温柔地笑。

"怎会不记得,还要记一辈子。"

顺治在乌云珠额头轻轻印下一吻,缓缓道:

"我说过,今生今世只对你一人好,将我所有的爱都给你一人,如今,终于做到了,你可喜欢?"

"我喜欢。"

乌云珠靠在顺治怀里,冬日天寒,可乌云珠却觉得满是温暖,她微笑着道:

"福临,我很喜欢,可是,荣耀太多,我怕我承受不起。"

"怕什么。"

顺治轻轻拍着她的背。

"有我在呢,我会永远保护你,任何人,任何事,都不能伤害你。"

"福临。"

乌云珠突然抬起头,道:

"我要你答应我一件事。"

顺治看着她认真严肃的表情,不由觉得好笑,温柔地道:

"你说,别说是一件事,就是一百件、一千件、一万件我也答应你,你说吧,什么事?"

乌云珠神情认真:

"我要你答应我,以后,不能专爱我一个,后宫嫔妃,你都要顾及。"

顺治以为乌云珠在开玩笑,笑着道:

"原来,我的婉儿这么大方。"

乌云珠坐直身体。

"福临,我是认真的。"

顺治看乌云珠也不像是在开玩笑,便看着她,等她说下去。

乌云珠道:

"福临,你是皇帝,我知道你对我的心意,我便很满足了,但你终究是一国之君,你有整个后宫,我不想做独断专宠的妃子,如今,你已经对我付出太多,我很开心了。"

顺治淡淡道:

"你说的,都是真的?"

"真的。"

乌云珠深情严肃地应道。

"好婉儿。"

顺治捧着乌云珠的脸,将她的额头抵在自己额头上,伸手抚着她的头。

"真不愧是我的婉儿,我们大清的贤妃,如此贤良淑德,只是,我这样做,怕是委屈了你,而且我们成亲当日,我答应过你,今生绝不负你。"

"你没有负我。"

乌云珠笑着道。

"福临,你是一国之君,能为我做到如此,早已足够。"

"好婉儿。"

顺治将乌云珠更紧地抱在怀中,有妻如此,夫复何求。

"但是,福临,你还要答应我一件事。"

乌云珠抬起头来看着顺治的眼睛道。

"你说。"

顺治笑着说。

"福临,我不想做被你临幸的妃子。"

乌云珠顿了顿,继续道:

"我想做你的妻子,真真正正的妻子,所以,如果要跟我在一起,你要到承乾宫来找我,我不要去乾清宫接受你的临幸。"

"好。"

顺治刮刮乌云珠的鼻尖,宠溺地看着她,笑着道:"只要你开心,都依你。我说过,在我心里,你也是我爱新觉罗·福临这一生唯一的妻子。"

月光透过树枝投在地面,缓缓泻于相拥在一起的二人身上。此刻,真是良辰美景呢。

第二日慈宁宫内。

"臣妾参见太后,太后千岁千岁千千岁。"

"平身吧。"太后微笑着看着乌云珠道。

"赐座。"

乌云珠轻俯身：

"谢太后。"

"封为皇贵妃之后，可有什么不适应？"太后关切地问。

"回太后，一切都好。"乌云珠微笑着答。

"是啊，这么大的荣耀，哪有不适应的道理。"

太后说道，语气里明显有了一些别的意味。其实她对于封乌云珠为皇贵妃是非常反对的。一般后宫妃嫔封为"妃"最少也是要等进宫三年后的，乌云珠初进宫便被封为妃，已是大大不合适，何况这半年不到，便赐封号"贤"，成为贤妃，接着又被封为"皇贵妃"，这已是从古到今绝无仅有的事，何况顺治还在封妃大典上做了许多逾越礼制的事。

太后接着道：

"这皇帝可真是把你宠上天了，如今，是抛下整个后宫专宠你一人了吧。"

"臣妾不敢。"乌云珠平静地道。

"臣妾万不敢独承皇上宠爱，做后宫专宠的妃嫔。臣妾昨日于封妃大典过后劝说皇上，后宫妃嫔要雨露均沾，如此方能欣欣向荣，皇上也认同臣妾的想法，所以请太后放心，臣妾绝对不会独享皇上之爱。"

"真的？"

太后不敢置信地问。

"臣妾万不敢欺瞒太后。"乌云珠道。

太后面上现出几分喜色。

"哀家想不到，你竟是如此深明大义。"

乌云珠依旧不卑不亢：

"太后过奖，这一切，都是臣妾应当所为。"

"好，好。"太后笑道。

"难为你一大早便来给哀家请安，这时间也不早了，你也快回寝宫休息休息吧，照顾好身子，早日给皇上和哀家生个小阿哥才是。"

"是，臣妾谨遵太后教诲。"乌云珠起身，微笑着道。

宫中生活多寂寞，但身边有爱人陪伴，顺治和乌云珠并不觉孤单，二人享受着这独有的珍贵的日子。

顺治好礼佛，常捧一本经书，搁置一杯清茶，于朝霞漫天冥思至晚霞千里。乌云珠素日里并无信奉，却亦被顺治感染，常常陪他坐于一方静室，从佛道中领悟人生。屋外的阳光透过天窗投射在沉醉于书中的二人的身上，温暖、静谧、安好。

乌云珠好思索，她从这无边佛道中产生一疑惑。

"一口气不来，向何处安身立命？"她眉头微蹙，开口问顺治，却只得他微笑不语，她更陷于苦思之中。

紫禁城中的日子就在二人的静好生活中一天天过去，春暖花开的时候，天赐福音，他们有了自己的孩子，顺治便再也不让乌云珠操劳半分，并专门在乾清宫安排了小厨房，一应用度，都由顺治专门选派的人检验好了才送至乌云珠面前。慈宁宫那边更是传话来，乌云珠有孕期间免去一切请安礼仪，只安心养胎生个白白胖胖的小阿哥便好。并且每日送来益于保养的各种用品。乌云珠笑称只是怀个孕，便被所有人都捧在手心里了。顺治更是开玩笑说现在她已经是王母娘娘了，可不得仔细着！

乌云珠的腹部越来越挺，行动越来越不便，以前还能浇浇花喂喂鸟，现在每日只能躺在贵妃椅上晒晒阳光，给孩子做做小衣裳。乌云珠坚信，孩子出生，一定要穿娘亲手给缝制的衣裳，这样就能一生平平安安的。顺治也每日一下早朝便匆匆跑来承乾宫陪伴在乌云珠身边，给她说各种笑话、趣事，打发无聊时光。皇上不能不理政事，顺治为时刻陪伴乌云珠，便把御书桌也安排在了承乾宫，在乌云珠身边批改奏折。

承乾宫的太监宫女没事便小声议论，说皇上真是把贵妃娘娘宠上了天，这样专情的皇上可真难得。乌云珠听见了，嗔怪他们没规矩，顺治却把乌云珠搂到怀里在她额头上落下深情一吻，换得乌云珠脸颊飞上两片红晕。

乌云珠的手指不小心被针扎破，渗出血珠来，她刚要将手指放到嘴里吮吸几下，却被悄悄走进屋里来的顺治轻轻伸手握住，放在唇边温柔地吹着。

顺治宠溺地摸摸乌云珠的头发，嗔怪道："都这个时候了，就不要再操劳了，难道你想我们的儿子生出来瘦瘦小小的吗？"

乌云珠笑道："就只能是儿子，你不喜欢女儿吗？"

顺治意识到自己说错了话，马上拿乌云珠的手在自己嘴上轻拍几下，笑道："你看你看，我就是不会说话，儿子女儿一样好，一样喜欢，都是我们的心肝宝贝！"

乌云珠笑笑不言语。

顺治蹲下身,把耳朵轻轻贴在乌云珠肚子上,乌云珠眼中满是温柔,伸手轻轻抚着他的头。

"阿玛和额娘的小宝贝,"顺治轻轻说着,"你额娘怀你可辛苦了,你可一定要乖乖的,等出生了,好好待你额娘,不要惹她生气哦。"

乌云珠觉得好笑,轻轻拍了一下顺治的脑袋,道:"这么小的孩子,还没出生呢,哪听得懂这些。"

"听得懂听得懂!"顺治抬头一脸孩童般的认真,拉着乌云珠的手,道:"我们的孩子,是全天下最聪明的,最能了解父母心的!"

下午阳光明媚,乌云珠就着日光在缝制一个小帽子,腹部突感一阵抽痛,接着就感觉到有液体流下,她捂着肚子痛苦不堪,宫女跑来扶着她,瞬间明白了,大声喊道:"快,传太医,稳婆,皇贵妃娘娘要生了。"

承乾宫内人人面色紧张,匆忙却并不慌张地出出进进。

却唯独有一人异常紧张激动。

"快让朕进去!"顺治冲着门口的宫女大声吼道。

宫女哆哆嗦嗦地跪在地上语不成声:"皇……皇上,产房……阴气重,您万不可……万不可入内啊!"

"啊……"乌云珠在房内痛苦地大叫,母亲生子的痛楚,相当于数根肋骨同时骨折,这种痛,实在太难想象。

"福临!"乌云珠突然大喊。

顺治听到,本就激动的内心,瞬间揪得更紧,他再也顾不得多想,一脚踢开地上的宫女大步奔到乌云珠身侧,一把握起她的手,拼命挤出一丝微笑:"婉儿,别怕,别怕,我来了,你一定不会有事的。"

"福临……"乌云珠面上满是汗水,"你怎么进来了,出去……快出去……"

看着乌云珠痛苦至此,顺治突然就不想要这个孩子了,要让他看着他的婉儿遭受这般折磨,他于心何忍!

顺治笑笑:"没事,就让我在这里陪着你。"

"娘娘,再用一下力,孩子就出来了。"稳婆在旁大声鼓励道。

"啊!"乌云珠拼尽全身最后的力气,发出一声撕心裂肺的呼喊,随即便听到了一声响亮的哭声。

稳婆贺喜的声音传来："恭喜皇上,恭喜娘娘,是个小阿哥。"

乌云珠全身再无一丝力气,虚弱地躺倒在床上。

顺治更是开心地哈哈大笑,一挥手道："所有人,赏!"

乌云珠露出一丝欣慰的笑容,她艰难地开口道："我们的孩子……终于出生了。"

顺治蹲在床边,伸手轻抚着她额头被汗水濡湿的头发,眼神中满是疼惜："真是苦了你。"

乌云珠轻轻摇摇头："为了我们的孩子,不辛苦,都值得。"

稳婆把用被子裹好的小阿哥送到床边,顺治双手接过,轻轻放到乌云珠枕边。

"婉儿,你快看看我们的孩子。"

乌云珠伸手轻轻抚摸着孩子的小脑袋,笑着道："福临,你看这眉毛,眼睛,真像你。"

顺治笑答："鼻子嘴巴,更像你。"

稳婆笑着说："是皇上和娘娘的孩子,当然都像。"

顺治听到这话喜笑颜开,"赏!"

"谢皇上!"稳婆听了开心地合不拢嘴。

顺治轻轻抱起小阿哥,小心翼翼之态像手捧一件绝世珍宝。他缓缓地踱步到窗前,窗外正是晚霞漫天,夕阳的光透过窗隙投射进来。顺治抱着小阿哥立于那一线夕阳中,开怀大笑,大声说道:

"朕第一子今乃诞生也!"

此语一出,满室寂静。乌云珠更是瞪大双眼满面震惊地看着顺治。

顺治回头冲着乌云珠绽开温柔的微笑,"我说过,你是我今生唯一的妻子,这孩子,便也是我的第一个孩子!"

乌云珠无奈地摇头笑笑。

顺治那天宣告第一子诞生的话传到朝堂之上,满朝瞠目。皇上明明已有三个孩子,这次诞生的小阿哥,是皇四子才对,皇上这样说,用意何为?顺治却并不理会背后的各种言语,他更是不顾群臣反对,颁布《皇第一子诞生诏书》,之后又一次大赦天下,普天同庆皇子诞生之喜。接着更是大有册封太子之意。

乌云珠对顺治的做法有些意见,终究太过逾越礼制,顺治却不以为意,他笑着说："你和孩子是我最爱的,那我就一定要给你们最好的。"乌云珠也不再言语。

顺治不知道,他的极端宠爱,正在给他深爱的妻儿以及他自己,酿成一场无法挽回的大祸。

三个月后,孝庄太后身体不适出宫修养,乌云珠随行,就在太后渐渐痊愈准备回宫的时候,乌云珠接到一个噩耗。

当乌云珠匆匆步入承乾宫时,顺治正站在门口迎接,他的脸色异常疲惫,双目中也毫无光彩,看见乌云珠回来,他强打起精神走上前拉起乌云珠的手,笑道:

"婉儿,你可回来了,你不在的这些日子,我简直度日如年。走,跟我去乾清宫,我有惊喜给你。"

乌云珠知道,顺治是想极力瞒住她,她松开他的手,向屋里走去。顺治拼命拉住她,她突然回头,看着顺治的眼睛,对他绽开一个笑容:

"福临,不急,先让我看看我们的孩子。"说着继续往屋里走去。

"婉儿,我们的孩子没了!"顺治在他身后抑制不住大吼道。

乌云珠像没听到一般,进屋走进卧房。

顺治立在庭院中,泪水滚滚而下,他马上抬脚跟着大步走入屋内。

太监宫女跪了一地,人人泪流满面。摇篮中,四阿哥安静地躺着,乌云珠轻晃摇篮,露出一个母亲的宠溺的笑容,她摸着四阿哥黄绒绒的小头发,轻声唤着道:"宝宝,额娘回来了,这么多天不见额娘,想额娘了没有?"四阿哥依旧安静地躺着,没有动静,他的长长的睫毛覆在眼皮上,窗外的阳光射入,正好照在这长睫上,是那么美好。

乌云珠继续笑着道:

"宝宝,你怎么不理额娘呢,是不是额娘好久都没来看你,你生额娘的气了?不要生气了好不好,额娘再也不离开你了,你睁开眼睛看看额娘啊!"乌云珠伸手轻轻抚摸着四阿哥的眼睛,"你的眼睛,又大又水灵,谁见着了,都说漂亮,这么漂亮的眼睛,你怎么能让它闭着呢,乖,玩笑开够了,就快把眼睛睁开给额娘看看。"

顺治一直站在乌云珠身后,他的视线,早已被泪水模糊,她明白,婉儿的心,早就碎了,他的心,也早碎了。他缓缓蹲下,抱住乌云珠的腰,克制住悲痛欲绝的情绪,轻声道:

"婉儿，不要这样，我求你，不要这样。"

乌云珠轻轻拍拍顺治搂在她腰上的手，笑着道：

"福临，你说什么呢，我们的孩子总是这样睡着，这样的安静，这样可不好，小孩子，就是要淘气一点才好呢，你是他阿玛，你赶快把他唤醒啊，我们带孩子去御花园逛逛好不好？"

顺治听着这些话，再也克制不住情绪，他流着泪道："婉儿，你不要这样了，我们的孩子，他死了，你想哭，就大哭一场，你现在的样子，让我好害怕。"

乌云珠笑几声，怒道："福临你瞎说什么呢，我们的孩子明明是睡了，对，睡了。"

顺治呆呆地看着乌云珠，乌云珠伸过手去，把四阿哥从摇篮里轻轻抱起来，抱在臂弯里轻轻摇着，良久，眼泪顺着她的脸庞滑下，她突然跌坐在地。

"死了，我们的孩子死了。"乌云珠轻声说道。

瞬间，轻声言语变成失声痛哭，她一手抱着孩子，一手搭在顺治肩上，大喊着："福临，我们的孩子死了，我们的孩子死了，他怎么突然就死了，前几天明明还是好好的，他怎么，怎么突然就死了呢？我们还来不及给他取一个好名字，他就死了！"

顺治心中倍感凄凉，他把乌云珠紧紧搂在怀里，流着泪道："婉儿，你就哭吧，都是我不好，是我没有用，我身为一国之君，每日管理整个天下，现如今，却照顾不好我们的孩子，让他永远离我们而去，是我不好，是我太没用。"

乌云珠已经说不出话，她身体软倒在顺治怀里，大哭着。

四阿哥死后，顺治举行了隆重的葬礼，追封四阿哥为"和硕荣亲王"，即使给了孩子如此隆重的后事，四阿哥夭折的悲凉依然笼罩在整个紫禁城中挥之不去。

乌云珠承受不住丧子之痛，身染恶疾，身体日渐虚弱。顺治却每日神采奕奕，众人都不解，皇上痛失爱子，最宠爱的皇贵妃又一病不起，皇上却为何看不出一点悲痛之色，反而每日都如此精神。众人的议论顺治都听在耳里，他只能自己在心中哀叹，只有他自己知道，他每日的状态，都是自己拼命伪装出来的，婉儿的身心已经支离破碎，他却不能倒下，他要给她支撑的力量，他明白，他若一蹶不振，婉儿就什么都没有了。此时的顺治，终于真正像个男儿，担起了肩上属于他的那份责任。

乌云珠的病情一天天加重，太医诊断，是肺痨。顺治挥手打发走太医，轻

声走到乌云珠榻边坐下来,握着她的手,笑着道:

"婉儿,太医说了,你只是偶感风寒,是小病,只要平时多注意,多休息,照顾好自己,不日便会痊愈的。"

乌云珠知道顺治是在说谎骗她,让她安心,她的身体,还是她自己最清楚。但她还是点点头,给了顺治一个放心的微笑。

顺治笑着道:"婉儿,你可一定要快点好起来,我还要你为我生孩子呢,生好多好多孩子。"

乌云珠笑道:

"生那么多孩子,养得过来吗?"

顺治拍拍胸脯,道:"养得过来,养得过来,你别忘了,你的丈夫可是大清的皇上呢,生多少孩子都养得过来!"

乌云珠无奈地摇头笑笑。

顺治替乌云珠掖好被角,看她睡熟了,起身轻轻退出去。转身的那一刻,满面的泪水,只有他自己感受得到。

日子一天天过去,乌云珠再也无力走下床,她便在床上捧一本佛经专心钻研,到如今,这佛中大道,她已看得更清,心下也更加明朗,只是,她依旧不明白"一口气不来,向何处安身立命?"

顺治依旧一下早朝就来陪她,乌云珠已经无法走出这间屋子,每日只能透过窗户看到一片狭小的天空。顺治便抱着她,给他讲外面的世界,花朵开放几朝,微风吹拂几许,蝴蝶飞来几度,灵鸟鸣唱几时。他拼命珍惜跟她在一起的每一时每一刻,可他终究留她不住。

那日,乌云珠的精神突然好转,她说屋里太闷,要顺治将她抱到庭院中。顺治笑着答应了,可他心里却明白,这只怕是回光返照。

顺治在庭院里放了一张贵妃榻,他把乌云珠抱到上面,又抱出一条毯子,小心地给乌云珠盖好。

乌云珠看到树叶落了一地,恍觉已经入秋。

天上大雁叫着成群飞过,乌云珠看着天上的大雁,突然就笑了,她转头看着顺治说:

"福临,我要是这大雁那该多好,可以自由自在地飞翔,飞出这牢笼一般的紫禁城,去拥抱广阔的天空,你说,如果这样该有多好。"

顺治握着她的手,笑道:

"是啊,大雁多好啊,没有烦恼,没有忧愁,每天想飞到哪儿就飞到哪儿,不过,婉儿,你要是变成大雁的话,我也要跟着你一起,我们还要生一群雁宝宝,每天带着它们天南海北地飞翔,游遍天下的大好风光,多幸福啊。"

"是啊,多幸福啊……"乌云珠喃喃道。

秋风吹起,卷得一地落叶漫天飞舞。

顺治轻轻道:"婉儿,起风了,我们进屋吧,仔细着凉。"

乌云珠笑着轻轻点点头。

顺治把乌云珠抱进屋内,小心地放在床上,拿过被子轻轻为她盖上。

乌云珠冲顺治一笑,脸色却突然变得通红。

"哇!"

一口鲜血从乌云珠口中喷出,溅到红色的被褥上,却没有被被褥的红压下去,在那红色中央显得更加刺眼。

顺治看到那红,心顿时被针扎一样痛,他别开脸去,拿过一块丝帕,小心翼翼地替乌云珠擦掉嘴角的血迹,笑着责备道:

"你看你,怎么这么不小心。"

乌云珠也笑着道:

"就是,是我太不小心了,福临,都现在了,我还是让你为我如此担心。"

顺治忍着泪水笑着摇摇头。

乌云珠看着天花板,手缓缓搭上顺治的手,她已经没有力气,怎么握,都握不住那只手,她无奈笑笑。顺治反过手来,紧紧握着乌云珠,宠溺地道:

"你不要太用力,有我呢!"

乌云珠摇摇头,直直看着顺治的眼睛,笑道:

"福临,我可能要跟你说再见了,我一直怕这一天的到来,可它,终究还是来了。"

顺治上前捂住他的嘴,怒道:

"说什么瞎话,你现在,就是有点虚弱而已,听我的话,好好睡一觉,睡醒了,你就会痊愈了,到时候,我们一起做一只大雁风筝,到田野上去,让它飞上天空,好不好?"

乌云珠摇头:

"福临,我真的好想跟你去田野上放风筝,把我们的愿望写在风筝上,然后牵着它奔跑,看着它渐渐飞入高空。可是,我自己的身子,我最清楚了,我其实,不怕死,可就怕死后再也见不到你,福临,我舍不得你,怎么办?"

顺治终究忍不住,泪水流了满面,泪光朦胧中,他把乌云珠的手放到嘴边,亲了一下,忍住悲痛,大声道:

"不会的,不会的!"

乌云珠不再看顺治,转头看向窗外,断断续续地说出困扰她这一生的疑问:

"福临,你说……一口气不来……向何处……何处安身立命……"

说完这句话,乌云珠闭上眼睛,一滴泪水遗落在脸庞。她的手,从顺治的手中悠然滑落。

"往山水间……往山水间……"顺治用尽全身力气忍住失声痛哭的冲动,附在乌云珠耳边轻声答道。

这个困扰她一生的问题,终究从他口中得出答案,只可惜,她再也听不到了。

太医进来为乌云珠把脉,下一刻,"扑通"一声跪在地上,哭着道:

"皇上节哀!"

吴良辅跪在顺治脚边,哭泣着道:

"皇上节哀!"

太监宫女纷纷跪地,大声哭着:

"皇上节哀!"

顺治看也不看这些人,他小心翼翼地将乌云珠在床上放好,为她盖好被子,手轻轻抚上她的脸颊。泪水滴落在乌云珠脸上。下一刻,他突然暴起,向着床边的柱子冲去。

"婉儿死了,朕怎能独活!"

一直站在旁边的吴良辅眼疾手快,冲过去挡在顺治身前,顺治一头撞在吴良辅胸口上,撞得吴良辅一口鲜血喷涌而出。他重重跪下,一把抱住顺治双腿,大哭:

"皇上,您不能,您不能啊!皇贵妃娘娘去了,您要节哀呀,您还有太后娘娘,还有三个孩子啊,您舍得狠心抛下这些人不管吗,您舍得吗?"

顺治呆呆站着,良久,跌坐在地,他疲惫地挥挥手,缓缓道:

"你们,都退下吧,朕,想跟婉儿单独待一会儿。"

太医和太监宫女纷纷退了出去,房间顿时只剩下顺治和死去的乌云珠,顺治走到乌云珠跟前,跪下俯在乌云珠身上,终于忍不住失声痛哭。

顺治十七年,八月十六日,一代贤妃董鄂氏薨于承乾宫内,顺治皇帝不胜哀痛,追封董鄂氏为"孝献庄和至德宣仁温惠端敬皇后"。葬礼空前隆重,依旧逾越礼制。

细细想来,顺治皇帝这一生做了数不尽的逾越礼制的事,都只为那一人,董鄂·乌云珠,他的婉儿。他不怕背后的流言蜚语,他只怕他的婉儿离他而去,可他,终究握不住她,失去了她。

天空灰蒙蒙的,飘着毛毛细雨。

承乾宫内,顺治抚摸着乌云珠生前用过的每一件物品,数不清已经流了多少次的泪水再次布满面颊。

他转头对一直跟着的吴良辅道:"朕累了,想在这儿休息一会儿,你去帮朕从内务府取些安神香来!"

吴良辅"嗻"了一声便退了出去。

此时的顺治,心中坚定了一个信念,"婉儿,等我,我来了。"他心中默默念道。

慈宁宫内。

孝庄太后放下茶杯,轻轻叹了口气。

苏嬷嬷站在旁边,叹着气道:

"皇上这次为了皇贵妃的去世,又做了许多逾越礼制的事,大臣在背后议论纷纷啊!"

孝庄太后无奈地苦笑,摇头道:

"就随他去吧,董鄂氏的突然离世,给他的打击太大,这样做,也许能让他心里稍微好受一点儿,只要福临愿意,怎样都随他吧,只是希望,他早日从悲伤中走出来,他是皇上,整个天下都离不了他呀!"

苏嬷嬷点点头。

"太后娘娘,太后娘娘!"吴良辅人未至,声先到。太后皱起眉头向宫门口望去,不一会儿便看见吴良辅连滚带爬地进来。

苏嬷嬷不悦道:"吴公公,你现在不好好待在皇上身边侍候皇上,跑到这里来干什么,还慌张成这样,这成何体统!"

吴良辅跪到孝庄面前,呈上一封书信,哭道:

"太后,皇上说他累了想要休息,就让我去内务府取些安神香,可谁知,我把香取回来，皇上就不见了，只留了这一封信在桌上。"

孝庄慌忙接过，打开，一会儿，脸色大变。她大声吩咐道：

"快，摆驾清凉寺！"

清凉寺大殿内，顺治久跪在释迦牟尼佛像前，住持及全寺庙的和尚跪在顺治身后，一遍一遍地磕着头。

"皇上，万万不可啊，您贵为一国之君，万万不可出家为僧啊！"

"不必多言了，朕意已决！溪森，从今往后，朕，不，我，就是你师弟了，法号'溪痴'，你快些为我剃度！"

"皇上，不行，贫僧万万不敢！"

"好！"顺治豁然站起，大怒道，"你不敢是吧，我自己来！"说着一脚踢开溪森，一把拿起旁边托盘里的剃刀，从身后抓过辫子便割下去。

溪森阻拦不及，眼睁睁看着辫子被顺治快速割下后扔在地上。顺治的头发顿时只到了肩膀。

"皇上！"溪森一个头重重磕在地上，"皇上三思啊！"

顺治大声道：

"没有什么三思不三思的。"

说着，他上前一步将剃刀抵在溪森脖子的大动脉上，溪森被吓得脸色苍白，再也不敢多动一下。

顺治恶狠狠地看着他道："我再最后说一遍，快为我剃度，不然，我现在就要了你的命！"

"圣母皇太后驾到！"

殿外一声太监的长长的通报声，众人赶紧跪着转身相迎。

孝庄来到大殿门口，看到里面的情形，微微一愣，但随即又恢复自然。她大步匆匆走进殿内，来到顺治身边，伸出手抚了抚顺治垂在肩上支离破碎的头发，柔声道：

"皇帝，你这是干什么呢？走，赶快跟皇额娘回家。"

"不！"顺治大声道，"皇额娘，我要出家！"

"啪！"

孝庄一个重重的耳光甩在顺治脸上。

"胡说八道什么，你是皇上，什么出家不出家的，你还嫌闹得不够吗，吴良辅，带皇上回宫！"

吴良辅正要上前，顺治大喝一声：

"别过来，你敢过来朕砍了你！"

吴良辅顿时被吓得停在原处不敢再走一步。

顺治拉住孝庄的手，缓缓跪下，他抬头，看着孝庄的眼睛，请求道：

"皇额娘，儿子任性一生，胡闹一生，但这一次，儿子绝对不是胡闹，您就依了儿子，让儿子出家吧！"

说到这里，顺治的眼泪又一次夺眶而出，他就任凭眼泪大颗流下，继续道：

"皇额娘，婉儿走了，我最爱的人离我而去，儿子现在深刻体会到，人生才是最苦，就让儿子永远跳出这苦海，一辈子在青灯古佛中陪伴婉儿吧！皇额娘，儿子求您！"顺治说完，一个头重重磕在地上。

孝庄抬头望天，长叹一口气，悲痛地道：

"婉儿，婉儿，你就知道你的婉儿，难道为了那个董鄂氏，你连你的皇额娘也不要了吗，还有你的三个孩子呢，你也都不要了？"

顺治大声道：

"儿子没有不要皇额娘，儿子出家，皇额娘也可以随时来探望。"

"胡说八道！"孝庄怒道，"你为了一个女人，简直是被鬼迷了心窍！你不要忘了，你还是皇上，你难道要弃天下江山于不顾吗？"

顺治摇头：

"皇额娘，儿子从来都没想过要当什么皇上，这皇上是皇额娘你要儿子当的，儿子登基之后，皇叔多尔衮一次次为难儿子，儿子的皇权一直旁落他手中，我从来就没有一天像个真正的皇上，明明是坐在这高高在上的皇位上，却处处看人脸色，受人排挤。这皇上，儿子已经当了十七年，这皇位，从来没有给过儿子一天的快乐，这皇上，儿子早就不想当了！"

"你！"孝庄听到这话怒极，在原地站立不稳向后急退几步，声音颤抖，指着顺治：

"你，你这个不孝子，我排除万难让你登上皇位，到头来，我这一生在你身上的良苦用心，在你心中竟是如此的不堪，福临，你太让我失望了。"

顺治低头不语。

孝庄上前一步拉起顺治，盯着他，怒道：

"今天，就由不得你，这皇宫，你是回也要回，不回也要回！"

"不，我不回！"顺治大声反抗道。

这时，一直跪在一边的吴良辅突然爬到顺治脚边，拉着顺治的袍角，道：

"皇上，奴才求您不要再让太后娘娘生气了，奴才有几句话想对皇上说，求皇上看在奴才从小便侍候您的份上，听奴才说完这几句话吧！"

顺治长叹一声，点点头：

"你说吧！"

"皇上！"吴良辅老泪纵横，道：

"奴才知道，您深爱着孝献皇后娘娘，皇后娘娘的逝世，对您打击太大，但是，您此刻的做法，奴才想这一定不是娘娘在天上所愿意看到的，况且，您虽没了皇后娘娘，您还有太后娘娘呀，您还有三个小阿哥，更有这整个天下。"

吴良辅擦一把眼泪，继续道：

"您是这所有人心中最重要的人，太后娘娘不能失去您，小阿哥们不能没有您，天下百姓更是离不开您，难道，您想看到太后娘娘今后为痛失爱子整日伤心？小阿哥们为失去皇阿玛而整日哭泣？天下百姓为失去一位贤君而长叹惋惜吗？皇上，您，不只是您自己的啊，您想想您身后这些爱您、关心您的人吧，皇上！"

顺治听完这些话，眼泪也流了满面，他抬头望向大殿的天花板，不言语。

吴良辅看得出顺治的动容，头重重磕在顺治脚下的地面上，大声说：

"皇上，您就跟太后娘娘回宫吧，今日，若一定要有一人出家，奴才愿代皇上出家，一辈子青灯古佛，为皇上祈福，为太后娘娘祈福，为整个大清祈福，为在天上看着您的皇后娘娘祈福！"

说完，吴良辅一把抓起旁边的剃刀，将辫子割断，顺治慌忙要阻拦，却已来不及。吴良辅又一个头重重磕在地上：

"贫僧，请皇上回宫！"

顺治向后倒退几步，终于缓缓道：

"好，我今天听你的，我跟皇额娘回宫！"

顺治走到孝庄身边，握起孝庄的手：

"皇额娘，儿子这就跟您回宫！"

孝庄流着泪点点头，刚刚，吴良辅说的话，句句撞在她心上。皇帝自小便由吴良辅贴身侍候，可自己却一直跟皇帝关系紧张，到头来自己这个做额娘的,竟没有这个贴身太监对皇帝了解得多。她终究读不懂自己亲生儿子的内心世界。

顺治走到门口,大声道:

"摆驾,送朕和皇额娘回宫!"

"嗻!"门外太监长长应道。

全寺人齐齐大声道:

"恭送皇上!"

吴良辅披着一头乱发,跪在最后流着泪小声说道:

"恭送皇上。"

皇上啊,奴才以后不能待候您了,您,多加保重!

顺治皇帝因宠妃逝世,看破人间疾苦,一心出家,最终未成,由贴身太监吴良辅代为出家,但即便如此,问题依旧没有解决。

顺治回宫后,因过于思念孝献皇后,精神一日不如一日,身体也随着精神的萎靡渐渐虚垮。不出百日,便身染天花。

转眼间,已是寒冬时节。狂风呼啸,卷着大片大片的雪花漫天飞舞,到处都透着彻骨的凉意。

顺治躺在床上,脸色白纸一般苍白。

"太后节哀,皇上……皇上大限已到,微臣,实在无力回天……"

太医跪在太后面前,哆哆嗦嗦地道。

"你下去吧!"

孝庄长叹一声,此刻她不再为难太医,把太医打发走,缓缓踱步到顺治床前坐到床边,她伸出手摸着顺治毫无血色的脸,眼泪涔涔而下。

"福临……"

她终究悲伤难抑,痛苦地出声。

"我可怜的孩子……"

孝庄皇太后一生强势,丝毫不逊于男儿的本色,但她终究也不过是个女人罢了,唯一的儿子将要离自己而去,她万没想到白发人送黑发人的结局,此刻她不再是万人之上的圣母皇太后,而是一个普通的母亲,将自己身为一个母亲将要丧失唯一爱子的悲痛尽数发泄。

"皇额娘,不要哭。"

顺治吃力地抬手想要抚去孝庄的泪水,手伸到一半被孝庄紧紧握住,顺治虚弱地一笑。

"儿子一生,都没有对皇额娘好好尽孝,如今后悔万分,却再也……再也没有承欢皇额娘身边的机会了……"

"不……不……"孝庄泣不成声。

顺治缓了缓气继续说道:

"儿子一生太任性,让皇额娘暗地伤心太多,儿子希望请求皇额娘原谅……皇额娘,原谅儿子……好不好?"

孝庄紧紧握着顺治的手,唯恐下一刻便消失不见,她说不出话,拼命地点着头。

顺治笑道:

"皇额娘哭了就不好看了,如果原谅儿子,就笑一笑……"

孝庄拼命挤出一丝笑容,道:

"皇额娘,皇额娘从来没有责怪过你,福临,皇额娘一直没有责怪过你。"

顺治脸上绽出释然、开心的微笑。

他转过脸,将目光投向窗外,恍惚间,他看见一个女子手持一本书,缓缓行于阳光下,步履轻盈,巧笑嫣然。

"蒹葭苍苍,白露为霜,所谓伊人,在水一方。"

女子朱唇轻启,吟诵出世间最美的诗句。

顺治眼底绽放出光彩:"婉儿,是你吗,你来接我了。"

他的嘴唇轻轻开合,孝庄急忙把耳朵凑到他唇边,想听清楚他的话,却听不到一丝声音。

顺治眼睛缓缓合上,嘴角依然存留着绽放开的笑意。

"福临!"

孝庄撕心裂肺地痛哭。

"皇上!"

跪满一地的满朝文武也痛哭出声。

"咣!"

"皇上驾崩!"

悠长的丧钟声和太监报丧的声音传开,冲入上空划破天际,传遍整个紫禁城,又穿破厚重的宫墙在整个北京城上空蔓延开去。

顺治皇帝,世间少有的痴情,出身皇家情义薄,他却将所有的爱独放于董鄂·乌云珠一人之身，痴心不悔，成就一段帝王之家的旷世佳话。

他相信，临终前那句无声的话语，他的婉儿一定听得见，轮回几世，都不会忘却，因为那是他和她的约定。

湖边的柳枯了又绿，湖心亭台之上的游人络绎不绝，何时，能再见一女子手持诗书，用清灵的声音吟诵"蒹葭苍苍，白露为霜，所谓伊人，在水一方"？又何时能见那于一湖碧波之上泛舟，手持折扇抬眸痴痴凝望女子的少年？

那天，全身再无一丝余力的他，轻诉出无声的约定：

"若有来生，定当再寻到你，再续这今生未了的山水情缘。"

（本文获滨州学院品牌专业汉语言文学首届文学作品原创大赛二等奖）

半世缘，一世情

16 跨中文本 1　徐　莹

月黑风高，长街上一个行人也没有。林申从远处匆匆赶来。这个只有十岁的少年，生得容貌甚是清秀，为这黑夜添了一分不容察觉的色彩。天寒地冻，林申裹紧外衣，双手抱肩，在空无一人的街道上快速穿梭。他的脸上写满担忧与害怕，与他清秀的面容显得有点格格不入。王爷吩咐他出城办事，只给了他两个时辰。谁知进城门时守门士兵正在查越狱逃犯，硬生生给耽误了一个时辰。他知道回去要面对的是王爷严厉的责罚，可脚下速度依旧不敢放慢分毫。寒风凛冽地刮着，卷起地上的落叶漫天飞舞。树叶打在脸上，竟像用一把锋利的小刀割裂皮肤一般生疼。林申缩了缩脖子，继续赶路。

"哇！"一声啼哭突然响起，划破了夜空，传入林申耳朵里。林申暗暗吃惊，从声音来判断，这分明是刚出生不久的婴儿的啼哭声，可小小婴儿，哭声竟然这般响亮。他停下脚步，寻着哭声望去。很快，他看到前方的一个墙角里面躺着一个婴儿。他快步走过去，等走近了看清楚，林申颇有些惊讶，包裹婴儿的被褥,是用闻名全国的三大名锦之一的云锦制成,显然是大户人家出生的孩子。可为什么会在这么寒冷的夜里被遗弃在街头呢?

"是谁家的可怜的孩子?"林申怜惜地抱起婴儿。婴儿竟然停止了哭声,睁着水汪汪的大眼睛好奇地打量着林申。

林申左右张望,四周除了他和怀里的婴儿,再无一人。林申顾不上多想,这样寒冷的天气,一个婴儿怎么能经受得住。林申低下头轻轻吻了一下婴儿的额头,脸上展开一个温暖的微笑。

"跟我回家。"林申含笑轻声说道,眼睛里流露出化不开的柔情。

林申把婴儿紧紧抱在怀中,此时已不能再耽搁了,他加快了脚步匆匆向王府赶去。

王爷对林申办事拖延自是不满,但看在他年龄尚小,也的确是事出有因,便只克扣了他三个月的月俸,也不再多做计较。林申暗自松了口气。更令他惊喜的是,王爷竟答应了他收养婴儿,但前提是只准养在自己的院子里。林申开心地磕头谢恩,抱着婴儿回了自己的住处。

林申和府里另外几个年纪尚小的下人住在同一处院子里。他抱着婴儿走进院子,几个人立即被他怀里的婴儿吸引住了视线,纷纷好奇地走上前来问东问西。林申怕他们惊着婴儿,随便应付了几句便抱着婴儿走进了自己的屋子关上门。他把婴儿轻轻放在床上,看着婴儿粉雕玉琢般的小脸,不禁露出了幸福的笑容。

"馨儿,你就叫馨儿好不好?"林申俯在婴儿耳边轻声道。这是他想的名字。在一个十岁的少年心中,一个"馨"字,汇聚了自此之后无穷无尽的温馨。

"咯咯咯!"馨儿竟像是听懂了林申的话似的,声音清脆地笑起来。她张开小小的手臂在空中挥动着,林申清楚地看到,那手腕内侧,有一块心形胎记。

林申握住馨儿的手臂,怕她着凉,轻轻掖进被褥里。他开心地笑,轻声说道:"我叫林申,你叫我哥哥好不好?"

"咯咯咯!"婴儿又仿佛听懂似的发出了笑声。那银铃般的笑声直直融入了林申的心底。他感觉到一股从未有过的幸福感从心底直升而起,紧紧把他包围。林申也是个可怜的孩子,从有记忆起就没见过爹娘,是王爷收留了在路边乞讨的他,他便进王府里学着做事,他虽感激王爷,但高高在上的王爷给不了他亲情,他一直都是孤独的。现在,他有了馨儿,他终于可以享受这来之不易的亲情了。他轻轻将馨儿抱起,搂在怀里轻轻晃着,馨儿很快进入了甜美的梦乡。

王府的日子过得很快,时光如白驹过隙,不着一丝痕迹。院子里那些野花开了又谢,春去春又来,转眼已是十五年。当初的那个稚嫩的少年转眼长大成人,稚嫩褪去,换上成熟。他正坐在一块石头上劈着柴,身上纵使穿着下人的粗布灰衣,依旧掩盖不了他的俊美容颜。他手中拿着斧子麻利地劈着柴,眼睛却紧紧跟随着一抹粉色的娇俏身影来回转动。林申脸上绽开明媚的笑容。时间真快,不知不觉,他的馨儿已经十五岁了,出落得越发灵秀动人、亭亭玉立。

"哥哥!"馨儿清脆地唤他。转眼间那抹粉色已到了眼前。

"哥哥你看!"馨儿献宝似的对着林申摊开白嫩的手掌,只见一只小小的蝴蝶躺在馨儿掌心,那只蝴蝶扑扇着翅膀,极是美丽。

林申微笑着看着蝴蝶,慢慢把目光从蝴蝶转移到馨儿身上,蝴蝶再美丽,也不及他的馨儿的万分之一。

馨儿轻轻一扬手,那蝴蝶便挥舞着翅膀飞开,却不肯飞远,一直围绕在馨儿身边,馨儿随着蝴蝶转着圈轻轻起舞。林申手里拿着斧子愣在那里。他痴痴地看着那粉红色的影子,沉醉在这人蝶共舞的美丽画卷中。

良久,馨儿停下舞动的身姿,撞上了林申直直望向她的目光,竟顿觉心跳漏了一拍。

林申对她微微一笑,随手扯了几根彩线,双手灵活地上下翻转,一只彩色的编织蝴蝶便自林申手中诞生。林申温柔地将蝴蝶戴在馨儿修长白皙的脖颈上。馨儿抚摸着蝴蝶,在林申侧脸上印下轻轻一吻。林申的脸,不自觉地微微泛红。

林申虽只是个下人,馨儿虽只是林申半路捡回来的一个弃婴,可两人在彼此的陪伴下,也享受着安静岁月带来的美好和从容。林申以为她可以和馨儿就在这静好岁月中安稳地度过一生,可事情就在那一天发生了。

上午的阳光温暖明媚,林申做完手头的活,回院子取东西,不料路上被管家拦住,林申被管家带进了王府正厅。

一进门,林申瞬间便愣住了。

王爷高居正厅主位上,次座上依次是当朝丞相乌孙元和他的夫人。而乌孙夫人正拉着一个女孩儿的手嘘寒问暖，那女孩身上的衣裙粉红若桃花，林申只远远一眼，便认出来，那女孩儿，正是他的馨儿。突然强烈的不安之感，迅速笼罩在了林申心头。

馨儿紧张地站在乌孙夫人面前，双手被乌孙夫人拉着，眼睛惊恐地向四周不停张望，像在寻找着什么。当她看见林申时，眼底的不安瞬间淡去了一半。

管家把林申带到王爷跟前，自己很识趣地退下了。

"林申。"王爷开口，语气平淡不带一丝感情。

林申跪下，低着头，眼睛却不停地望向馨儿，给了馨儿一个"没事"的眼神。但他自己手心里早已渗出了一层汗。

"今日叫你来，是有一件事要告诉你。"王爷顿了顿，继续道，"你收留多年的馨儿，不是别人，正是丞相的千金。"

王爷寥寥的几个字，如千斤巨石一般砸向林申。他霍然抬头，不顾礼数，双眼直直盯着王爷。

馨儿也被这句话吓了一跳，她转头，看向林申，她看到林申直盯着王爷，脸色开始渐渐惨白。

"王爷，这不可能！"这几个字，林申是吼出来的。

王爷只淡淡看了他一眼，便把目光投向乌孙元，脸上有了淡淡笑意，道："本王觉得，此事还是由乌孙大人自己说吧。"

乌孙元缓缓放下茶杯，点点头，他对林申微微一笑，开始讲述事情的来龙去脉。

"也不怪这小兄弟如此激动，我的女儿，本名叫乌孙颜，这是在女儿出生前我夫妻便已定下的。而这些年所发生的一切，都要怪我那个心肠恶毒的贱妾刘氏。十五年前的一个傍晚，夫人临盆，产下一个女婴，那贱妾嫉妒心重，竟收买稳婆，用一个死婴代替了刚产下的婴儿。真正的孩子被偷送出府随意丢在了街边，想要任其自生自灭。这些年来，全府的人都被蒙在鼓里。直到前阵子，夫人遣丫鬟锦玥外出办事，遇见了你和馨儿，她无意间看到了馨儿手臂上的心形胎记，回去就告诉了夫人。"

说到这儿，乌孙元顿了顿，他缓缓转头，看向馨儿，露出微微笑意，他转过头看着林申继续道：

"当初女儿出生，锦玥是见过那块胎记的，可后来死婴身上竟然没有那块胎记。而那天锦玥去端水时，恰巧看见那贱妾从后门闪出。锦玥当时心里就明白了几分，可又苦于没有证据，便没有敢说什么。直到那天见到馨儿，锦玥便把她知道的一切都全数告诉了我和夫人。后来，我找来那贱妾问话，那贱妾极度心虚害怕全部招了。我惩治了那坏人，派人多方打听，终于知道，原来女儿一直被你收养在这王府里。这么多年了，原来我们与女儿一直都没有远离，却直到今天才相见，真是……造物弄人啊！"乌孙元说到最后，语气里有了一丝哽咽，他摇着头长叹了一声。

乌孙夫人一边听着，一边也拉着馨儿抹着眼泪。

那边亲人相聚激动万分，这边林申却是感觉到前方好似有千万支利箭直直射向自己，把自己戳了个千疮百孔。

王爷看向林申，问他：

"馨儿身上的心形胎记你定是见过的。"

听了这话，林申感觉全身都在痛，馨儿身上的心形胎记他当然是见过的。他顿时明白了，难怪，那日捡到馨儿时，包裹着馨儿的被褥会是用云锦制成的。

乌孙夫人缓缓挽起馨儿的袖子，一颗心形胎记赫然印在馨儿右臂上，这许多年，那胎记的颜色没有淡了丝毫，而是更加鲜艳，鲜艳得好似一团火焰在熊熊燃烧。乌孙夫人流着泪把馨儿拥进怀中。

那火焰灼痛了林申的眼睛。

王爷哈哈大笑，开口道：

"既然如此，本王看也是没有差池了，馨儿定是令千金无异。如此甚好，丞相一家团聚，皆大欢喜，丞相就尽快带馨儿回家吧，这可怜的孩子这么多年也着实过得清苦。改日，本王定当亲自登门道贺！"

乌孙元笑着回礼：

"那么就多谢王……"

"不！"林申吼着打断了乌孙元的话，"馨儿跟我回去，她哪里也不去！"

"哥哥！"一直惊慌沉默着的馨儿听到林申的吼声，也大呼一声，她挣脱开乌孙夫人的手转身扑进林申怀中，眼泪更是决堤似的汹涌而下。

林申爱惜地抚着馨儿柔顺的长发，眼泪缓缓顺脸庞滑下，滴落在馨儿的发上。

"林申！"

王爷在座上大喝一声，"丞相一家团聚，是大喜事，岂容你在这里胡闹，如果不是看在你抚养馨儿有功，本王一定动用家法重重责罚你！"

林申身体震了震，他抬起头，看向王爷，目光里满是祈求。

"林申。"王爷放缓语气"你若是真正为馨儿着想，就应该放开她，你只是一个下人，给不了馨儿更好的生活。馨儿既是丞相的女儿，就应当回到乌孙府，那里才是她的家，也只有那里能给予她衣食无忧的生活。你难道愿意馨儿留在这里继续跟你过苦日子？"

乌孙元也说道：

"小兄弟，你替我照顾女儿多年，我甚是感激，我给你黄金五十两，聊表谢意，以后，你也便衣食无忧了。"

"馨儿不需要衣食无忧！她只要有我，我也不需要什么黄金，我只要我的馨儿！"林申痛苦地摇头说道。

"放肆！"王爷大力拍向桌子，大声呵斥林申，"你有什么权力替馨儿选择她的生活！"

林申痛苦地闭上眼睛，他什么都不想听，他现在只想要馨儿。林申紧紧搂着馨儿，像是要将她揉进自己的身体里，从此便可以再也不分开。馨儿更是紧紧抱着林申不放手。

王爷重重地摇摇头，他起身，缓缓踱步到林申身前，林申抬头看向王爷，王爷别有深意地看着林申的眼睛，慢慢道：

"林申，你要想明白，馨儿叫你一声哥哥，是因为你年长于她，又亲自看着她长大，但这些，终究比不上馨儿与丞相一家的骨肉相连，血浓于水。"

这几句话像是一道惊雷，炸响在林申耳际。是的，他跟馨儿纵使再密不可分，他们之间，终究没有血缘关系！

林申呆呆地愣在那里，紧搂馨儿的手也不自觉地松了几分。王爷给了乌孙元一个眼色，乌孙元点点头。他和乌孙夫人上前，强行将馨儿与林申分开。

林申因为巨大的拉力倾倒在地面，回过神的他趴在地上，手臂拼命向前伸，试图拉住馨儿的衣襟，却什么都没有抓到。

馨儿被乌孙元和乌孙夫人拥着走出正厅，林申从地上费力爬起欲追出去，却被王府正厅的侍卫拦下。

"馨儿！"林申绝望地大喊。

"哥哥！"

两声撕心裂肺的呼喊，冲破天际，惊起一群鸿雁，叫着向天空飞去，鸿雁的叫声分外悲凉，更为这痛彻心扉的离别添一层冰霜。

正厅里，王爷看了扒着门框流泪的林申一眼，拂袖而去。

林申趴在地上，只觉无边的绝望铺天盖地而来，将他的世界全部覆盖，他眼前一片黑暗，射不进一丝阳光。林申不知他是怎样回到了自己的院子，也不知那晚没有了馨儿的漫漫长夜是如何熬过的，只知第二日清晨，他用食指划过脸颊，染了满指泪水。林申从床上下来，走到院子里，太阳初升，映得满院金黄。林申在这金黄中愣了一会儿，突然拔腿向外跑去。无论如何，他也要再见馨儿一面。这个信念在他心中异常坚定。

他奔出院子，奔出王府，奔过条条街道，终于来到丞相府。林申大汗淋漓，抬眼看着眼前的丞相府。

正门高大、威严，两尊石狮睁着铜铃般的大眼睛瞪着来来往往的行人。一块匾额高高悬挂，匾额用行书龙飞凤舞地书写着三个烫金大字"乌孙府"，这三个字在阳光的反射下闪着熠熠金光。

林申站在下面，顿觉自己如此卑微。他的双眼黯淡，是啊，自己这样卑微，一个卑微一无所有的自己，要拿什么去保证馨儿以后的幸福生活？

正在这时，乌孙元下朝归来，轿子缓缓停在乌孙府门前。乌孙元从轿子上走下来，许是刚与失散多年的小女团圆的缘故，乌孙元的脸上带着深深的笑意。

林申见乌孙元从轿子上走下来，迅速扑倒在他脚边。林申双膝重重跪地，双眼满是祈求：

"丞相大人，求求您，再让我见馨儿一面，之后，我保证再不来打扰她的生活！求大人成全！"

说完，林申的头重重磕在地上。

乌孙元凝视着林申深弯下去的腰身，良久，终于点头同意，吩咐了管家为林申引路。

林申大喜，谢恩之后，便跟着管家去了。

岂止林申，这一夜，馨儿亦是在煎熬中度过。她彻夜流泪，任乌孙夫人与下人们怎样哄劝都无济于事。

在馨儿的印象中，自己从来没有爹娘，过去没有，未来也没有想过会有，而林申，给足自己的爱亦绝不比其他有爹娘的孩子少。馨儿把林申当作自己唯一的亲人。突然有一天，馨儿知道这世上还有爹娘的存在，她虽欣喜，可若要以与哥哥从此不复相见作为代价，她宁愿选择哥哥。

她不要做什么衣食无忧的乌孙小姐，她更希望跟着哥哥生活在那个不起眼的破落院子里。只要有哥哥的地方，便是最好的地方。

林申随乌孙府的管家来到馨儿的住处，刚踏进院门，他的心就扑通扑通跳个不停，他的馨儿，这寂寥长夜没有了自己陪伴身边，她是如何煎熬着度过的？

丫鬟通传之后，林申听见了一阵急促的脚步声。下一刻，他便看见馨儿如一只翩翩飞舞的蝴蝶，闯入她的眼帘，视线交汇的那一刻，已经干了的眼泪再次从二人的眼眶中汹涌而出。

"哥哥。"馨儿不敢确信地轻声唤着林申。

"馨儿，是我。"林申努力露出一个笑容，轻声应着。

确定了眼前的人真的是自己思念了一夜的哥哥，馨儿再也抑制不住，扑进了林申的怀抱。馨儿扬起满是惊喜的脸，脸上的泪痕在阳光的照射下反射着光芒，林申抬手，为馨儿轻抚去泪痕。

馨儿激动地紧紧搂着林申，脸靠在他的胸膛上，又落下泪来，她控制不住声音的颤抖：

"馨儿以为，这辈子都不会再见到哥哥了。"

林申笑着轻捂住馨儿的嘴，在他额头上轻轻印下一吻。他执起馨儿的手，双眼直直地看着馨儿，馨儿看着林申的目光愣了愣，轻轻唤了声：

"哥哥……"

"别说话。"林申轻声道，他拉起馨儿的手，"跟我走。"

馨儿愣了愣，任由林申拉着她的手走。

林申把馨儿带到了一个没人的房间，关好门，看着馨儿的眼睛道：

"馨儿，请给我时间，等到我能配得上你了，能够给你好的生活的时候，你便嫁给我。"

林申的这句话，在心中早就憋了很久，他始终清楚他和馨儿真正的关系，馨儿是他从路边捡回并抚养长大的弃婴，他们之间，从来就不是真正的兄妹。

刚刚他一路疯跑来丞相府，脑中却异常清晰，他要努力，他要争取，等到他能够配上她的那一天，他便带她离开这里，远走高飞，去过只属于他们二人的生活。

现在国家正值多事之秋，边关战事告急，朝廷急需扩充驻守边关的军队，那么，他就去从军，等他建功立业荣归故里那一日，定当为她铺十里红妆，迎娶她成为自己今生唯一的妻子，从此执子之手，与子偕老，漫漫人生，再不分离。

眼前的馨儿直直盯着林申，那眼神里有震惊，更多的是惊喜。其实，此刻林申所说，早已是她心中所愿。

"馨儿，愿用一生等待哥哥。"短短几个字，却胜过千言万语。

林申激动地将馨儿拥入怀中，良久才将她放开，为她扶正了胸前编织的彩蝴蝶。他深深凝望馨儿一眼。

"等我！"

留下这两个字，林申转身离去。

馨儿眼中泪光点点，目送林申直至他的身影消失在自己的视线范围内，她的手抚上彩蝴蝶，紧紧握住，灵动的俏脸绽开一个幸福的微笑。

林申从军了。当他对王爷道出从军的决定后，王爷点头同意。

"男儿本就应志在四方，去边关历练历练也是好的。"

说完这句话，王爷别有深意地看了林申一眼转身离去。

边关苦寒，粮草缺失，战事迫在眉睫，军队每日都要进行大幅度的操练，生活异常艰苦。林申一直用心中的信念支撑着自己，已经数不清多少次，他在痛苦中跌倒，又拼命挣扎着原地爬起，只为脑海中那不停翩翩起舞的粉色俏丽身影。

转眼，林申已在边关三年。三年时光，说长不长，说短也不短，有的人在三年里毫无改变，而有的人却能用三年的时间使自己百炼成钢，成为强者，林申当然属于后者。

这天夜里，战鼓擂动，西蛮军队再次起兵大规模进犯，林申跟众将领商议过后，飞身上马策马扬鞭疾驰向西蛮军队驻扎地。

西蛮王帐中，林申单膝跪地手捧降书交于西蛮王手中，西蛮王看到赫然印在降书之上的红色帅印，大喜过望，刚欲开口，突然昏倒在地，林申拔剑刺向帐中还处在惊恐中的守军，精准的剑法，招招直击要害，这一切，都发生在转瞬之间，速度之快以至于没有发出任何声响。

林申无视那倒了一地的士兵尸体,踩过血流成河的地面,走到西蛮王身边,取其头颅装于木盒之内。

林申随便扒下一个士兵的战衣,迅速换装后走出大帐,他把木盒系于马背上之后,转身走入将领帐中。林申在众将面前出示刚刚西蛮王看过的降书,大声道:

"诸位将军,敌军不敌我方军队英勇善战,如今已然投降,王上带三千军马前去与之会合,请诸位将领备马,带兵跟上以作后应,等彻底擒拿了敌军,王上亲自设宴犒赏诸位!"

西蛮众将领兴冲冲备马,向着朝廷军队驻扎地飞驰而去。可到达之后,哪里有西蛮王,只有遍地的西蛮士兵尸体和四面八方正在渐渐不断向中心靠拢的朝廷军队。

西蛮将领当下才发觉中了圈套,但已经来不及了。他们纷纷将目光灼灼射向林申。林申冷笑着从马背上解下木盒,重重摔到西蛮领头将领的马下,木盒不堪重击,摔得粉碎,西蛮王的头颅轱辘辘从木盒中滚出,西蛮众将领大惊失色。

林申开口,语气森冷:

"西蛮王已去,诸位不必再做无谓的抗争,想必诸位心中也清楚,西蛮与朝廷实力悬殊,尔等不如投降朝廷,免得再有折损!"

西蛮诸将虽悲愤他们的王上被杀,却又不得不面对现实,只得投降。

这一战,西蛮没有了王,西蛮王唯一的七岁幼儿继承父位,成为新王,新王年幼,西蛮在这一战中大势已去。

林申立了大功。皇上派人千里传旨,赐林申骁勇将军之衔,在京城赐将军府邸。林申跪地领旨之时,四面八方投来各种目光,有羡慕,也有嫉妒。对于这一切,林申视而不见。他所做的这一切,都只为了心中那个人。

她为他铺设了韶美年华,他便战甲戎马独为她!

以后的日子里,林申屡立战功,他的职位不断升迁,很快便被册封为飞虎大将军,在朝堂之内官居高位。

两年之后,西蛮气数全尽,终于归顺于朝廷。朝廷为表诚意,送去公主进行和亲,同时驻守边关的将领减半撤回,林申功劳颇大,在皇上眼里,功高盖主当然是万万不能。撤回京师的将领中自然有林申。

林申猜到皇上所想,但他完全不在乎。接到圣旨那一刻,他只觉得心胸前所未有的开阔。

那晚,他站在无边大漠的高坡上,仰头望着天际那一轮高悬的明月,大漠视线本就开阔,在这高坡之上,一眼望去,更是无任何障碍,明月也显得愈发圆满。林申唇角渐渐泛起一丝笑意,终于,所有的辛苦都没有白费,他终于凭借自己的努力,能够配得上她,给她衣食无忧的生活。终于,他要回京,见到那在荒凉边关漫漫长夜的梦中出现无数次的娇美容颜;终于,她能够娶她,光明正大地将她领进自己的家门;终于,他能够亲自执起她的手,与他一起走过以后的漫漫人生路,这一切,竟是那么的来之不易。

望着那轮明月,林申心中坚信,他和馨儿以后的人生应该是无比的圆满,圆满得就像那开阔的大漠上空的那轮明月。

第二日,林申便与几位将领带领军队浩浩荡荡地奉旨回京。一路上,林申满腔喜悦,策马飞奔。其他将军看他回京心切,只当他是衣锦还乡急于面见圣上讨功。谁都不知,这位年轻将军这许多年的努力与辛苦都只为心中伊人。

军队到达京城,林申看着街边的店铺,街道的摆设,还是五年前的样子,一切都如旧,而那个灵动的少女,是否更加俏丽可人?是否每天在庭台之上眺望边关的方向,等待心中归人?

军队行进皇宫,皇上亲自摆仗迎接。皇上自是从未见过林申,只知他年龄甚小,满朝文武随皇上列队欢迎。当他们见到林申时,纷纷震惊,任他们怎样想都想不到,那位名动天下的传奇将军,竟然如此年轻。

林申行至皇上前方,单膝跪地,声音响亮:

"臣参见皇上,皇上万岁万岁万万岁!"

"好!"皇上明快地大笑,抬手虚扶一下,"林爱卿平身!"

林申站起,向皇上微笑。

皇上朗声道:

"本朝能出如此奇才,实是朝廷之兴!"

林申大将风范不卑不亢,从容回道:

"皇上过奖,为朝廷效力,该是臣之荣幸!"

皇上仰头,笑声响彻天际。

当晚皇宫举行了盛大的庆功宴,林申微笑着接受众人的敬酒与贺词,他的心却早已飞向皇宫外,穿越无边无际的夜空飞到那个粉衣女子身边。

第二日，林申了结了身边的琐事，即刻来到乌孙府。他走下轿子，望着乌孙府威严的正门，五年前，也是在这方空地上，他跪在丞相面前，那么卑微，那时的他，亦是配不上她。终于，都已经过去了。

但是，这一刻，林申又不敢迈步上前了，这些年，她过得好不好，她真的还在等着他吗？何谓"近乡情更怯"，林申此刻深深体会到了。

终于，他的随从叩响大门，管家开门后发现是已经成为飞虎大将军的林申，马上迎进了府里。

正厅里，林申和乌孙元寒暄几句之后，直接道出了他此行的目的，他相信就算不用他说，乌孙元心里也明白。

"乌孙大人，我此行，是专程来看望故人。"

乌孙元轻声问：

"将军所指故人，是指馨儿？"

林申点头。

谁知乌孙元眼光一暗，轻放下茶杯，勿自叹着气。

"怎么？"林申见乌孙元的状态，心中隐隐害怕起来。

"将军有所不知，小女在不久之前，被皇上选中封为和硕公主送去西蛮和亲了。"

"什么？"林申手中茶盏落地，滚烫的茶水混合着茶杯碎片溅向四面八方。

"不可能！"林申语气坚决，他真希望乌孙元只是跟他开了一个玩笑。

乌孙元幽幽地望着林申：

"将军在边关，应该也已经接到消息了。"

林申浑身一震，再也不顾及礼数，拍案而起，上前一把揪住乌孙元的袖子，双眼迸发出无边怒意，大声道：

"你怎么能让她去和亲！西蛮聚居地气候恶劣，万里之内一片荒凉，你怎么忍心抛弃她在那里，她是你的亲生女儿，你怎么忍心……咳咳咳……"林申说得太急，一口气堵在喉头，剧烈地咳嗽起来。

乌孙元的领口被林申抓得紧紧的，呼吸短促的他被憋得满面通红，他双手紧握成拳，道：

"我何尝情愿如此，馨儿是我的亲生女儿啊，我才刚刚寻到她，全家才团圆不久，要我将她送去那不毛之地，我于心何忍！我也曾力劝皇上，西蛮已降,无须再派公主和亲,奈何皇上圣意已决,圣旨颁下,我岂能弃全家的性命于不顾而抗旨不遵!"

乌孙元微微喘气,接着又重叹一声:

"生在这样的家庭,本就太多的无可奈何!"

"轰!"

一道惊雷炸响在天际,刚刚明明还晴空万里,现在突然乌云密布,接着豆大的雨点噼里啪啦砸向地面。

林申抬头望天,连老天都在为他哀伤哭泣吗?

"和亲……和硕公主……馨儿……"林申喃喃念着,乌孙元的衣领在手中慢慢松开。

"哈哈哈!"他仰头大笑,缓缓向外走去,任雨水落在他的脸上和身上。

"原来是她……"

随从看林申傻傻地站在雨中淋雨,快步跑上前为他撑起一把雨伞,却被林申大力一挥袖甩开。林申抬腿慢慢向外走去,乌孙元盯着他的背影,轻叹一气。

林申漫无目的,目光空洞地向前走着,走过花园,走过长廊,走到府门口。他抬腿迈出大门,在外等候的随从看他浑身湿透地出来,纷纷撑伞上前。林申呆呆地看着那些随从,却听不清他们在说什么,只看到眼前的人嘴一张一合,他觉得整个世界都处在极度的安静之中,安静得让他心生恐惧。

林申忽然喉头一甜。"哇!"一口鲜血从他嘴中喷涌而出,染红了他胸前的衣襟。血花溅在地上随雨水蜿蜒着流下台阶。

林申在失去意识的一念间,忽地忆起那年自己卑微渺小,一介布衣,重重跪于乌孙府门前所许下的誓言:

"再让我见馨儿一面,之后,我绝不再走进她的生活半步!"

果真。哪怕如今的自己官居高位,在朝堂之上荣耀尽显,竟再也不能步入她的世界半步。只是馨儿,不知千里之外的西蛮万里苍茫,而你的世界,是否依然愿意为我开放?我知道,你一定是愿意的,因为不管你身在何方,我们的心,永远紧紧牵连!

我的馨儿,我亦是真的不愿接受,那日一句"等我"以后的转身离去,竟成了你我的永别。

缘分,向来是弄人的,有缘无分,便注定了又一场人生悲剧。至于那些山盟海誓所赋予的感情，也终将随着岁月的流逝慢慢隐去。却永远也不会被遗忘，只像白纸上的一笔淡墨，永远书写在那里。

二十年之后，早朝，皇上向众臣宣布：远去西蛮和亲的和硕公主逝世。林申双手举玉笏，立在殿下静静听着，唇角泛起微微笑意。

下朝后，林申走出大殿，站在高高的台阶之上，太阳初生，金色的阳光洒满整个皇宫，记得那年向馨儿许下誓言的那个清晨，也是这样美好的阳光。一阵风在这时迎面吹来，吹得林申鬓边几缕泛白的发丝微微飞扬。

一天的时间过得很快，转眼已是黄昏，林申立在庭院中，夕阳将他的身影拉得修长，林申看着天边那一轮大大的太阳，傍晚的太阳，已经不再刺眼，却继续散发着余晖将漫天云彩染得火红。

夕阳无限好，只是近黄昏。

这些年，林申始终孤身一人，不曾娶妻，连皇上都帮他看好了几位公爵家的小姐，个个优秀出色，却都被林申一一谢绝。他的眼中，馨儿才是天下最优秀的女子，没有任何人能够取之代之。其实，林申又何尝没有想过单枪匹马杀入西蛮将馨儿抢回自己的身边，然后带她远走天涯，可是，这样做终将会陷馨儿于不义。况且，如果真如此，那么朝廷必定不会放过他二人，那以后，就只能在颠沛流离的亡命生涯中度过余生了，他不要如此，与其让馨儿跟着他担惊受怕，居无定所，他宁愿让馨儿在西蛮安定地生活。为了馨儿，他心甘情愿地站在她身后默默地守护着她的一切，就像小时候一样。

林申微笑着，转身踱步进屋。

"馨儿，对不起，哥哥终究没有实现对你许下的诺言。不过馨儿，你放心，从今天开始，哥哥再也不会丢下你！"

夜，骁勇善战的飞虎大将军暴毙家中。次日早朝，消息传出，满朝震惊。远嫁边疆的和硕公主和当朝大将军接连逝世，众人都认为这是朝廷在无意中得罪了天上的神仙，才遭降罪至此。而这其中的一切，只有林申与馨儿自己知道。时间慢慢流逝，这一切也终会随时间慢慢飘散于空中。

那年，馨儿远嫁西蛮，接到圣旨的那一刻，她自知和林申这一生的缘分已尽。她毫无抗拒，踏上马车，远离了这带给她无限纷扰的地方。马车上，她流干了这一生的眼泪。

馨儿临终前，由下人搀扶着走到大帐外。她坐在地上，背靠大石，手中紧握着一只编织的彩蝴蝶。

这么多年了,她始终无法适应这里的气候,还是京城的气候更合她心意。这里一年四季只有黄沙和狂风。但在京城,春天有嫩绿的柳树,粉红的桃花,她可以和哥哥在一条冰水初融的小溪边散步。夏天有各式各样的蝴蝶绕着她翩翩飞舞。她可以和蝴蝶一起跳一曲美丽的舞蹈给哥哥看。秋天,金黄的树叶落了一地,她可以和哥哥坐在落叶上,听哥哥给她讲她从没有听过的故事。冬天,满目雪白,那就更好玩了,堆两个雪人,一个是她,一个是哥哥。细细想来,好像一年四季京城每天都在变化,但只有哥哥,他不会变,他会一直陪在自己身边。

馨儿抬头,目光穿越这荒凉的一望无际的大漠,落向京城的方向。这一生,终将结束,那些爱和恨,恩怨和纷扰,也终将离去。这样,挺好。终于,能够放下一切去找哥哥了。唯愿来生,能在温和从容中度过,再也不要这许多的是是非非。

阳光照在馨儿的脸上,馨儿含笑闭上眼睛。一滴被阳光反射出淡淡光芒的眼泪自馨儿眼角悄然滑落,滴入黄沙中再寻不到踪迹。

阳光明媚。

"哥哥,你看!"身着粉色衣裙的少女将手伸在一个劈着柴的少年面前。手掌慢慢摊开,里面是一只轻轻扇动着翅膀的美丽的蝴蝶。

少女轻轻挥手,蝴蝶飞起,少女随着蝴蝶一同开心地起舞。

少年痴痴地望着少女,那目光,仿佛穿越了几世的轮回,定格在了最美好的一刻……

(本文获滨州学院品牌专业汉语言文学首届文学作品原创大赛一等奖)

家　事

17 中文本 1　田　野

　　老胡是村子里的书记，也是一家之主，虽然这个书记表面上风光，但家里的事使他窝了一肚子火。

　　老胡在村里置办了两套挺不错的房子，准备给自己的儿子和女儿，儿子听说后不干了，他认为父亲的财产应该都归儿子，凭什么给女儿，冲着老胡就喊："女儿都是泼出去的水，告诉你，你以后可还得靠着我养老！"儿子一气之下从家里搬了出去。因为房子的事老胡和儿子闹得不可开交，尤其是在这快过年的节点，老胡一想到这事便气不打一处来，苍老的脸上布满愁容，眉头间的褶皱像耸起的小丘。

　　别人家里都在打扫卫生、置办年货、贴春联，准备欢欢喜喜过大年，而老胡家丝毫没有热闹劲儿。半夜老胡被外面的汽笛声惊醒，细听后知道，原来是隔壁老王头的儿子赶回来团聚了，羡慕了一阵儿，又想到了自己的儿子，不禁抹了一把脸，叹道："唉，这是造的什么孽啊，老天爷你说……"漏进屋内的月光之下，老胡的手指上一片亮晶晶。

　　眼看就要到除夕夜了，儿子还不准备回家过年，老胡的心里很是焦急。第二天，老胡准备了一些年货，准备给儿子送去，摸了摸箱子冰冷的外皮，老胡将胳膊肘放在上面，内心五味杂陈，抬头冲着也无心干活的老妻笑笑，宽慰道："咱儿子我还不了解吗？你就别跟着瞎操心了，烧壶好酒，回来我们爷俩整一盅！"

　　这几天冷得很，风呼呼地刮着，紧了紧身上有些发旧的夹袄，老胡低咒一声："这妖风，是犯的哪门子邪劲……""胡书记，这是去哪儿啊？""啊，是老李啊，也没啥，就去看个亲戚，这不要过年了吗，走动走动。"老胡强提笑意说道。"噢，这样啊，我还以为是去拜访哪个大官呢，哈哈……"老李打趣了一声，也没看到老胡更加难看的脸色，摆摆手走了，刚走又掉过头来，

"老胡，我儿子给我带了几瓶洋酒，改天去我那儿咱哥俩凑一桌啊！"看着老李高兴的背影，老胡嘴角彻底垮了下来。

到了儿子的新住处，老胡给儿子打电话让他出来拿东西，"呼——"老胡跺了跺脚，搓了搓苍老粗糙的双手，哈了口白气，想着，"儿子也该消气了吧……"这时，电话那头响起了儿子的声音，"爹，你来这干啥啊，不知道我们家在忙着包饺子啊，真是，净给我添乱……我这啥也不缺，你快回去吧。"说完，没等老胡说一句话，啪一声就挂了电话。当老胡打第二遍时，电话那头早已无人接听，老胡一直积攒的火气腾地就上来了，大骂道："我这是生了个什么玩意儿，从来就只有儿子给老子送东西的份，哪有老子给儿子送东西的理儿！你爱要不要，不要拉倒！"老胡灰头土脸地回家去了。

转眼除夕夜到了，看着家家户户张灯结彩，其乐融融，老胡的心里真不是滋味。

（本文获滨州学院品牌专业汉语言文学首届文学作品原创大赛三等奖）

花　寂

17 中文本 2　朱茗敏

淡淡的月光穿过监狱的小窗子打到地面上，那未被照及的阴影里放着一张小木床，上面蜷着一个人。窗外的蝉鸣不时从窗缝里偷溜进来。

那时候，争吵不休的父母终于分道扬镳，没有一个人想抚养他。他们都各自组成了新家庭，只是每月给他一些生活费。他不得不与年迈的爷爷生活在一起，不久爷爷也去世了，只留下一盆没有开花的秋海棠在阳台上摇曳着单薄的枝丫。

他开始结识社会上的小青年，成立了一个小团体。打架，小偷小摸是家常便饭。看"对手"鼻青脸肿才觉得有满足感，在小团体里才觉得没有被抛弃。

　　那天,他向小团体的一个成员瘦子要回借出去的钱,瘦子悄悄地递了一个小袋子给他,并神神秘秘地说:"兄弟,最近手头有点紧,先拿这个意思意思吧。""你是不是耍我啊,找打啊。"他生气地说道。瘦子连忙赔笑:"哥,我哪敢啊,这可是好东西。"他半信半疑地接了过来。

　　回到家后,他打开小袋子,里面赫然出现一个彩色的小药丸,像糖果一样。他隐约知道这是毒品的一种。听说吸毒的时候很快乐,他有些犹豫,可内心积压的痛苦让他无所适从,最后他咽下了这颗药丸。飘飘欲仙的感觉很快就来了,像漫步在云端一样,在这极度的快乐中他发现阳台上的秋海棠开花了,美丽极了。

　　他迷上了毒品。父母给的那些钱根本不够,他开始疯狂盗窃,他很聪明,一直没有被抓到。

　　冰冷的雨淅淅沥沥地下着,深秋的风总是又急又寒,海棠花在风中瑟瑟发抖。当他打开家门的那一刻,一个水杯飞了过来,他连忙躲到一旁,杯子四分五裂的声音随即而来。那个男人——他的父亲,正坐在凳子上,手里抓着个小袋子,愤怒蔓延在整个脸上。对,他的秘密被发现了。

　　"混账,你这是在干什么!"父亲手往桌上一拍怒喝道。"我亲爱的父亲,今天您怎么有空来看您的儿子啦?"他笑着问道。"啪"父亲冲上来,一个巴掌甩了下来,"你这个畜生,今天我要打死你!"又是一个重重的巴掌。愤怒、难过、失望一瞬间涌上了他的大脑,他的脸色难看极了,手在剧烈地颤抖。他疯狂地抢着父亲手上的袋子,可父亲却向窗户外一抛,他最后的理智终于消失了。他掏出随身携带的一把水果刀,刀刃在灯光的折射下泛出闪闪寒光……

　　时钟滴滴嗒嗒地走到十点钟,他突然清醒过来,他低头一看脸色煞白,他颤巍巍地伸出手指探了探父亲的鼻息,吓得缩回了手。雨越下越大,阳台上的秋海棠被打得花瓣纷纷坠落,在地上苟延残喘……花寂了。

　　夜很安静,他闭上眼睛,只有那血沿刀刃而下"滴答滴答……"

　　(本文获滨州学院品牌专业汉语言文学首届文学作品原创大赛三等奖)

惩　谎

17中文本2　杨　洁

公交站牌前,一群人低头拿着手机等待着下一班车的到来,神色中都隐约有些不耐烦。

"先生,请问,这是你的钱包吗？"迎面走过来一个男人一脸羞涩地问着徐嘉。

"是的,这是我的钱包。"他理所当然地说着自己认为拙劣但总是能够骗过这群愚蠢的人的谎话。

他们的世界,谎言能够被人相信也是一种能力。

这个世界是由一个个的谎言支撑起来的。这颗蓝色星球——地球,是由谎言充斥而成,是一个没有谎言便会消失的"死星"。每个人,都习惯于说谎。他们一天不说谎便会像瘾君子离了毒品一般难忍。

徐嘉接过男人递过来的钱包,看都不看地直接揣进兜里。跟男人道了声谢后便不再看他,亦错过了男人脸上稍纵即逝的诡异笑容。

"我叫郑实,请问先生你叫什么？"耳边传来送钱包的男人的声音。徐嘉挑了挑眉满脸笑意地回了声:"徐嘉"。

郑实点了点头便不再说话。

68路车紧接着便到达了众人面前。所有人都一拥而上,只求能够找到一个座位。

待众人坐好,公交车便开始跑了起来。车上的电视也随着车子出发而响了起来。

"今日,我国多处地区出现不明尸体。尸体的共同之处,便是死后被线缝住嘴唇。具体死因不明,警方仍在进行排查,请各位公民外出注意安全……"听着这话,徐嘉不禁心头一跳,内心生出几分慌乱。摇摇头将那无名的感觉甩出心头,不再多想。

大约十分钟后便到站了，徐嘉匆匆下车，似是准备回家好好清点今日得来的这份"意外之喜"。

隐约间，听到身后传来一句："拿了不该拿的，便该付出代价……"

走进小区，徐嘉只觉得身后有人跟着自己，全身颤了颤，似是被此时诡谲的气氛吓到了，只见他慌乱地往后看去，却发现没有人。随即徐嘉松了口气，再回过头来，便见到先前递给他钱包的青年带着一脸诡异的笑容在离他半米的地方看着他。看着郑实，徐嘉的瞳孔一下子缩了起来，显然是被吓了一跳。

"你是在找我吗？"郑实一边笑着问徐嘉一边一点点地靠近他，脸上带着的诡笑让徐嘉不禁往后退了几步想要逃跑。

徐嘉亦如所想般往身后跑去，只希望能够碰到几个人救下自己。然而，徐嘉却发现自己的逃跑是无用的。因为，离他五米处，青年依旧诡笑着看着他。

不知怎的，徐嘉想起了刚才在公交车上转播的新闻，心下不禁一沉。

"车上说的那些死人……都是你杀的对不对？"徐嘉脸色苍白地问着郑实。

"呵，你说呢？你要不要猜一下我是怎么做到的，答对了……也没有奖励哦……乖乖过来，我可以让你死得轻松点。"郑实一边一步步地朝着徐嘉走去一边说着。

"你为什么要杀我？我没有做过什么伤天害理的事情，你找错人了吧！"徐嘉一边往后退着一边说道。

"唔……"郑实垂下眸子。

见郑实低下头，徐嘉以为他在认真思考着自己说的话，又加了把火，"而且，我们根本没有见过，更别提什么仇恨。要是你要找仇人……我可以帮你找啊！"徐嘉语无伦次地冲着郑实说着。

郑实垂着的头令徐嘉无法看到他的表情，看到郑实的注意力似乎不在自己的身上，徐嘉猛地往自己的房子那边跑去，速度极快地冲进门将门锁上便瘫倒在门旁，松了一口气后便开始剧烈地喘息着。

"为什么要跑呢？"郑实的声音在头上响起。

徐嘉的表情因为惊吓而变得煞白，抬起头，豁然是郑实那张带着诡笑的清秀脸孔。

徐嘉竭力地往后用后背抵着门,企图以此获得一丝安全感。

"你乖乖的。我可以给你一个痛快的死法……"郑实的声音再次响起,此时的话语中带着阴沉的情绪。

"为什么……要一直缠着我不放……"徐嘉结结巴巴地质问着。

"为什么?哪有什么为什么?说谎的人……都该死!都该死!"郑实因为情绪失控而显得格外狰狞。

徐嘉的表情有些不可思议。

"说谎是整个星球的习俗,没有了谎话整个星球都会灭亡的,你这样做,是违反整个星球法的。"

"违反法律?这样的法律……这样不公平的法律,有什么存在的意义!只要……只要说谎的人都不在了……这个星球的秩序就会重组,什么法律也会不存在!"郑实清秀的脸上依旧狰狞。

"……"听着这话徐嘉有些沉默,缓缓地站起身来,表情也不像方才那般惊慌。

看着这样的徐嘉,郑实忽地有些不祥的预感。

果然。

"你被逮捕了,你说的话都将成为呈堂证供!"徐嘉出其不意地铐住郑实的手。

"……什么时候开始的?"看着手上的手铐,郑实沉默片刻没头没尾地问道。

徐嘉明白郑实问的什么。

"一周前。我们将所有死者的共同点统计,发现他们都与你有过接触。之后我作为诱饵,暴露在你的面前。"

"哈……好好好……我技不如人,甘愿认输……"郑实苦笑。

"不要!"徐嘉看着郑实的表情突然喊了出来。

但是显然是已经迟了。

下一瞬,郑实的嘴角溢出一道血痕。

"你说错了……我杀的,都是用谎言害过人的……他们……都该死……我相信,早晚有一天,这个用谎言充斥的世界会被替代!而你们所谓的法律,也将不复存在!"言尽,郑实的身体便倒了下来。

"……为什么?"徐嘉低头看着郑实此刻恬静的脸庞。

为什么这么恨这个谎言的世界？为什么宁愿死也不愿被抓？

徐嘉想问的很多，却再没有人能够回答他。

回到特殊行动组，徐嘉匆忙调出郑实的档案。看着手中印着密密麻麻的字的几页纸，他突然对这个世界产生了一些怀疑，曾经的信仰，也有些动摇……

谎言……真的会长久吗？

一个月后。

特殊行动组组长徐嘉因任务失利，害死凶手，被判有期徒刑两年……

（本文获滨州学院品牌专业汉语言文学首届文学作品原创大赛二等奖）

剑胆琴心

17 跨中文本 1　薄　敏

楔　子

每个人心中都有自己的江湖，或仗剑策马，或倚栏观花；有些人混迹市井打抱不平，有些人茶楼酒肆赋诗作画……还有些人，如我，偏偏想做个既有情致又有胆识的少年侠客，一边行侠仗义，一边幻想些无关情爱的故事……

正所谓"小榻琴心展，长缨剑胆舒"。

在这里，我要书写我自己的剑胆琴心……

千岛长歌，相知莫问

我是长歌门下一个默默无闻、与世无争的小琴萝，除了比较爱吃，平时只喜欢弹弹琴、作个画,无聊的时候就坐在后院的桃花树下发呆。

自打七岁入长歌,到如今已有八个年头了。我一直没什么宏图远志,对名扬天下这种事没有兴趣,比起同门师兄弟们,虽然一样是修习"莫问"心法,但我打架几乎没打赢过……

我本想就这样安安稳稳、无欲无求地在长歌门过完这一生,可十五岁那年却成了我今后命运的转折点。我及笄了,杨师叔给我发了新衣裳,安排我去了天道轩。实际上,我委实不晓得自己这种资质平庸又无上进心的弟子是怎么入得了天道轩韩师伯的法眼的,但毕竟被选进天道轩算是长歌门内无上的殊荣,我还是应该感到欢喜的。

初入江湖,小心被坑

从今以后,作为天道轩弟子,我不得不离开最熟悉的长歌门,只身一人来到那所谓的江湖……

我的行囊很简单,一套换洗衣裳,一袋还算有分量的碎银,一张凤尾琴,别无他物。我将琴细心地裹在绸制的琴袋里,长歌门的琴与平常人家的不同,琴中是嵌着剑的。长歌门弟子与人战斗,除了击弦产生的音域有攻击效果,琴中剑更是重中之重。不过天道轩的前期任务主要是暗访,与人动手的机会不多,只需小心谨慎搜集情报就够了,至于案情查实后的裁决,我这种初级弟子根本无权处理,也没那个本事。

然而作为一个初入江湖不通世事的小丫头片子,一路上各种被人坑,空有一身功夫又不能随意打架报复,很长一段时间都憋闷得头疼。

最可怕的是,出门的盘缠被人给坑光了,我只能沿途找些零活打打工,赚些银两以供吃穿用度,日子过得很是艰辛……

涟漪白雪,偶遇纯阳

那天我做完事领了工钱,正准备去扬州城门口的包子铺买几个灌汤包,突然背后有人拍我肩膀。虽然跟长歌门的天才们比起来我的确有些不学无术,但习武之人的警觉还是有的。我回头,同时不露声色地与那人拉开距离。

"呦,小妹妹蛮机警的嘛。"那人似乎很开心,笑起来露一口白牙,一看便知道是纯阳弟子,全身上下装束配饰无一不彰显着自己师承何处。看衣着,仙风道骨白衣飘飘;看气度,白发高束尽显风雅;看装备,夜话白鹭背上斜挎。他撑着一把夜幕星河伞,那口白牙没有阳光照射也亮得晃眼……

我的第一反应是,土豪,绝对是土豪……

但理智不停地鞭打着我,天道轩最容易招仇家,所有陌生人的搭讪都可以看作是心怀叵测、居心不良。我脑海里正上演着各种各样的小剧场,什么"传奇女侠痛殴狼子野心纯阳渣男""长歌门最优秀弟子揭露人面兽心冒牌道长"……

那边搭话的人看我半天没反应,伸手在我眼前挥了挥。

"小妹妹?"

"侠士有何指教?"我终于从脑洞中挣扎出来,作揖行了个礼。

"指教不敢,就想问问妹子,需要师父不?"他继续笑,努力摆出一副和善可亲的样子。

呵,敢情是来这找徒弟来了,可惜本姑娘自幼拜在长歌凤夕颜门下,又得韩非池真传,跟我男神剑仙李白关系也很是不错,师父个个都名震江湖,还需要在江湖草莽中寻人拜师?难得,我居然在穷困潦倒的日子里没来由地心生一股自豪感……

"这,多谢道长好意,只是我早年曾拜入长歌门下,恐怕学不成纯阳心法,无法传承您的武学。"我客气地回答。

道长见我转身想走,连忙拉住我:"妹子等等,你误会了,不是我要收徒……"他似乎有些难为情地抓了抓脑袋,"是这样,我有个师弟,入门不久,非嚷嚷着师门人丁单薄,要有师妹才肯安心修炼,也不知哪条神经有问题,斗胆请妹子去我师门一叙,哪怕假意入门装装样子,哄他消停下来也好。"

从前在长歌大门不出二门不迈,我还真不晓得江湖上奇人异事这般多,虽然好奇,但我哪有时间陪他师弟过家家,依旧想要推辞。这时候偏巧包子铺的热包子出锅了,热腾腾的香气使劲儿往我鼻子里钻,本就没钱吃早饭,又奔波了一上午,我的肚子终于不争气地哀号起来……

还在给我洗脑的道长一愣……

"呃……"我有点尴尬,女孩子的羞耻心终于摇摇摆摆地钻出来……

"妹子饿了?你跟我走,管饱,还有出场费!"道长突然眼睛一亮,转身走到包子铺边,"老板,来两笼店里最好吃的灌汤包。"

我悄悄地跟上去，看着软乎乎、热腾腾的包子咽了咽口水，饥饿渐渐战胜了矜持，"那个……三、三笼行不行……"

道长惊奇地看了我一眼，又面容坚定地向包子铺老板摆个手势："老板，三笼！"

道长坐在一边，看我就着包子铺的咸菜条狼吞虎咽地干掉三笼灌汤包，眼角、嘴角都在抽搐，但还是关切地问我："妹子吃饱了吗？喝点水，别噎着……"我咽下最后一口，心满意足地擦了擦嘴角上的油，冲道长点了点头。

"敢问妹子闺名，如何称呼？"

"李沐清，道长呢？"终于吃了顿饱饭的我心情很好，看着那口白牙都不觉得晃眼了。

"呃，他们都叫我，涟漪……"道长的表情似乎有些生无可恋。

"哈哈哈哈！涟漪？好名字好名字，艳而不俗，卓尔不群，很是有新意！"我捂着肚子笑，这才觉得三笼包子对我来说的确分量不少。

"莫要笑了，都怪我师父，说是从湖里把我捞出来的时候搅得水面上一圈圈的波纹，总不能叫水花吧，摆弄文采就取了涟漪这个名字……"我能听出来，道长心中有多郁闷……

简单聊了几句之后，我发现之前的猜测果然不错，涟漪是个大土豪，作为一个穷人我不得不没出息地向金钱势力低头……

另外，我还了解到一点，涟漪说的师门并不是像长歌或是纯阳这样的门派，而是江湖上脱离门派后的侠士们自行组建的小群体，师徒之间传授的也不是武学，而是江湖经验，我这种经常被坑的新人的确很需要一个这样特殊的师门群体作为依靠。师门内部成员组成也是五花八门，兼容并包，比如涟漪的师父是我长歌门的前辈，但他师弟却出身藏剑，果然人傻钱多这种形容不是白来的，涟漪的师弟就是典型……

搞清楚了江湖师门的作用，我自然乐意随他一同去拜个师，也好减少我行走江湖被坑的次数……

拜师学艺，一见钟情

我跟着涟漪来到一栋装饰华美的大宅院前，心想果然是有钱人的世界我不懂。在我的世界观里，黄金是用来买食物的，而在他们的世界观里，八成也就是比较好看的一种装饰品,我分明看到门柱子上刻的字烫了一层明晃晃的黄金!

然而这次拜师之旅我并没有如涟漪的心愿成为他和他师弟的小师妹,反倒阴差阳错成了他的师叔。

也正因如此,我在这里遇到了那个改变我一生的人,也许在见到他的那一刻起,我才真正领悟到什么才是剑胆琴心……

我跟着涟漪到这里的时候,他的师父已经带着那个所谓的师弟动身去洛阳了,我能看出涟漪那些说不出口的愧疚和歉意,费力把我"诱拐"过来,却连未来师父的面都没见着。其实我倒没觉得有什么,正考虑怎样措辞跟他告别,这时候大厅后的琉璃珠帘哗啦啦响了,里面走出个身着玄甲的人……

该怎么形容这个人呢,我一时想不出能用什么词来描述。说是剑眉星目略俗,说是玉树临风不搭,说是挺拔英俊似乎也欠妥……那人全身上下都裹在浓郁冷硬的玄色里,黑色短发干净又利索,面容线条清晰明朗却不生硬,他个子很高……其实这些都是我后来绞尽脑汁去回忆的,实际上见到他的一刹那,我的脑子一片空白,只觉得"这个哥哥我见过的……",没经历过什么情窦初开的我恍然间明白了什么是一见钟情……

曾在长歌门有"没心没肺厚脸皮"之称的我居然少有的红了脸,明明是那般英武的一个人,却偏偏有一双潭水般温柔清澈的眼睛,我不晓得爱情盲目不盲目,只知道它突然来临的时候谁都挡不住……

"师、师祖?你什么时候回来的?"涟漪似乎有点吃惊。

师祖?明明这两人差不多的年纪……所以,这种江湖师门的关系是有多乱……

"雁门关重新调配了职务,我年前受了点伤,薛帅让我回来修养一段时间。"穿玄甲的小哥哥说,"这位是?"

他突然把目光转向我,我分明能感觉到小心脏像兔子一样扑腾扑腾乱跳,无意识地狠狠捏了涟漪一把。被我这冷不丁一捏,涟漪"嗷"的一声惊呼,揉了揉差点被我捏肿的胳膊,赶忙向他师祖介绍:"我路上偶遇的妹子,看她骨骼惊奇根骨不凡,本想带回来让师父收她为徒的……可是师父……"

"阿越?她自己都整日迷迷糊糊的,能带你们俩就不错了。"小哥哥苦笑,摇了摇头。"若不嫌弃,我来吧,姑娘可愿拜我为师?"

"她不愿意！"

"我愿意！"

涟漪和我同时高分贝回应。

"你你你，你不能这样，这样你岂不成我师叔了！"涟漪心不甘情不愿。

"师侄，乖，将来师叔我会罩着你的！"我哪管他愿不愿意，能留在小哥哥身边最重要！"师父，请受徒儿一拜！"我欢快地奔向面前那玄色的身影，扑通一声……不是跪下，而是"五体投地"地摔趴下了……

长这么大头一次因为摔倒而觉得丢人，我疼得眼冒泪花，只盼着地面能被我砸出条缝让我钻进去。

"小心些，没事吧？"我闻声抬起头，一只筋节分明的手向我伸来，师父笑得很温柔，以至于我常觉得，有些人笑起来是那样好看，单是看着他的笑容，就足够我温暖一整天……

我把自己的手安心地交到他的手里，那双手有力又温暖，掌心布满练惯长刀的老茧，粗糙却值得人依赖。

"我叫梁锋，你呢？"

"我我我，我叫李沐清。"

"嗯，清儿。"他目光移向我背后的琴，"你可是师承长歌门？修习的是哪门心法？"

"我是'气满倾楼'风夕颜门下弟子，修'莫问'心法，可是我学不会师父的心法，所以教我武学的是韩非池师伯。"我难得会如此认真地回答问题，很开心这位新师父也在认真地听。

"这样，那你恐怕也入天道轩了吧？来这里是为了查案？"他问。

我点点头，但没好意思说查到现在除了被人坑光了盘缠别的什么进展都没有。

梁锋师父看着我飘忽不定的表情，突然就笑了，"看样子你初入江湖，遇到的阻碍不少，案子还没什么进展吧……"他伸手揉揉我的头顶，"不打紧，别怕，明天我陪你一起去。江湖上的规矩和门道，我会慢慢教给你的。"

不知为何，听他这样说，我这段日子所有的焦虑和烦躁都在一瞬间安定平复下来了……

自从拜了梁锋为师，便觉得一切都变得顺畅简洁了。每日查案来回奔波，他都陪我一起，似乎从不觉得累。一路上，他告诉我哪里的车夫最靠谱，乘车最迅捷；提醒我哪家客栈里的酒水掺了蒙汗药，从此我一家黑店都没投宿过；他也教会我怎样混迹交易行，平时采来的药草、挖来的矿石都可以拿去换碎银，通过买卖交易，我就不需要去打工赚生活费了。

涟漪有时闲得无聊也会来给我们捣捣乱，作为我每次见他都一口一个地喊他师侄的报复。

由于天道轩查访的多是达官贵胄们的劣迹，证据情报搜集起来很是费时费力，单是扬州知州欺凌百姓、强占耕地一案，就耗费了月余时间。这段时间里我和梁锋曾被玉虚宫的刺客截杀，想来是我不小心露了痕迹，有人想杀人灭口。

不过正是这次遇袭，才让我知道我这位师父武力值究竟有多高……梁锋本是镇守雁门关的苍云将士，不同于普通江湖侠士，他自小生活在苦寒之地，日复一日年复一年接受军人一样的训练，一套刀盾使得出神入化，他护在我面前，就仿若战神屹立天地之间……

我所修习的"莫问"心法，本是长歌门最得意的攻击心法，将剑术与音域完美融合，以达到伤人于无形的效果。可是我一直都对这套攻击技能掌握得不够熟练，反倒是跟随韩师伯修行时，才发现我在"平沙落雁"这样的控制技能上更有天赋。正是因为这样，我在查访案情的过程中靠着琴音惑心的手段，搜集到不少关键的口供。随着证据越来越齐全，案情也渐渐清晰明朗，扬州知州的罪行已是板上钉钉，我立刻给长歌门送去消息，算是完成了我第一次师门任务。接下来只需等待天道轩派来有经验的执行弟子来接手，我便可以功成身退了……

任务完成后，我心情很是雀跃，拉着梁锋在扬州城的大街小巷到处乱窜。作为资深吃货，我一直以来都有个小心愿，就是每游历一处便吃遍这地方的所有美食，初入江湖时既没经验又没钱，只能每天吃包子，但今时不同往日了，有梁锋在我身边，就永远不会被坑；钱花光了就找涟漪要，反正他有钱……

就这样一连玩耍了几日，梁锋表现出了他不凡的耐心和包容心，无论我玩的多疯癫，他都微笑着陪在我身边，眼神温柔又宠溺。渐渐地，我对他那种自然而然的依赖已经深埋在心，完全不曾想过，他终是属于苍云的，总有一天，他还是要回到他应在的地方……

悲莫悲兮生别离

和喜欢的人在一起的时光总是过得很快,我来到扬州时还是阳春三月,与梁锋一起查访过几个案件后,转眼已至初冬。

那天天空阴沉沉的,我站在小院子里,那颗高大的梧桐的最后一片叶子落了,像是折翼的鸟儿,沾染着枯黄的、了无生机的颜色颓然坠落……我抬起头看看天空,这年的第一片雪花悠悠飘落在我脸上,带着一丝丝凉意……

那天一早梁锋就收到了来自苍云的转调令,他要回雁门关了。我心里突然一空,有点不能接受这突如其来的转变……

大厅里少有的安静,梁锋沉默,我也沉默……涟漪溜了,但这时候我却不能跟着他一起溜……

"咳,清儿……"还是梁锋先开了口,"薛帅急召,我要回苍云了。这段时间……先让涟漪陪你……"

"没事没事,我跟着师父学了这么久,若还是什么都不懂,岂不是过分了些。不用担心,我自己也可以的。"我努力让自己笑得自然。

梁锋看了我许久,眉宇间满是忧虑,但最终,他还是道了声:"清儿,保重……"便转身回屋收拾行囊去了。

梁锋离开后的时光似乎开始变得索然无味起来,虽然涟漪时不时会回来跟我互怼,但我还是觉得身边少了些什么,心里总是空落落的。不知不觉一年多过去了,这期间我已经能独立完成许多长歌门安排的任务,甚至积攒了不少银两,再也不用像从前那样靠打零工养活自己了。这年天道轩也有新弟子来接替我在扬州的位置,于是我找了个合适的时机,跟涟漪道别回了长歌。

不知是不是我多想,在处理各种案件的同时,我总觉得近几年朝局越发动荡。虽然庙堂之上依旧在歌功颂德,江湖中也依旧歌舞升平,可那些文臣武将究竟为何蠢蠢欲动在背地里搞些小动作呢……

我终究是江湖人,朝廷的事我想不通,也懒得去想,天塌下来都有个高的人顶着,无论出什么事都有门中长老们去处理,于我并无相干。只是我心中所牵挂的、想念的那个人,已经许久没有消息了……

一开始我给梁锋寄去的书信都能收到回信,但几乎内容都差不多,无非是"我很好,莫担心,今天训练了什么新刀法,午饭炖了羊肉,晚上要去换防,下大雪了,但今年发的冬衣很厚实,一点都不冷"之类的话。隔着薄薄的一张纸,我都能感受到他在昏黄的灯光下写这些琐事时的表情有多认真,他一直都是个认真的人……

在苍云军中,这样的日子该有多无聊啊……也只有他这样沉稳坚毅的性子能受得了吧,换成我这样的人,估计早闷出病来了……可是每次收到回信我总是开心的,因为这样能让我感到踏实。

只是,已经快半年了,我都没有再收到梁锋的回信,写信问过涟漪,他们也联系不到梁锋。突然之间,音讯全无……

从没想过我也会心慌成这样,有长歌门第一吃货之称的我居然有了茶饭不思的时候。事实证明我的担心不是没来由的,天宝四年,安禄山挑拨奚人和突厥兵起边关,借机冲入乱军之中大肆屠杀苍云军,薛将军战死沙场,无数苍云军埋骨关外……

消息传到长歌门的时候,我正巧跟随韩师伯一起到达漱心堂,师叔师伯们都在痛骂安禄山狼子野心,我却一瞬间像是被抽空了所有力气,瘫坐在地上,怀中抱着的卷轴掉了一地,咕噜噜滚远了……

"清儿?"韩师伯疑惑地将我扶起来。

"师父,师伯,门主……"我努力站稳,向三位长辈行礼,"我要去雁门关,还请准允。"

无论你在何处,我都会去寻你

我从千岛辗转来到太原城,然而边关战乱,没有车夫愿意前往雁门关,我只能自己买了匹马孤身前往。这一路上,风餐露宿也好,顶风冒雪也好,我心中只默默念着一个名字,梁锋……梁锋……你要等我……

我只是这浮华乱世中一介俗人罢了,自知实力不济,无法保家卫国,更不奢想有朝一日名扬天下傲视群雄,我心胸也没那么宽广,装不下整个家国,只装得下一个人……只这一个人,便足够把我的心塞得满满的,我不想失去他,我不能失去他……

到达雁门关的时候,长孙前辈已经接任了苍云统帅之职,雁门关上下幸存的苍云将士,每个人眼中都充斥着刻骨的恨。我将门主的书信交给统帅,在军中谋了份差事,帮军医采药、打杂、照顾伤员,顺便打听梁锋的消息。

梁锋没有死,在那场死斗中他侥幸存活了下来,只是被人切断了左手的筋脉,从此再也使不得盾了……

他被裹得像木乃伊一样被人从伤员营房里扶出来的时候,我想我应当是疯了一般冲过去的,因为事后那位万花谷来的老先生笑话我说:"你那天那一嗓子,把那边昏迷了三天的小哥都吓醒了。"

那段路很短又很长,我跑得跌跌撞撞、踉踉跄跄,手上给伤员上药时黏的黑绿色的膏药都没擦就捧住了梁锋饱经风霜的脸。"梁锋!梁锋!梁锋!"除了不停喊他的名字,其他一句话都说不出来,我抱着他哇哇大哭,眼泪鼻涕连带着手上的膏药抹了他一身。

"清儿……"

"啊?"我抬头,脸上沾着擦眼泪时擦上的黑膏药,这样的大花脸,梁锋也是一样。

"你好像……长高了些……"我们两个大花脸四目相对,什么煽情的话都没说,同时扑哧一声笑了。

是啊,什么都不用说,你活着,就是最好的……

梁锋的眼睛还是像从前那样温柔又明亮,只是极深处多了一分落寞,更深处是汹涌如海潮的仇恨。与我在一起时,他总是尽力掩藏他的落寞与仇恨,我知道他不想让我担心。可我理解他……断臂之伤让他不能再与弟兄们一起并肩战斗,他怎能不落寞;安禄山的叛变让他失去了最尊敬的薛帅,他怎能不恨……但我的阿锋是那样坚强,举不起盾,他便单手苦练刀法;换不回薛帅,他便磨砺心志等待复仇。我能做的,只有默默陪着他,在他撑不下去的时候拉他一把,让他不致因无法上战场而自怨自艾,从此沉沦下去……

"莫问"前路无知己,我愿为君赋"相知"

我在雁门关陪伴梁锋调养的这段时间,做出了一个彻底改变我今后人生的决定。没有同他商量,我自废一直以来修习的"莫问"心法,改修"相知"。长歌门这两套心法截然不同,"莫问"伤人,"相知"救人,曾经我觉得修习"相知"的同门都是傻子,放弃保护自己的武技去学习支援他人的辅助功法,岂不是置自己于险境。可如今我才想明白,我才是傻的那个,和自己喜欢的人在一起,能够保护自己最爱的那个人,才是这一生最幸福的事……

我放弃了修习了十几年的心法,就等同于放弃了今后在天道轩的地位,其实我明白韩师伯选中我的原因,也能预想到在天道轩发展的无量前途。可是我不后悔,没有梁锋一起走的路,纵是前途,也不是归途……

阿锋,你要快些恢复过来……

阿锋,从此以后,我来做你的盾,去护住你手中的刀,可好……

尾 声

兰风梅骨,剑胆琴心。前一句写万花谷人气质脱俗,后一句说长歌门人任侠儒雅。如今我十九岁了,才晓得剑胆为何胆,琴心是何心……

为所爱之人甘愿涉险,才是有胆识,有勇气;与所爱之人琴瑟和鸣,才是有情致,有风韵。剑胆琴心本就是相爱之人间的刚柔并济,不是依靠一把嵌了剑的琴去大杀四方、扬名立万就能达到的境界。

我是个幸运的人,此生不悔入江湖,在这里,我遇到那个值得我为他改变、托付一生的人,能与他并肩,哪怕后半生风沙霜雪,也不会觉得有半分苦楚……

从此以后,你执刀剑,我抚琴弦,有你之处,便必定有我相伴……

(本文获滨州学院品牌专业汉语言文学首届文学作品原创大赛一等奖)

消失的日记

17 跨中文本 1 赵春萍

王慧有一个习惯,她喜欢写日记,把每天发生的事都记录在日记本里。开始的时候她会选择性地把每天遇到的烦心事写进去。但是后来她发现每次只要写完日记她的心情都会变得很好,某一天一次偶然的尝试让她品尝到了发泄的快感,然后便慢慢演变得一发不可收拾。

她开始向日记倾吐自己的各种愤懑:××借了自己的钱总是不还,明明是个穷鬼却偏偏要装大款;去食堂打饭,点了土豆牛肉,阿姨却只给土豆,一片牛肉都不给,食堂又不是她家开的;今天××把自己的课本弄湿了,所以我趁她不注意往她书包里倒了一整杯水……

她疯狂且变态地把日记当成自己最忠实的听众,将自己的阴暗面赤裸裸地暴露在它面前。她用最恶毒的语言诅咒着得罪她的人,恨不得他们都去死。她享受着这种被倾听的快感,却也恐惧着有朝一日事发后的结果,貌似落落大方地和人交往,实则每天都在留意他人对自己的评价。

"王慧,你性格可真好,我从来都没见你发过脾气,跟你一个宿舍肯定特别好,好羡慕柳薇啊!"

朋友和同学无知的赞美是对她完美演绎的最高赞赏,她游走在学校各色各样的人之中,精心经营着自己温柔、善解人意的面具,可是与之相对的却是日积月累、越变越厚的日记,一本又一本被精心地掩藏在阴暗的角落。

最近柳薇有些失眠,因为她的舍友总是在凌晨的时候还开着灯,灯光太过刺眼,睡在上铺的她根本睡不着,为此她苦恼了很多天。

"你怎么不跟王慧说一下呢,她脾气那么好肯定很好说话啊。"

听了朋友的话,想到自己舍友那温柔似水的性格,总是笑眯眯的表情,柳薇决定今晚找王慧聊聊。

果然,王慧意识到自己的行为影响了舍友正常的休息后,跟柳薇郑重地道了歉,解释道:"最近一直忙着在准备考试,学得太晚了,我明天买个不透光的帘子,再买个小台灯。不过我可能还会学到很晚,但是我一定注意,绝对不会打扰到你休息,薇薇你不会介意吧?"

王慧这么郑重地道歉,反倒是柳薇觉得不好意思了,她谅解道:"没事,我知道你的成绩一向很好,快要期末考试了,更要好好努力。"

王慧开心地抱住柳薇的手臂,轻轻晃了晃,"还是薇薇你体谅我,跟你一个宿舍真好。"

被舍友这么依赖,柳薇瞬间觉得自己整个人都有了力量,她亲昵道:"你好好加油,争取这次再考个全班第一,到时候可得请我吃饭。"

王慧笑出了一口小白牙,答应道:"没问题。"

同城的快递相当快,第二天下午就到了,等柳薇回到宿舍的时候就发现王慧的小床上围了一层黑色的帘子。

王慧听到声音,从帘子里探出了头,高兴道:"薇薇,看,我的帘子到了。"

柳薇摸了摸帘子,发现真的很厚,这么厚绝对不会透光的。

"不错啊,小慧你眼光很好啊。"

晚上,柳薇熄灯上了床,玩了会儿手机后睡意渐浓,她从上面探头看了一眼,从王慧帘子的缝隙中透出了一丝亮光。她看了下手机,发现已经凌晨一点了。

"小慧这也太拼命了,这么晚了还在学习。"她嘟囔了一句,实在困得不行睡了过去。

半梦半醒间,她似乎听到了撕纸的声音,紧接着又听到了冲厕所的声音。

小慧在上厕所啊,柳薇清醒了几秒就又睡着了,一夜无梦。

"小慧,昨晚你是不是上厕所了啊?"柳薇半闭着眼换着衣服道。

王慧摇了摇头,道:"没有啊,昨天我写完笔记就睡了啊。"

"哦,嗯?那昨晚我是在做梦吗?"

最近学校突然暴发流感,一时间很多学生都感冒了,医务室里打吊瓶、拿药的学生排了长队。柳薇偶然路过,看到长队时也跟着排队买了一盒感冒药。

晚上,柳薇冲了一包感冒灵,喊了王慧一声,撩开了她的帘子。

"我看你一直在打喷嚏,买了点药……"

王慧没想到柳薇直接就进来了,她吓得愣了几秒才反应过来忙把桌上的一个笔记本盖上。

"你怎么没经我同意就进来!"王慧大声道,脸色特别难看。

柳薇被王慧吼得有点蒙,"我……"

感冒冲剂的味道传来,王慧经过刚才那一吼不知是冷静了下来还是怎的。

她忙不好意思地笑了笑,趁机把压在底下的本子往里推了推,"薇薇,不好意思,我不是故意的,我刚才正在写笔记呢,你突然进来把我吓了一跳,人家胆子很小的。你看,本子都被划了一道。"

王慧拿过自己的笔记本给柳薇看，满满的课堂笔记上一道长长的划痕特别明显。

她盯着柳薇的脸，不敢放过她的任何一个表情，心里怦怦地跳。

柳薇闻言拍了拍自己的胸口，心里虽说有点不舒服，不过也没太在意，自己的这个舍友每到各种考试就变得神经兮兮的。"还说呢，你把我给吓了一跳，我刚才叫你一声还以为你听到了呢。我是看你好像感冒了，就给你拿了药，给，快喝了吧。"

"对不起嘛，别生气。"接过杯子，王慧笑着道了谢，垂着眼慢慢地喝着药，余光却没有离开过柳薇。

当晚，王慧的心里七上八下的，她不断地回忆着当时的一切，想要确定柳薇真的没有看到什么。可是越想越觉得柳薇好像看到了，毕竟她写的字那么大，柳薇的视力又很好。但她又觉得柳薇应该没看到，如果看到了即使再会掩饰肯定也会有不自然，可是柳薇的行为却一直没有异常。

她躺在床上，只觉得异常煎熬，她想要翻身又怕会惊动柳薇，整个人僵硬着一动不敢动。后来她忍不住小心地翻了个身，从帘子的缝隙中看着对面黑漆漆的上铺。

柳薇睡了吗？还是躲在被窝里玩手机？难道是在跟她的朋友说自己？不，应该不会的。她心里这样想着，却始终无法说服自己不在意柳薇的行为。她甚至有一瞬间想干脆坦白算了，求柳薇别透露出去。但是她又怕是自己想多了，那样岂不是不打自招？

王慧脑子乱七八糟的一片，就这样睁着眼直到天亮，她看着柳薇起床也跟着起床，装作刚醒的样子打了个呵欠。

柳薇今天似乎收拾得格外快，王慧还在刷牙她已经收拾好了。王慧刷着牙，余光从洗手间的镜子里看着柳薇直接出了宿舍门，似乎完全忘记了她的存在。

柳薇今天没有等自己，也没跟自己打招呼，她一定是知道了！王慧心中发凉。

她随意地冲了冲手，穿上衣服就追了出去。她看着王慧跟一个班里的女生手挽手去吃饭，悄悄地跟在后面，只看到柳薇不断说着什么，却根本听不清，她的心越来越凉。

等她回到教室时，柳薇已经回来了，王慧装作若无其事的样子想要跟柳薇打个招呼,就发现柳薇突然低下了头。她的心不断地下沉,脸色瞬间苍白,但还是笑着跟同学们打招呼。

柳薇和一个很要好的女生在餐厅里吃饭,女生问道:"你最近怎么都不跟王慧一起吃饭了?你们两个吵架了?"

柳薇疑惑道:"怎么突然这么问?我们两个挺好的啊。"

"可是我看王慧黑眼圈特别浓,而且整个人也没有精神。"

柳薇笑了笑,"你还不知道小慧吗,一到考试就这样,整个人神经兮兮的。而且最近她每天都是学到凌晨。我就是怕打扰她才跟你一块儿的,她一直想拿奖学金,可不能泡汤了。"

女生一听不高兴了,"敢情我就是一备胎啊,去你的。"

"哈哈哈,开玩笑的。"

王慧感觉自己快崩溃了,她现在每天都不敢跟柳薇说话,更不敢看她的眼睛,她怕在那双眼睛中看到鄙夷。而且她总觉得班里的人好像知道了,她已经不止一次听到有人议论她,可是她每次一回头大家就马上不说话了。

她觉得自己被孤立了,就连平常最爱夸她的老师都不再提问她,连眼神都不再跟她对视,她觉得自己完了。

这天早上,柳薇刚上完厕所,眼尖的她又在鞋边发现了一个指甲盖大的纸片,这已经不是她第一次看到了。出了厕所,她奇怪地看了眼王慧,而正在暗地里关注着她的王慧被这一动作吓了一跳。

王慧飞奔着跑向宿舍,这几天她一直胆战心惊连最爱的日记都不再写了,她气喘吁吁回到宿舍,把门锁好,将床底角落里的箱子拖了出来。

这里面全是她的日记,现在她要把它们全部销毁,不再留下一丝证据。她认真地检查了一下胶带,发现自己夹在上面的头发还在,她松了口气,看来没有人动过这里面的东西。

王慧把自己刚买的打火机掏出来,她撕扯着箱子上的胶带,双手颤抖着,好几次都没有撕开。

她扯着嘴角哈哈地笑着,表情有些狰狞,整个人都呈现出一种癫狂的状态。

等她打开箱子看到里面的情况时,整个人像一只被掐住了脖子的鸡,喉咙里是破碎的喘气声。

什么都没有!日记全都不见了!

王慧像是失去了全部的力气,跌坐在地板上,整个人没有了生气。

完了,日记被拿走了,肯定是柳薇。她一定会把它贴在公告栏上,全校都会知道自己表里不一,是个恶毒的人。

柳薇戳着碗里的米饭,拧着眉头不知道在想什么。

女生推了推她,道:"怎么了?心不在焉的。"

柳薇突然道:"你知道吗?最近我总是在我们宿舍厕所里发现碎纸片,已经连着十几天了。"

"这有什么奇怪的?"女生问。

"可宿舍就我和小慧两个,我从来不会在厕所里撕纸,那除了我就只有小慧了。"

"就算是王慧怎么了,你还不允许人家撕个纸玩?"

"不是。我问过小慧,她说她从来不在宿舍里的洗手间里扔纸。而且我最近晚上睡觉总会听见冲水的声音,可我问小慧她说不是她。"

女生本来正吃着饭,听柳薇这么一说,只觉得后背一凉,打了个寒战。

"不会有鬼吧。"

柳薇也瘆得慌,经女生这么一说,心里更害怕了。不过她还是强装镇定道:"别胡说,我倒是更怕是小慧压力太大……"

女生惊讶道:"你是说,王慧压力太大,这里出了问题?"说着她还指了指自己的脑袋。

王慧又一次从梦中惊醒,她浑身的睡衣已经湿透了,冰凉地贴在身上,寒气似乎透过血肉直入骨髓,她忍不住抖了抖。

班里的同学发现王慧整个变了一个人,总是害怕,以前挺直的腰背现在蜷缩着,上课总是缩在最后一排。几天下来整个人直接瘦脱了相,脸色蜡黄。

整天神神道道说着什么,后来班主任发现王慧的精神有些不正常,想找王慧谈话,却发现根本无法沟通。

最终,王慧被她的父母带走接受治疗,而柳薇也搬出了那个宿舍。221宿舍里面已经空荡荡的,而在柳薇的床底下却留了一个笔记本,里面的纸张几乎已经被撕了个干净,只留下了一层封皮……

(本文获滨州学院品牌专业汉语言文学首届文学作品原创大赛一等奖)

附录：学术论文

基于《孙子兵法》战争观的生态性分析

14中文本 田 宇

摘要：生态观念开始作为一种学术背景，已逐渐为诸学科的探索与研究所采信。《孙子兵法》历经2500多年历久弥新，其自身构成的主体系统必定是生态战争观主导的开放的、发展的系统。用生态学审视之，可以将其看成是一个完整的小生态圈：其一，兵学创作者对应"生产者"，主要负责信息和能量的生产；其二，以"趋利观"为主要目的的"消费者"，以其所阐释的相关原理为自己服务；其三，"重战、慎战观"——分解者，是生态环境的清洁者，保持生态环境的良性循环。三者相互作用，共同构成了生态兵学系统。

关键词：生态兵学；战争观；生态性；孙子兵法

一、仁义并行、兼爱万物的和谐生态环境

孙子受当时社会"仁爱"思想影响，提出"不战而屈人之兵，善之善者也"的生态战争观，主张尽量不通过两军交锋，而获得战争的胜利，达到减小伤亡的目的为至善的对敌上策。与孙子生活在同时期而略早的孔子，在鲁国宣扬的"仁爱"学说，注重人与人之间互相尊重，关爱世间万物，以此作为人类行动的最高准则，企图在互相尊重、和谐共处的基础之上构建人与人之间、人与自然界之间的和谐关系。认为"上天有好生之德"，天地孕育滋养万物，万物皆有生存之道。由此可见，儒家把仁爱思想的定义进一步丰富发展，进而扩展到关爱自然界事物的新领域，而不是仅仅局限于人与人之间的"仁爱"。孔子提出"断一树，杀一兽，不以其时，非孝也"的生态思想，反对滥砍滥伐，提倡节约资源、循环利用，主张人类与世界万物和谐发展的生态观念。孔子的生态伦理思想积极地勾勒出了人与人、人与自然之间和谐共处的生态社会蓝图。

由此看来，春秋时期的思想解放、学术下移以及所阐释的"由人及物，关爱有序""顺从自然、和谐共处"等各种伦理生态观念,为《孙子兵法》的成书提供了良好的生态场域。

二、《孙子兵法》战争观的生态性分析

随着生态问题已经成为全球性的话题,生态观念开始作为一种弥漫性的学术背景渗透到文化领域。从生态学的视角对文化的发展进行探究,从而达到对文化发展规律等问题的认识,已经成为文化研究的重要方式之一。

（一）具有导向作用的构成体——生产者

首先,自然生态系统是自然界经过几十亿年"优胜劣汰"不断相互适应、融合演化来的最优系统。我们参照"生产者"在生物学中的定义,我们把《孙子兵法》创作者定义为文化生态系统的"生产者",是指"在文化创作活动中通过自己的独立构思、运用自己的技巧与方法,直接从事文学、艺术创作活动,能够满足自身需要和社会需要,并体现创作者个人特性的作品的人。"

其次,通过分析《孙子兵法》,我们可以看出,孙子撰写兵书是以"安国、全军、保民"的战争观为主导目的的文化生产。例如:在《孙子兵法》开篇第一句话:

"兵者,国之大事,死生之地,存亡之道,不可不察也。"

为全书定下了"重战、慎战"基调,进而降低了因个人主观性情的变化导致战争随意发生的概率。他把战争上升到国家大事的重要地位,从而把战争与国家前途、人民的生死紧密结合起来,不仅指出战争在国家事务中的重要地位和作用,而且也明确指出战争的政治目的在于确保国家的生存和发展,不可不重视。

最后,作为"生产者"的创作者,在作品生态系统的构成中发挥主导作用。《孙子兵法》是杀戮的武力论? 还是以维护自身利益为目的的生态战争论? 这两种价值取向的抉择,无疑受"生产者"自身所处的社会生态环境、文化水平、个人价值观等诸多因素的影响与制约,这种影响与制约作用,在"生产者"从创作准备到创作动机的产生、创作构思和创作行为进行的整个创作过程中都会显现出来。春秋时期良好的文化生态环境,对《孙子兵法》的成书起至关重要的作用,因此,在孙子的主导下,《孙子兵法》生态系统构建起良性、平衡的体系。

（二）以"以利为动"为主要目的的消费者

首先，在文化生态系统中，消费者主要指作品的欣赏者。就使用者来说，即以通过探究《孙子兵法》作战原理来满足自身需求的群体。

其次，在消费《孙子兵法》的过程中，体现的是以"趋利"为主要目的消费动机。"趋利"作为孙子的直接现实性目的，并不是盲目追求不义之利，而是生态视角下追求符合国家道德利益最大化的"利害"观。《孙子兵法·计篇》讲道：

"不尽知用兵之害者，则不能尽知用兵之利。"

孙子以辩证的思想将"利"与"害"统一起来，时刻警示用兵者，在追逐利益的同时，用兵所带来的危害是如影随形的。那么，在孙子这种理性主义基调的影响下，进一步表现出理性的"逐利"色彩。综上所述，以理性"趋利"为主要目的的战争观，并不是仅仅满足孙子个人的政治需求，而是在这个兵学生态子系统中，指导具有相同目的的所有"消费者"的行动。因此，以"趋利"为主要目的的"消费者"在这个生态子系统中具有重要的平衡作用。

（三）矛盾分解者——"重战、慎战"观

首先，"重战、慎战"的观念能够及时规避战争带来的一系列矛盾。孙子非常清楚战争给国家和人民带来的沉重负担，如果过分强调"趋利"的战争目的，则势必导致兵学生态系统内部的失衡，对国家与社会产生危害，进而使整个生态总系统崩溃。孙子在《作战》篇中就讲到了战争的危害性："夫兵久而国利者，未之有也。"从而初步确立起了"慎战"的战争观，他把战争的胜败与国家兴亡、百姓生死密切联系起来，突出战争的危害性，主张以谨慎的态度，理性的思维去对待战争，从而在一定程度上对战争的盲目发动，以及发动战争带来的一系列矛盾起到了良好的规避作用。

其次，"重战、慎战"的观念分解掉"趋利"所带来的负面影响。在兵学生态系统中，如果某些恶性"群体"不断繁殖发展，形成一枝独大的局面，则势必影响其他良性"种群"的生存，进而导致本系统内生态失衡。孙子提出：

"主不可怒而兴师，将不可愠而致战"（《孙子兵法·火攻》）的重战、慎战观。他认为，可以发动战争的人必须是理性的、冷静的，对于那些居心叵测，将自己的政治目的凌驾于百姓的生命之上，轻易挑起战端，引发祸乱的人是十分危险的。

（本文初刊于《山东青年》2017 年刊，发表时间 2017 年 5 月）

参考文献

[1] 鲁枢元.文化的跨界研究：文学与生态学 [M].学林出版社，2011（01）：52-56.

[2] 孙远方.孙子兵法概论 [M].国防大学出版社，2007（09）：205-28.

[3] 鲁枢元.生态文艺学 [M].山西人民教育出版社，2000（12）：24-64.

[4] 黄朴民.孙子评传——一代兵圣的生平与思想 [M].广西教育出版社，1994（10）.

[5] 载斗勇.文化生态学论纲 [J].佛山科学技术学院学报（社会科学版），2004（08）.

[6] 褚良才.孙子兵法研究与应用 [M].浙江大学出版社，2002（09）：72-76.

无为有处有还无

——《红楼梦》中王夫人与李纨为何无对话

14中文本2 靳立山

《红楼梦》写到了荣国府的两对婆媳,一对是王熙凤与邢夫人,一对是李纨与王夫人,作者曹雪芹对于王熙凤与邢夫人的不和是明写,而对于王夫人与李纨,翻遍《红楼梦》前八十回竟然没有写到她们之间的对话,这肯定不会是作者的疏忽。从她们二人在书中的地位可见一斑:王夫人是《红楼梦》男主角贾宝玉的妈妈,李纨是贾宝玉的大嫂,又是金陵十二钗之一,可见她们在书中的重要地位。而且,王夫人与林黛玉、薛宝钗、迎春、探春、惜春、薛姨妈、贾母等女性主角都有对话,甚至连许多丫头也有大量的对话,比如袭人、金钏、晴雯,而李纨也是如此。所以她们二人之间没有对话就显得尤为突出,且使人感到反常。在这洋洋洒洒数十万字的作品,错综复杂的人物关系里,这一点应该如何看待?

一、婆媳之间不和谐的音符

在实际生活中,王夫人与李纨之间对话是必不可少的,李纨作为儿媳妇,应该每天去向自己的婆婆王夫人请安,而且还得跟着王夫人去向老太太贾母请安,所以这对婆媳之间无对话是不合情理的,唯一的合理的解释就是曹雪芹在作品中没有直接地写她们之间的对话,刻意为之。

诚然,作家不可能把生活中的点点滴滴、细枝末节全写入作品,这是创作的常识。在作品中,贾母带着刘姥姥进大观园时,贾母让惜春将大观园画成画,那么大的园子怎么画呢?在第四十二回中作者就借宝钗之口发表过见解:

"你就照样儿往纸上一画,是必不能讨好的。这要看纸的地步远近,该多该少,分主分宾,该添的要添,该减的要减,该藏的要藏,该露的要露。这一起了稿子，再端详斟酌，方成一幅图样。"[1] 这虽然是谈论作画，实际上也是作者创作所遵循的原则，即"该减的要减，该藏的要藏"。

《红楼梦》第五十一回"薛小妹新编怀古诗，胡庸医乱用虎狼药"中，作者写晴雯病了，按照贾府的规矩，她应该搬回家住，可是宝玉却舍不得她搬出去，而李纨正好代替王熙凤行管家权，大观园中的小姐公子事务由她负责，所以宝玉就派了个老嬷嬷去向李纨报告，而李纨却执意让她搬出去，宝玉便安慰晴雯："别生气，这原是她的责任，生恐太太知道了说她不是，白说一句。"[2] 在这一句中"唯恐太太知道了说她不是"是重要的透露，说明宝玉是曾经见过或是听过"说她不是"的事例，所以王夫人与李纨之间其实还是有对话的，不过这对话的内容自然是不愉快的。

第四十九回"琉璃世界白雪红梅，脂粉香娃割腥啖膻"一回中宝玉与湘云吃鹿肉，李纨等忙出来找着他两个说道："你们两个要吃生的，我送你们两个到老太太那里吃去。哪怕吃一只生鹿，撑病了与我不相干。这么大雪，怪冷的，替我作祸呢。"[3] 李纨立刻想到的是"替我作祸呢"，这正与前面那句"这原是她的责任，唯恐太太知道了说她不是"相呼应，如果宝玉在老太太面前吃鹿肉，那么王夫人就不能指责她。

通过以上描述与分析，作者向读者暗示了王夫人与李纨之间曾有过的不愉快的对话，而在第七十八回作者几乎点明这对婆媳之间的矛盾，此事发生在抄检大观园之后，薛宝钗为避嫌向李纨提出回家去住，而李纨却恳求她："你好歹住一两天还进来，别叫我落不是。"[4] 这是李纨对"唯恐太太说她：不是"的心情的流露，而王夫人也果然因为此事而责怪她，并且还将李纨儿子贾兰的奶妈赶出去，声称贾兰不再需要奶妈，不顾贾府的"祖宗旧制"，属于明显的违规操作。可见王夫人对李纨的不满，而由此生发出她对孙子贾兰的不喜欢，婆媳之间的矛盾便显现出来了。

二、作者为何不写李纨与王夫人的对话

作品的创作不能按生活的原样摹写，而是对现实的总结与升华，如果生活中有什么，作品就写什么，那肯定不会是小说。作家必须对生活有所概括与提炼，或详写，或略写，或不写。不过曹雪芹不正面写王夫人与李纨的对话却不属于上述情况，因为他是刻意不写。这样的写作方法在先秦的《春秋》中已经大量存在，叫作"不书"，是指对某些客观存在的史实，史家不去描写它，或不正面描写它，而尽管未做描写，读者仍可以根据作者的其他描述推知那些史实的存在。这样做的原因一个是以"不书"的方式表明自己的褒贬态度，另一种情况就是作者对某一事件有着自己的看法，但由于种种原因的限制，感到很难落笔，于是也采取"不书"的方式，而读者在阅读过程中，还是能感受得到作者的倾向。而作品《红楼梦》中，曹雪芹也表明了他对这两人之间关系的一种态度。曹雪芹曾经历过一个大家庭的繁华岁月，这些在书中都有所表现，尤其从宝玉身上能够看到曹雪芹的影子，这种看法有一定的道理，而王夫人是宝玉的母亲，李纨是宝玉的嫂嫂，因此，如何刻画这两个人物以及她们之间的关系，对曹雪芹来说都不是轻松的事情。王夫人与李纨之间的"不书"，正是暗指她们之间有着非常大的矛盾，但这矛盾又难以点明，所以作者就用这样的方式来处理行文。那么这矛盾背后的深层原因究竟是什么？

三、婆媳不和的深层原因及其背后的家族利益

（一）家庭背景与生活环境造成观念隔阂

李纨的父亲李守中做过国子监的祭酒，这职务大概相当于今天的北大、清华的校长，并且还承担一些教育部的职能，是一个标准的知识分子型的高官。而且，李氏家族男女老少"无有不诵诗读书者"，这又是个典型的书香世家。李纨嫁进荣府不久丈夫贾珠就死了，这意味着她与荣府最主要的感情联络断开了，尽管在这之后她还必须维系应对婆婆、妯娌等复杂的关系。荣国府并不是一个好待的地方，作品中时常描写暗潮汹涌、诟谇谣诼密布的景象。遇凶险四伏之境，李纨采取了以不变应万变的策略，即"竟如槁木死灰一般，一概无见无闻。"[5] 家族的教养，自己的学识以及环境的复杂险恶使李纨选择了明哲保身的处世之道，搬进大观园时，选择的住所也是一洗奢华之气的稻香村，她借此表示自己与世无争，以及生活上已了无奢望。但即使如此，有些矛盾她还是躲不开，而婆婆王夫人还是瞧她不顺眼。

李纨是来自知识分子世家的女儿，而她的婆婆的家庭背景却与她截然不同。第四回作者曾经对王家有过扼要的介绍："东海缺少白玉床，龙王来请金陵王[6]"，王家是"都太尉统制县伯王公之后"，既是开国功臣之后人，又是世袭的大官僚，王夫人的父亲还掌管了边境四省的对外贸易。这样人家出来的千金要与知识分子世家的小姐相处，确实是一件不容易的事情。

当年王夫人嫁到荣国府，当然也要经历一个磨合的过程，但是与李纨相比，处境不会太艰难，贾府祖上宁国公与荣国公也是开国功臣，武将出身，贾

府日常的生活穷奢极欲，他们的思想观念与生活习惯与王家却是相近，但与清雅的知识分子家庭出身的李纨却不相同。曹雪芹写李纨是"如槁木死灰一般，一概无见无闻"，但是看似心如枯井，却不会没有波澜，只不过是李纨做了比较高明的掩饰而已，尽管作者在这里没有直接着笔，可是他对同样是来自知识分子家庭的小姐林黛玉在荣府的感受写得却较为细腻。在第三回林黛玉进贾府中，讲她进入气象森严、规矩严格的荣府时，是"步步留心，时时在意"，随时注意自己的言行举止，这是多大的精神压力。李纨与黛玉的家庭背景一样，都是书香门第，而新进入荣府后，生活方式大大的不同，从黛玉刚进贾府时落座、谈话、吃饭、喝茶等可见一斑。贾家的先祖是开国功臣，贾府的贾赦世袭一等将军，宁府的贾珍世袭三品爵威烈将军，因此，贾府是战功显赫的军人家庭。代表知识分子的书香家庭李家、林家和代表武将分子的军人家庭贾家可见有多大的差异。

林黛玉《葬花词》中有一句话证明这种不同的生活环境带给人的影响，就是"一年三百六十日，风刀霜剑严相逼"[7]。红楼梦中有许多诗词，自然是作者所写，但他并非随意写作，而是紧扣人物性格、境遇，因此，那些诗词便与人物形象的塑造有机融为一体。对于"风刀霜剑严相逼"的解释大多数人认为一是说黛玉与宝玉的爱情不容于荣府；一是说林黛玉在荣府寄人篱下，受到欺压，或是风言风语，或是摆脸色给她看，但是对照作品中的实际描写，这两种说法都有极大的局限性。宝玉与黛玉两小无猜，贾母对他二人宠爱有加，处处庇护二人。所以，这句话暗示的意思，第一应该是随时随处存在，至少是经常存在；第二，它使黛玉难以忍受，至少是感到很大的压力。翻遍前八十回可以发现只有弥漫于荣府的氛围才可以产生这样的作用。

在荣府这个大家庭里是贾母、王夫人、贾赦、贾政、凤姐等人起主导作用，因此，其氛围和翰墨诗书之族迥然不同，这种无形的网罗一切的大家庭氛围，包括各种闲言碎语，礼数礼教，利益派别之间的相互攻讦、尔虞我诈。对林黛玉的感受的分析，基本上也可以移到李纨身上，世代为书香门第的李家和荣府氛围大不相同。李纨的文化气质与荣府诸人，尤其是那些长辈们也完全是两种风格，这必然会发生摩擦与碰撞，而嫁入荣府的李纨此时也已经是孤身一人，可谓是"寡妇失业"，摩擦与碰撞的焦点便集中于她，李纨与婆婆王夫人关系始终不融洽，说到底，就是两人的家庭背景不同与文化气质的差异造成的。

（二）保持家族权势与利益的延续

既然贾家与李家背景不同，差异又这么大，为什么贾府有意要和知识分子联姻呢？贾家明白，虽然他们是赫赫有名的开国功勋，可是马上得天下却不可马上治天下，一个统治政权的稳定涉及政治的安定，经济的发展以及国家机器的正常运转等方面，这时就得仰仗文官集团的掌控。因此，尽管贾府贵为公爵，但随着天下承平日久，武将的地位必然下降，一时间荣耀虽在，实权已失；与之相反，文臣的地位则逐渐上升，且握有实权。因此，武将世家必然寻找办法，以保持家族的权势与利益。

最根本的办法就是让自己的子孙攻读诗书，通过科举仕途重新获取权利。因此，我们可以理解贾政为什么天天逼着贾宝玉要致力于仕途经济了。但纵观贾府贵族子孙，他们个个享乐倒是很在行，捧起书本苦读实在是极其乏味的事情。如宁国府的贾敬"一味好道，爱烧丹炼汞"，儿子贾珍"哪里肯读书，只一味高乐不了，把宁国府竟翻了过来，也没人敢来管他"。至于荣国府，贾赦、贾琏、贾环更是纨绔子弟，寻花问柳。单单宝玉，贾母最疼，因为在第四代子孙中，宝玉已是唯一的希望了。

在要求子孙攻读诗书，通过科举考试重新获取权利的同时，贾府又注意与知识分子官僚联姻，从而和文官集团结成关系网，这也是保持家族的权势与利益的一种办法。贾府迎娶李纨就是典型的例子。但是，无论是将自己的女儿嫁给知识分子官僚，还是迎娶知识分子官僚的女儿入府，那些女性进入一个陌生的环境都会感到不适应，李纨与荣府的氛围格格不入已充分说明了这一点。

（三）李纨权利分配边缘化

荣府的管家权先是贾母掌握，后交给王夫人，王夫人又交给了王熙凤。李纨虽然死了丈夫，但还有一个儿子，即贾家嫡亲孙子，母以子贵，按理说她在贾家的地位应该数一数二，并且又有着一定的家庭背景，又身为长房长媳，按照封建社会伦理道德应该由李纨继承管家权，而非名不正言不顺的王熙凤管家。有的解释是说李纨心地慈善，不善理财，但是凤姐生病时，正是李纨代行凤姐管理财政，并且表现让人非常满意，《红楼梦》用一整回描写此事。反观王熙凤，她是王夫人的内侄女，是贾琏的媳妇，属于贾赦一房的人，却行使着二房贾政王夫人的管家权，管理着整个荣府，她虽然经过贾母、王夫人的同意，但终究名不正言不顺，而且她尽管才干突出，却连字都不识，凡是遇到记账、写字、查书一类的事情，还得靠别人的帮忙，但是李纨却是书香门第，颇有才华的。可为什么管家权就是没有李纨的份呢？《红楼梦》交代得非常清楚，王夫人长子贾珠夭亡，李纨便青春丧偶，因此，王夫人就非常疼爱自己的二儿子贾宝玉，贾宝玉是整个荣府的希望，贾母更是当作命根子一般看待，那么将来的管家权肯定是要留给未来的宝二奶奶了，这一点李纨与王熙凤都是心知肚明的。所以凤姐才会张扬、敛财，而李纨委屈、守财。凤姐是代行掌家权，许多事情还是要向王夫人请示汇报的，她是贾赦大房里的人，最终还是要回到大房里去。王夫人与李纨皆是大家闺秀出身，两人在很多事情上都是心照不宣的，李纨深谙此道，况且她也没办法跟王夫人叫板，只能忍气吞声，避而远之，顺从王夫人喜好，将希望寄托在儿子贾兰身上，这也是婆媳之间矛盾的原因。

结论：通过对作品《红楼梦》里李纨与王夫人的分析，得出她二人之间有着不可调和的矛盾，从各个方面来看，王夫人对她总是不满意，而作为儿媳妇的李纨，只能看在眼里，忍在心里，对婆婆王夫人刻意躲避。婆婆为尊，媳妇为卑，曹雪芹生活在尊卑有序的时代，他受到的种种掣肘无法正面描写王夫人与李纨的矛盾和冲突，于是在《红楼梦》中便出现这对婆媳没有对话的现象，同时作者又通过侧面描写和暗示，展示出这背后的深层原因，从大的方面来看，是家庭环境的巨大差异与文化气质的不同所造成，而这层原因又可以看出两家是有目的的联姻；从小的方面看，是因为家庭利益不平衡的分配。身为儿媳对这一切毫无反抗之力，这一切都是因为封建伦理道德带给人的枷锁，同时她又是封建大家庭利益争夺的牺牲品，隐含着作者曹雪芹对普天下女性的关怀。

（本文获滨州学院品牌专业汉语言文学首届文学作品原创大赛三等奖）

参考文献

[1]（清）曹雪芹著，（清）脂砚斋评. 脂砚斋评石头记 [M]. 上海：上海三联书店，2011：449.

[2]（清）曹雪芹著，（清）脂砚斋评. 脂砚斋评石头记 [M]. 上海：上海三联书店，2011：543.

［3］（清）曹雪芹著，（清）脂砚斋评．脂砚斋评石头记［M］．上海：上海三联书店，2011：522.

［4］（清）曹雪芹著，（清）脂砚斋评．脂砚斋评石头记［M］．上海：上海三联书店，2011：813.

［5］（清）曹雪芹著，（清）脂砚斋评．脂砚斋评石头记［M］．上海：上海三联书店，2011：39.

［6］（清）曹雪芹著，（清）脂砚斋评．脂砚斋评石头记［M］．上海：上海三联书店，2011：37.

［7］（清）曹雪芹著，（清）脂砚斋评．脂砚斋评石头记［M］．上海：上海三联书店，2011：291.

生态视域下《孙子兵法》战争观与环境的交互关系

14 中文本 2　田宇

摘要：本文在界定生态兵学与生态兵学系统的内涵的基础上，梳理了《孙子兵法》战争观的体系构成，探讨了《孙子兵法》战争观与自然环境、社会文化环境的交互关系。

关键词：《孙子兵法》；战争观；交互关系

一、生态兵学与生态兵学系统

近年来，生态兵学日渐兴起。何为生态兵学，学者们的观点并不十分一致，一般认为所谓生态兵学，即是以生态学为主要研究方法，以兵学文化为研究对象，以兵学文化资源为研究基础，探究兵学发展环境和内在规律的科学。从生态系统的角度来看，生态兵学自身也形成了一个系统，该系统是由兵学的"生产者""消费者"与自然、社会、文化等不同环境相互影响、相互作用、共同构建的一个具有平衡性、发展性的系统。《孙子兵法》的一个核心问题便是如何认识和对待战争，其所体现的战争观念是一个非常值得探究的问题。本文拟在梳理《孙子兵法》战争观体系构成的基础上，着重分析兵学的"生产者""消费者"的战争观是如何与自然环境、社会文化环境交互影响的。

二、《孙子兵法》战争观的体系构成

从生态视角来看，《孙子兵法》战争观构成了一个完整的体系。首先，兵学创作者是系统中的"生产者"，主要负责信息和能量的生产，在《孙子兵法》战争观体系构成中发挥主导作用。《计篇》指出："兵者，国之大事，死生之地，存亡之道，不可不察也。"将战争与国家前途，人民生死紧密结合,指出战争具有"安国全军"作用,从而为全书奠定了重战、慎战的战争观思想,传递出了"战而不好战的"基本立场,拉起一条生态红线,强调战争不是随意地对资源、人口展开掠夺与弑杀,从而有利于消解战争所带来的生态性灾难,维护社会的生态和谐,避免国家走上穷兵黩武的道路。其次,兵学的阐释者是系统中的"消费者",通过阐释和运用《孙子兵法》以实现自己的"趋利"目的,促进战争"能量"在体系内的稳态转换与流动。《火攻篇》体现出来"以利为动"的战争观,此"利"是通过巧妙的战争来保护国家利益不受侵害的"安国全军"之利,"战争打不打,如何打,一切以我方的利益算计为转移"[1]。"消费者"对战争能量良性转换,与"生产者"重战、慎战的思想形成了良好的交互关系。

三、《孙子兵法》战争观与自然环境的交互关系

首先,《孙子兵法》在对敌的策略上充分显现了一种自然智慧,其崇尚自然、依靠自然,顺从自然规律,主张人类能动改造、利用自然时应建立在遵循自然法则的基础之上,不过分释放人的主观能动性,这一价值观念明显受到了老子自然观的影响。孙子在指导作战的时候就充分利用自然、依托自然事物的某些特性来指导战争取胜。如《军争篇》强调"夫地形者,兵之助也",要求在作战中要充分利用地形等自然面貌,规避恶劣自然环境,增加军队取胜的把握,同时以风、林、水、火等自然景物为标准作为军队行动的指南。由此可见,《孙子兵法》与自然的关系不可谓不密切,其从自然界汲取大量的智慧,体现出一种广阔的生态视野。

其次,《孙子兵法》以诡道取胜作为其用兵的精华思想之一,"变"则是其最重要内核,对于事物的运动,要从发展的角度看待问题,而不是墨守成规。《虚实篇》写道:"兵无常势,水无常形。"其从自然规律的交替演变中得到启示,用变化发展的观点来进行军事思考,强调军事行动要结合实际情况进行相应的变化调整。这种辩证的、动态的观念所体现的穿越古今的智慧,即使放在现代社会,依然具有重要的思想价值和指导意义。

最后,《孙子兵法》的战争观,既强调不要轻易发动战争上,也十分重视行军作战的慎重。《行军篇》中将行军作战与自然环境紧密相连:一是提出行军作战可以利用自然形成的天然屏障,掩护军队行动,为战争胜利提供保障;二是强调远离涧、井、牢、罗、陷、隙等六种危险地形;三是主张行军作战可以从某些特殊地理环境中得到信息,发现端倪,利用自然生物的状态来捕

捉作战信息，如"鸟集者，虚也"。这些思想都充分体现了《孙子兵法》战争观与自然环境的交互关系，二者紧紧相连，息息相关。

四、《孙子兵法》战争观与社会文化环境的交互关系

春秋时期学术下移，思想解放的局面不断形成，在当时的学术、思想领域形成一种尊崇生命，兼爱万物的思想热潮，这使得《孙子兵法》战争观与社会文化环境的交互关系也十分密切。一是《孙子兵法》的成书深受当时社会文化环境的影响，其本身也是当时百家争鸣局面的一个重要组成部分。二是《孙子兵法》强调速战以节省国力。《作战篇》便指出发动一场战争，需要准备大量的物资，仅仅是轻重车就各需千辆。此外，还需要全副武装的士兵十万，并从千里之外运送粮食，加上军内军外的开支，招待使节的用度，武器维修的胶漆等材料费用，维修战车、甲胄的支出等，每天要耗费千金。因此，必须速战速决，节省巨额的财政开支，保证国家不被战争拖垮。这体现了从国家财力、物力、人力综合角度考察战争得失，从整个社会文化大环境出发审视战争的必要性和可行性的思想，显示出《孙子兵法》战争观的生态性价值。

（本文初刊于《长江丛刊》2018 年 5 月期，发表时间：2018 年 4 月 20 日）

参考文献

[1] 龚留柱.《孙子兵法》战争观诸说驳论 [J]. 滨州学院学报，2010（5）：61.

论中学语文教学课堂中师生的互动模式

16跨中文本1 赵文俊

摘要：我国在推进新课改的过程中，强调师生、生生之间的课堂交流，注重培养学生主动探索能力、合作精神、解决问题的能力。语文学科的强交流性使互动教学成了语文课堂的独特风景。本文对当下语文教学中互动模式进行了深入分析，并给出了可行性建议。

关键字：语文教学；互动模式；中学互动教学

一、互动教学的定义

互动教学就是指教学中教师与学生在彼此平等的基础上，教师根据教学的内容或主题，选取互动模式，与学生进行互相沟通、探讨，激发学生学习探究的主动性，从而拓展学生的思维，以提高教学效果的一种新型教学方式。

二、互动式教学与传统教学的对比

互动式教学与传统教学的最大不同在于，传统教学是教师主动、学生被动的填鸭式的教学，学生被扼杀了创造性思维[1]。而互动式教学中教师和学生都发挥了自己的作用，教师尊重、允许学生表达思想，在交流探讨中，让学生掌握解决问题的方法，做到"知其然更知其所以然"。

三、语文课堂中的互动模式

互动教学法的类型有很多，下面就语文教学课堂中经常采用的三种模式进行简要分析。

1. 主题探讨法

在写作中围绕主题文章就不会跑题，在语文教学中围绕主题教学则可以培养学生的逻辑思维和解决问题的能力。在教学中其策略为：引入主题—

提出问题—学生自主讨论问题—探究问题—领会文章意图[2]。

这种方法的优点是主题明确，层层递进。通过对主题中所表现问题的探讨深入，能够充分调动学生的探究欲。例如在《秋天的怀念》的教学中，在通读全文后老师提出怀念的主题，引入问题：怀念的是谁？作者与怀念的人物之间发生过什么事情？为何要怀念？通过对于主题的探究，循循善诱，让学生理解文章中所表现的对于母亲的怀念与歉疚。

2. 典型案例法

运用多媒体或板书将例题呈现在学生眼前，请学生尝试应用已有知识分析问题。其策略为：例题引入—尝试解决—理论学习—尝试应用。这种方式比较像数学中的归纳演绎，能够培养学生的探究能力与总结能力，要求教师对于案例的选取精准有效。

这种方法直观具体，环环入扣，适合文言文个别字的多重释义教学。比如，"以"在文言文中有多重释义，在《岳阳楼记》的教学中可以运用这种方法。A. 因为，用文中"不以物喜，不以己悲"来释义；B. 用来，用文中"属予作文以记之"来释义。

3. 情景创设法

教师在教学中利用多媒体教学设备提供能够身临其境的场景，或是通过生动的语言表述将学生代入情境。其策略为：创设情境—激发兴趣—感知文章。要求教师有较高的艺术水平，能够巧妙地利用视频音频等凸显文章主题，激发学生的参与度[3]。

这种方法学生参与性高，是当下教学中常采用的方法。例如在《黄河颂》的教学中，可以在网上找到黄河录像，并播放黄河大合唱，通过视觉和听觉的强力感知，让没有见过黄河的同学身临其境地感受到黄河的磅礴之势。又如在《威尼斯商人》的教学中，让学生对文中的夏洛克、巴萨尼奥等人物进行角色扮演，这样既增强了知识的趣味性，又能够让学生体会到人物的心理。

这三种模式都在语文教学中有着较为广泛的应用，但是在教学过程中需要对于教学方式不断地实践创新，根据学生的特征进行改进。

四、对于中学语文课堂中师生的互动模式的建议

1. 构建情景化的教学模式

情景化的教学模式，能够激发学生阅读和探究兴趣，是使师生双方互动

的一种有效途径。因此,教师应当深入思考,对于中学课本中适合生活化与情景化的文章予以设计,比如分角色扮演、经历分享,也可以借助互联网搜索到切合文章的图片、影音资料,通过情景再现来吸引学生的探究欲[4]。例如《走一步,再走一步》,可以邀请同学分享自己在生活中用勇气战胜困难的例子,提升课堂参与度,从而锻炼学生的表达能力,也能够激发学生对于文章的探究欲。

2. 设计逻辑性强的课堂提问

展开互动教学最有效、最简捷的方式就是课堂提问,教师通过对于教学内容的设问将学生代入正确的思维,提高对教学内容的理解。但是,如果教师不能较好地把握提问的内容和时机,就可能会出现学生"一问三不知"的情况[4]。因此,作为一名中学语文教师,要善于在平时的教学和交流中观察、了解学生的兴趣,设计符合中学学生经历及认知水平的问题,精准选择提问的时机,并注意问题的逻辑性,使抛出的问题能够层层递进,符合学生的思维接受度,从而实现师生之间的持续互动。

3. 构建和谐师生关系

师生互动的基础在于平等自由的交流,因此,要实现教学上的良性互动,关键是教师要改变自己的教学观念。站在学生的角度,对学生的学习方式和教学过程进行深入思考,分析中学阶段学生的心理特征,在课余时间通过主动与学生进行沟通交流,关心学生的成长而不是仅注重知识与成绩,进而了解学生的想法,针对性地进行互动模式的选取。构建和谐师生关系,才会提升课堂气氛,激发学生学习兴趣。

结语:互动教学有利于挖掘学生对语文学习的兴趣,可以使学生成为教学过程中的主体,也能够提高教师的教学水平。因此,学校要定期组织对教师进行考核评估,评估其授课方式,搭建教研平台,研究教学内容,对授课方式进行改革。并且定期组织教师活动,向教学能力较强的老师进行学习,这样才能使互动教学更加符合学生的需求,培养学生能力、促进学生的成长。

（本文初刊于《中华少年》,2017 年 12 月期刊）

参考文献

[1] 互动百科词条.互动式教学法的概念.

[2] 互动百科词条.互动式教学法的基本类型.

[3] 周静.提高语文课堂教学中师生互动的有效性策略.[J].新课程导学,2012(03).

[4] 赵景.浅议语文课堂教学中师生互动的模式与效果.[J].中国校外教育,2015(02).